12-22-05

JOHN GRISHAM | La citación

byblos

Título original: *The Summons*

Traducción: M.ª Antonia Menini

1.ª edición: octubre 2004

© 2002 by Belfry Holdings, Inc.
© Ediciones B, S.A., 2004
    Bailén, 84-08009 Barcelona (España)
    www.edicionesb.com
    www.edicionesb-america.com

Fotografía de cubierta: © Siqui Sánchez
Diseño de colección: Ignacio Ballesteros

ISBN: 84-666-1640-3

Impreso en los Talleres de Quebecor World

JOHN GRISHAM | La citación

Llegó por correo ordinario, el anticuado sistema de siempre, pues el Juez tenía casi ochenta años y desconfiaba de los métodos modernos. Nada de correos electrónicos, ni siquiera faxes. No utilizaba contestador automático y jamás le había gustado demasiado el teléfono. Escribía sus cartas a máquina con dos dedos, una tenue letra cada vez, encorvado sobre su vieja Underwood manual colocada encima de un escritorio de tapa corrediza bajo un retrato de Nathan Bedford Forrest, el famoso general confederado de la guerra de Secesión. El abuelo del Juez había combatido con Forrest en Shiloh y en todo el Profundo Sur y, para él, ninguna figura histórica era más digna de reverencia. A lo largo de treinta y dos años, el Juez no había celebrado juicios el día 13 de julio, fecha del cumpleaños de Forrest.

Llegó junto con otra carta, una revista y dos facturas, y como de costumbre se habían dejado al profesor Ray Atlee en su buzón de la Facultad de Derecho. La reconoció de inmediato, puesto que aquellos sobres formaban parte de su vida desde que alcanzaba su memoria. Era de su padre, un hombre a quien también él llamaba el Juez.

El profesor Atlee estudió el sobre sin saber si abrirlo inmediatamente o bien esperar un poco. La noticia podía ser buena o mala, con el Juez eso jamás se sabía, a pesar de que el viejo se estaba muriendo y las buenas noticias no abundaban. A juzgar por el escaso volumen del sobre, sólo contenía una hoja de papel, lo cual tampoco era insólito. El Juez era muy parco en palabras cuando se trataba de escribir, por más que antaño fuera famoso por sus pomposos discursos desde los estrados de los tribunales.

Era una carta de carácter profesional, de eso estaba seguro. El Juez no era aficionado a las charlas intrascendentes y aborrecía los chismes y las conversaciones ociosas, tanto escritas como habladas. Tomar un té helado con él en el porche significaba revivir la guerra de Secesión, probablemente en Shiloh, donde él culparía una vez más de la derrota de la Confederación a las lustrosas e intactas botas del general Pierre G. T. Beauregard, un hombre al que seguiría odiando incluso en el cielo, si por casualidad ambos se veían allí.

No tardaría en morir. Tenía setenta y nueve años y un cáncer de estómago. Padecía un exceso de peso, era diabético y fumador empedernido de pipa, su maltrecho corazón había sobrevivido a tres infartos y le abrumaban toda una serie de achaques de menor consideración que llevaban veinte años atormentándolo y que no tardarían en acabar con él. Durante la última conversación telefónica que mantuvo con él tres semanas atrás, una llamada efectuada por Ray porque el Juez consideraba que las llamadas interurbanas eran un derroche, el viejo se había mostrado débil y agotado. Habían conversado durante menos de dos minutos.

La dirección del remitente estaba impresa en relieve dorado: Juez de Equidad Reuben V. Atlee, distrito Veinticinco de Equidad, Palacio de Justicia del condado de Ford, Clanton, Misisipí. Ray introdujo el sobre en la revista y echó a andar. Reuben Atlee ya no ocupaba el cargo de juez de equidad. Los votantes lo habían retirado nueve años atrás, una amarga derrota de la cual jamás se recuperaría. Treinta y dos años de diligente servicio a su comunidad y lo habían echado en favor de un hombre más joven que se anunciaba en la radio y la televisión. El Juez se había negado a hacer campaña. Alegaba que tenía demasiado trabajo y, sobre todo, que la gente ya le conocía y si quería reelegirle, lo haría. Muchos habían considerado arrogante su estrategia. Ganó en el condado de Ford, pero fue derrotado en los otros cinco.

Tardaron tres años en echarle del Palacio de Justicia. Su despacho del segundo piso había sobrevivido a un incendio y se había saltado dos reformas. El Juez no había permitido que lo tocaran ni la pintura ni los martillos. Cuando los supervisores del condado lograron que se marchara con la amenaza del desalojo, embaló en varias cajas los inútiles archivos, las notas y los polvorientos libros correspondientes a tres décadas, se lo llevó todo a casa y lo almacenó en su estudio. Cuando el estudio estuvo lleno, amontonó los documentos en los pasillos, en el comedor e incluso en el recibidor.

Ray saludó con la cabeza a un alumno sentado en el vestíbulo. En el exterior de su despacho habló con un colega. Una vez dentro, cerró la puerta y dejó las cartas en el centro de su escritorio. Se quitó la chaqueta, la colgó detrás de la puerta, pasó por encima de un montón de gruesos volúmenes jurídicos, sobre los cuales llevaba medio año pasando, y después se formuló a sí mismo la cotidiana promesa de poner un poco de orden.

La habitación medía tres metros y medio por cuatro y medio, y disponía de un pequeño escritorio y un pequeño sofá, ambos cubiertos por documentos suficientes como para que Ray pareciera un hombre muy ocupado. Sin embargo, no lo estaba. En el semestre de primavera estaba enseñando a los alumnos una parte de la ley antimonopolio. También debería estar escribiendo un libro, otro aburrido y pesado volumen sobre el tema de los monopolios que nadie leería pero contribuiría en gran manera a embellecer su currículum. Era profesor numerario, pero, como todos los profesores serios, estaba gobernado por la máxima de la vida académica, según la cual uno tenía que «publicar o morir».

Se sentó a su escritorio y apartó unos papeles.

El sobre estaba dirigido al profesor N. Ray Atlee, Universidad de Virginia, Facultad de Derecho, Charlottesville, Virginia. Las es y las os estaban tiznadas. La cinta de la máquina habría tenido que cambiar diez años atrás. El Juez tampoco confiaba en los códigos postales.

La N correspondía a Nathan, por el general, pero pocas personas lo sabían. La causa de una de las discusiones más violentas entre ambos había sido la decisión del hijo de prescindir por completo de este nombre e ir por la vida simplemente como Ray.

El Juez siempre enviaba sus cartas a la Facultad de Derecho, jamás al apartamento de su hijo en el centro de Charlottesville. Al Juez le gustaban los títulos y las direcciones importantes, y quería que la gente de Clanton, incluso los funcionarios de correos, supieran que su hijo era profesor de Derecho. No era necesario. Ray se dedicaba a la docencia (y la escritura) desde hacía trece años y todos los que pintaban algo en el condado de Ford estaban al corriente de ello.

Abrió el sobre y desdobló la única hoja que contenía. Ésta también llevaba ostentosamente impreso en relieve el nombre del Juez y su antiguo cargo y dirección, una vez más sin el código postal. Probablemente el viejo disponía de una cantidad ilimitada de papel de escribir.

Estaba dirigida a Ray y a su hermano menor Forrest, los únicos vástagos de un mal matrimonio que había terminado en 1969 con la muerte de su madre. Como siempre, el mensaje era muy breve:

Por favor, tomad las disposiciones necesarias para estar en mi estudio el domingo 7 de mayo, a las cinco de la tarde, a fin de discutir los detalles de la administración de la testamentaría de mis bienes.

Sinceramente,

REUBEN V. ATLEE

La firma se había encogido y parecía un poco trémula e insegura. Durante años aquella firma había figurado en órdenes y decretos que habían cambiado el curso de incontables vidas. Sentencias de divorcio, custodias de hijos, anulación de derechos paternos, adopciones. Órdenes que resolvían problemas testamentarios, contiendas electorales, disputas sobre tierras, discusiones sobre anexiones territoriales. La firma del Juez había causado respeto y representado la autoridad; ahora se había convertido en un garabato vagamente conocido de un anciano muy enfermo.

Pese a ello, Ray sabía que acudiría al estudio de su padre a la hora señalada. Había sido citado y, por mucho que le molestara, no le cabía la menor duda de que él y su hermano se presentarían ante Su Señoría para escuchar un nuevo sermón. Era típico del Juez elegir el día que a él más le convenía sin consultar con nadie.

El Juez, tal vez como la mayoría de los jueces, tenía por costumbre fijar las fechas de las vistas y las audiencias sin la menor consideración hacia los demás. Semejante dureza era precisa cuando uno tenía que cumplir apretadas agendas, litigantes reacios a acatar las disposiciones, abogados ocupados o letrados holgazanes. Pero el Juez había dirigido su familia prácticamente con el mismo criterio con que había dirigido su sala de justicia, lo cual era una de las principales razones de que Ray Atlee estuviera enseñando Derecho en Virginia y no ejerciendo su profesión en Misisipí.

Ray releyó la convocatoria y después la dejó sobre el montón de asuntos pendientes. Se acercó a la ventana y contempló el patio donde todas las plantas estaban en flor. No se sentía irritado ni indignado, simplemente molesto por el hecho de que su padre siguiera gobernando su vida a su antojo. Pero el viejo se estaba muriendo, pensó. Démosle una oportunidad. Ya no habría muchos más viajes a casa.

Los bienes del Juez constituían todo un misterio. El principal activo era la casa, una propiedad de segunda mano de antes de la guerra de Secesión, perteneciente al mismo Atlee que había combatido con el general Forrest. En una umbrosa calle de la vieja Atlanta valdría más de un millón de dólares, pero no en Clanton. Se levantaba en el centro de dos hectáreas y media de terreno a tres manzanas de la plaza de la ciudad. Los suelos estaban hundidos, el tejado presentaba goteras, la pintura no había tocado las paredes en toda la vida de Ray. Él y su hermano obtendrían tal vez cien mil dólares por ella, pero el comprador tendría que gastarse el doble para adecentarla. Ninguno de los dos quería vivir allí; de hecho, Forrest llevaba muchos años sin pisar el hogar familiar.

La casa se llamaba Maple Run, la «Dehesa del Arce», como si se tratase de una finca impresionante con personal de servicio y calendario social. El último empleado había sido Irene, la criada, fallecida cuatro años atrás. Desde entonces nadie había pasado la aspiradora ni encerado los muebles. El Juez pagaba veinte dólares semanales a un delincuente de la zona para que le cortara las malas hierbas, aunque realizaba el desembolso de muy mala gana. Ochenta dólares al mes eran un atraco, en su docta opinión.

Cuando Ray era pequeño, su madre se refería a su casa como Maple Run. Nunca organizaban cenas en su casa sino en Maple Run. Su dirección no era el domicilio de los Atlee en Fourth Street, sino Maple Run de Fourth Street. En Clanton no eran muchos los que tenían una casa con nombre.

Murió de un aneurisma y la velaron sobre una mesa del salón de la parte anterior de la casa. Durante dos días, la ciudad desfiló por el porche principal antes de cruzar el vestíbulo y el salón para rendirle su último homenaje; luego todos entraban en el comedor a tomar un poco de ponche y unos pastelillos. Ray y Forrest se escondieron en la buhardilla, maldiciendo a su padre por el hecho de tolerar semejante espectáculo. La que yacía allí abajo era su madre, una hermosa joven, ahora pálida y rígida en el interior de un ataúd abierto.

Forrest siempre la había llamado Maple Ruin. Los arces rojos y amarillos que antaño flanqueaban la calle habían muerto de no se sabía qué desconocida enfermedad. Los tocones podridos permanecían allí. Cuatro gigantescos robles daban sombra al césped de la parte anterior. Producían toneladas de hojarasca, demasiadas para que alguien la rastrillara y recogiera. Al menos dos veces al año los robles perdían una rama que caía con estrépito sobre algún lugar de la casa, de donde no siempre la retiraban. La casa seguía allí año tras año, década tras década, recibiendo golpes pero sin desplomarse jamás.

Pese a todo, era todavía un bonito edificio de estilo georgiano con columnas, otrora un monumento en honor de sus constructores, pero ahora ya sólo un triste recordatorio de una familia en decadencia. Ray no quería tener nada que ver con ella. Para él, el lugar estaba lleno de recuerdos desagradables y cada visita lo deprimía profundamente. Jamás volvería a vivir en Clanton y estaba claro que no podía permitirse el lujo de mantener una propiedad que se hubiera tenido que derribar. Forrest la hubiera incendiado antes que conservarla.

Sin embargo, el Juez quería que Ray se quedara con la casa y la conservara en la familia. Ray jamás se había atrevido a preguntar: «¿Qué familia?». Él no tenía hijos. Tenía una ex esposa, pero no era probable que tuviera otra. Lo mismo cabía decir de Forrest, sólo que éste tenía dos ex esposas y una vertiginosa colección de ex novias. En ese momento mantenía una relación con Ellie, una pintora y ceramista de ciento cincuenta kilos, doce años mayor que él.

Era un milagro biológico que Forrest no hubiera engendrado ningún hijo, pero, hasta aquel momento, no se le había descubierto ninguno.

El linaje de los Atlee estaba tocando triste e inevitablemente a su fin, lo cual a Ray le importaba un bledo. Él vivía para sí mismo, no por su padre o por el glorioso pasado familiar. Sólo regresaba a Clanton para los entierros. Jamás se había hablado de las demás propiedades del Juez. La familia Atlee había sido muy rica en otros tiempos, pero eso fue mucho antes de que Ray naciera. Tenían tierras, algodón, esclavos, ferrocarriles y bancos, además de dedicarse a la política: la habitual cartera de valores de las familias sureñas que, en términos monetarios, no significaba nada a finales del siglo XX, aunque otorgaba a los Atlee la categoría de «gente adinerada».

A la edad de diez años, Ray ya sabía que su familia tenía dinero. Su padre era juez y su casa tenía nombre, lo cual en el Misisipí rural significaba que era francamente rico. Antes de morir, su madre se esforzó por convencer a Ray y a Forrest de que eran mejores que la mayoría de la gente. Vivían en una mansión. Eran presbiterianos. De vez en cuando iban a cenar al Peabody Hotel de Memphis. La ropa que vestían era más bonita.

Más adelante, Ray fue aceptado en la Universidad de Stanford. La burbuja estalló cuando el Juez dijo con toda franqueza:

—No puedo permitirme este lujo.

—¿A qué te refieres? —le preguntó Ray.

—Creo que está muy claro: no puedo permitirme el lujo de enviarte a Stanford.

—No lo entiendo.

—Pues te lo voy a explicar. Elige la universidad que prefieras, pero si vas a Sewanee, lo pagaré.

Ray fue a Sewanee sin el equipaje de una familia adinerada y su padre le costeó la manutención mediante una asignación que apenas le alcanzaba para la matrícula, los libros, el alojamiento y la cuota de la asociación estudiantil. La Facultad de Derecho estaba en Tulane, donde Ray sobrevivió trabajando de camarero en un bar de comidas marineras del Barrio Francés.

Durante treinta y dos años, Atlee había ganado un sueldo de juez de equidad, el cual figuraba entre los más bajos del país. Cuando estaba en Tulane, Ray había leído un informe acerca de la remuneración de los jueces y averiguó con tristeza que los jueces de Misisipí ganaban cincuenta y dos mil dólares al año contra el promedio nacional de noventa y cinco mil.

El Juez vivía solo, pasaba muy poco tiempo en casa, no tenía vicios exceptuando la pipa y prefería el tabaco barato. Conducía un viejo Lincoln, comía alimentos de mala calidad pero en considerables cantidades, y vestía los mismos trajes negros que llevaba desde los años cincuenta. Su vicio era la beneficencia. Ahorraba dinero y después lo regalaba.

Nadie sabía cuánto dinero donaba anualmente el Juez. Un diez por ciento iba a parar automáticamente a la Iglesia presbiteriana. Sewanee le costaba dos mil dólares al año, al igual que los Hijos de los Veteranos de la Confederación. Estos tres donativos eran inamovibles. Los demás, no.

El juez Atlee daba a todos los que le pedían. Un niño tullido que necesitaba unas muletas. Un equipo de primeras figuras que tenía que participar en una competición de ámbito estatal. Una iniciativa del Rotary Club para vacunar a los bebés del Congo. Un refugio para perros y gatos en el condado de Ford. Un tejado nuevo para el único museo de Clanton.

La lista era interminable y lo único que se necesitaba para recibir un cheque era escribir una breve carta de solicitud. El juez Atlee siempre enviaba dinero y lo llevaba haciendo desde que Ray y Forrest se independizaron.

Ray se lo imaginó ahora perdido entre el desorden y el polvo de su escritorio de tapa corredera, tecleando breves notas en su Underwood e introduciéndolas en sus sobres de juez de equidad con unos cheques casi ilegibles del First National Bank de Clanton... cincuenta dólares por aquí, cien dólares por allá, un poco para todo el mundo hasta agotarlo todo.

La testamentaría no sería complicada porque habría muy poco que inventariar. Los vetustos libros jurídicos, los desvencijados muebles, las dolorosas fotografías familiares y los recuerdos, los archivos y papeles largo tiempo olvidados... un montón de basura con la que se podría formar una hoguera impresionante. Él y Forrest venderían la casa al mejor postor y se darían por satisfechos si conseguían aprovechar el poco dinero que quedara de la familia Atlee.

Hubiera tenido que telefonear a Forrest, pero semejantes llamadas eran siempre muy fáciles de aplazar. Forrest planteaba toda una serie de cuestiones y problemas muy distintos y mucho más complicados que los de un moribundo y solitario progenitor empeñado en regalar su dinero. Forrest era un desastre viviente y ambulante, un niño de treinta y seis años cuya mente se había embotado por efecto de todas las sustancias legales e ilegales conocidas en la cultura americana.

Menuda familia, murmuró Ray para sus adentros.

Fijó en el tablón de anuncios la anulación de su clase de las once y se fue a la terapia.

2

Verano en el Piedmont, serenos y despejados cielos, con unas estribaciones montañosas cada día más verdes mientras el valle de Shenandoah cambiaba de aspecto a medida que los campesinos trazaban sus impecables surcos. Habían anunciado lluvias para el día siguiente, aunque ninguna predicción meteorológica era digna de crédito en el centro de Virginia.

Con casi trescientas horas de vuelo, Ray empezaba cada jornada con un ojo puesto en el cielo mientras corría sus ocho kilómetros. Podía correr con lluvia o con sol, pero no volar. Se había prometido a sí mismo (y a su compañía de seguros) que no volaría de noche ni se adentraría en las nubes. El noventa y cinco por ciento de todos los accidentes de pequeños aparatos ocurría con mal tiempo o durante la noche y, después de casi tres años de práctica, Ray seguía empeñado en ser un cobarde. «Hay viejos pilotos y pilotos audaces —decía el adagio—, pero no viejos pilotos audaces.» Él creía en ese dicho a pies juntillas.

Además, la zona central de Virginia era demasiado hermosa para sobrevolarla estando nublado. Él esperaba el tiempo ideal, cuando el viento no lo empujaba dificultándole los aterrizajes, cuando la bruma no oscurecía el horizonte y lo podía inducir a extraviarse, cuando no había la menor amenaza de tormenta o lluvia. Los cielos despejados durante su carrera matinal determinaban el resto de su jornada. Podía cambiar la hora del almuerzo, anular una clase, aplazar sus investigaciones a un día de lluvia o a una semana de lluvia en caso necesario. En cuanto se producía una previsión apropiada, Ray se largaba al aeródromo.

Estaba al norte de la ciudad, a quince minutos por carretera de la Facultad de Derecho. En la Academia de Aeronáutica Docker, solía recibir el rudo saludo de Dick Docker, Charlie Yates y Fog Newton, los tres pilotos retirados que eran propietarios de la academia y habían entrenado a casi todos los pilotos particulares de la zona. Celebraban diariamente su sesión en la Carlinga, una hilera de viejas butacas de teatro colocadas en el despacho de la parte anterior de la academia de aviación, donde bebían litros de café mientras contaban historias de vuelos y trolas cada vez más escandalosas a medida que transcurrían las horas. Todos los clientes y alumnos recibían la misma dosis de malos tratos verbales, tanto si les gustaba como si no: lo tomaban o lo dejaban, a ellos les daba igual, pues cobraban unas pensiones estupendas.

La aparición de Ray dio lugar a una nueva tanda de chistes sobre abogados, ninguno de los cuales resultaba gracioso en especial, pero cuyos finales suscitaban indefectiblemente unas estentóreas carcajadas.

—No me extraña que no tengas alumnos —comentó Ray mientras rellenaba los impresos.

—¿Adónde vas? —preguntó Docker.

—A abrir unos cuantos boquetes en el cielo.

—Daremos aviso al control del tráfico aéreo.

—Estáis demasiado ocupados para eso.

Tras haberse pasado diez minutos bromeando y rellenando los impresos del alquiler del aparato, Ray estuvo en condiciones de volar. Por ochenta dólares la hora podía alquilar un Cessna capaz de elevarle a más de un kilómetro y medio de la tierra, lejos de la gente, los teléfonos, el tráfico, los alumnos, las investigaciones y, aquel día en concreto, cada vez más lejos de su padre moribundo, su insensato hermano y el jaleo que lo esperaba cuando regresara a casa.

En la pista general había lugar para treinta aparatos ligeros. Casi todos ellos eran pequeños Cessna con alas muy altas y trenes de aterrizaje fijos, todavía los aviones más seguros que jamás se hubieran fabricado. Al lado de su Cessna de alquiler había un Beech Bonanza, una belleza monomotor de doscientos caballos de potencia que Ray aprendería a manejar en un mes con un poco de entrenamiento. Volaba casi setenta nudos más rápido que el Cessna y disponía de dispositivos suficientes como para que a cualquier piloto se le cayera la baba. Para colmo de males, el Bonanza estaba en venta —cuatrocientos cincuenta mil dólares—, fuera de su alcance, pero por poco. El propietario era constructor de centros comerciales y quería un King Air, según los más recientes análisis efectuados en la Carlinga.

Ray se apartó del Bonanza y se concentró en el pequeño Cessna que aguardaba a su lado. Como todos los pilotos inexpertos, inspeccionó cuidadosamente su aparato siguiendo el orden que figuraba en una lista de chequeo. Fog Newton, su instructor, iniciaba cada lección con un espeluznante relato de fuego y muerte causado por pilotos demasiado impacientes o perezosos como para seguir la lista de chequeo.

Tras comprobar que todas las piezas y las superficies exteriores estaban en perfectas condiciones, abrió la portezuela y subió, abrochándose el cinturón de seguridad. El motor se puso suavemente en marcha y las radios cobraron vida. Terminó una maniobra de predespegue y llamó a la torre. Lo precedía el vuelo de un abonado diario, por lo que, a los diez minutos, cerró las portezuelas y recibió autorización para el despegue. Se elevó en el aire y giró al oeste, hacia el valle de Shenandoah.

A doce mil metros de altura, sobrevoló el monte Afton, situado no mucho más abajo que él. Unos cuantos segundos de turbulencias zarandearon el aparato, pero no fue nada fuera de lo corriente. Una vez superadas las estribaciones montañosas y cuando ya se encontraba por encima de las alquerías, el aire se calmó. La visibilidad oficial era de treinta kilómetros, aunque, a aquella altitud, su vista alcanzaba hasta mucho más lejos. No tenía techo, ni una sola nube. A quince mil metros de altura, las cumbres de Virginia Occidental se elevaron lentamente en el horizonte. Ray completó todas las comprobaciones incluidas en una lista de chequeo a bordo, empobreció la mezcla de combustible para un crucero normal y se relajó por primera vez desde que rodó por la pista para situarse en posición para el despegue.

El parloteo de la radio desapareció y ya no volvería a oírlo hasta que entrara en la zona de la torre de Roanoke, a sesenta kilómetros al sur. Decidió evitar Roanoke y permanecer en un espacio aéreo no controlado.

Ray sabía por experiencia personal que los psiquiatras cobraban doscientos dólares la hora en la zona de Charlottesville. Volar era mucho más barato y eficaz, aunque había sido precisamente un psiquiatra de mucho renombre quien le había sugerido que se buscara una nueva afición, y cuanto antes, mejor. Había estado visitando a aquel hombre porque necesitaba ver a alguien. Exactamente un mes después de que su esposa presentara la demanda de divorcio, dejara su trabajo y se largara de la casa que ambos habían compartido en la ciudad, llevándose tan sólo la ropa y las joyas, todo ello con despiadada eficiencia en menos de seis horas, Ray dejó al psiquiatra por última vez, entró dando tumbos en la Carlinga y recibió el primer improperio por parte de Dick Docker o de Fog Newton, no recordaba cuál de los dos.

El insulto fue como un bálsamo: alguien se preocupaba por él. Siguieron otros, y Ray, a pesar de lo herido y confuso que se sentía, descubrió que había encontrado un hogar. Ahora ya llevaba tres años recorriendo los claros y solitarios cielos de las montañas del Blue Ridge y el valle de Shenandoah, calmando su cólera, derramando unas cuantas lágrimas y contándole su vida al asiento vacío de al lado. Ella se ha ido, le repetía el asiento hasta la saciedad.

Algunas mujeres se van y después vuelven. Otras se van y se arrepienten amargamente. Otras se van con tanto descaro que jamás miran atrás. La desaparición de Vicki de su vida había sido tan bien planeada y su puesta en práctica se había llevado a cabo con tanta frialdad que el primer comentario del abogado de Ray había sido: «Déjalo correr, tío».

Ella había encontrado una oferta más conveniente, como los deportistas que cambian de equipo en el momento en que expira el plazo de su contrato. Aquí tienes la nueva camiseta, sonríe ante las cámaras y olvídate del otro fichaje. Una buena mañana, mientras Ray estaba en el trabajo, ella se fue en una limusina. La seguía una furgoneta con sus pertenencias. Veinte minutos más tarde entró en su nuevo hogar, la mansión de una finca de cría equina al este de la ciudad, donde Lew *el Liquidador* la estaba esperando con los brazos abiertos y un acuerdo prematrimonial. Lew era un tiburón de las finanzas cuyas incursiones le habían reportado más o menos quinientos millones de dólares, según había averiguado Ray, y a la edad de sesenta y cuatro años había cambiado sus fichas por dinero en efectivo, se había largado de Wall Street y, por alguna razón desconocida, había elegido Charlottesville para establecer su nuevo nido.

En el transcurso de dicho proceso había conocido a Vicki, le había ofrecido un trato, la había dejado embarazada del hijo que Ray hubiera debido engendrar y, ya con una esposa tan decorativa como un florero y su nueva familia, quería convertirse en el nuevo Pez Gordo del lugar.

«Ya basta», dijo Ray en voz alta a mil quinientos metros de altura. Por supuesto, nadie le contestó.

Suponía, y esperaba, que Forrest no estuviera bebido ni colocado, aunque semejantes suposiciones por lo general resultaran infundadas y semejantes esperanzas no solieran cumplirse. Después de veinte años de desintoxicaciones y recaídas, cabía dudar de que su hermano lograra superar sus adicciones. Ray estaba seguro de que Forrest no tendría ni un dólar, algo estrechamente relacionado con sus hábitos. Dada su situación económica, buscaría dinero y trataría de encontrarlo en el patrimonio de su padre en cuanto éste muriera.

Pero el dinero que el Juez no había destinado a obras benéficas, lo había arrojado al abismo sin fondo de la desintoxicación de Forrest. Había malgastado en ello no sólo muchos años sino también tanto dinero que prácticamente había excomulgado a Forrest de sus relaciones paterno-filiales, tal como sólo él hubiera podido hacer. Se había pasado treinta y dos años sentenciando separaciones matrimoniales, arrebatando hijos a padres, entregando niños a hogares adoptivos, alejando para siempre de sus hogares a enfermos mentales, enviando a padres delincuentes a la cárcel, imponiendo toda una serie de drásticas y trascendentales condiciones simplemente con su firma. Al principio de su carrera como juez, la autoridad se la otorgaba el estado de Misisipí, pero, andando el tiempo, acabó aceptando únicamente las órdenes de Dios.

Si alguien podía expulsar a un hijo, ése era el juez de equidad Reuben V. Atlee.

Forrest fingió no inmutarse ante su destierro. Se creía un espíritu libre y afirmaba llevar nueve años sin poner los pies en Maple Run. Una vez había visitado al Juez en el hospital, cuando éste sufrió un infarto que había inducido a los médicos a convocar a la familia. Sorprendentemente, en aquella ocasión estaba libre de sus vicios.

—Cincuenta y dos días, hermano —le susurró orgullosamente a Ray mientras ambos aguardaban en el pasillo de la UCI. Cuando la desintoxicación funcionaba, Forrest parecía un marcador deportivo ambulante.

Si el Juez hubiera tenido alguna intención de incluir a Forrest en su testamento, el más sorprendido habría sido el propio Forrest. Pero, ante la posibilidad de que el dinero o los bienes estuvieran a punto de cambiar de titular, Forrest acudiría en busca de todas las migajas y las sobras que lograra recoger.

Cuando estaba sobrevolando el New River Gorge cerca de Beckley, Virginia Occidental, Ray dio media vuelta y regresó. A pesar de que el coste de los vuelos era inferior al de la terapia, tampoco es que fuera barato. El contador estaba en marcha. Si le tocara la lotería, se compraría el Bonanza y volaría a donde se le antojara. En cuestión de un par de años, podría disfrutar del año sabático que le correspondía, un respiro que le permitiría alejarse de los rigores de la vida académica. Pero su sueño era alquilar un Bonanza y perderse en el cielo.

Cuando se hallaba a veinte kilómetros al este del aeródromo llamó a la torre de control y le facilitaron instrucciones para su entrada en el tráfico aéreo. El viento era ligero y variable, y el aterrizaje sería cosa de coser y cantar. Cuando estaba efectuando la última maniobra de aproximación y su pequeño Cessna empezaba a deslizarse en un descenso impecable, se oyó la voz de otro piloto por la radio. Éste se identificó ante el controlador como «Chal-lenger-dos-cuatro-cuatro-delta-mike», situado a veinticuatro kilómetros al norte. La torre autorizó su aterrizaje en segundo lugar, después del Cessna.

Ray relegó los pensamientos acerca del otro aparato justo el tiempo suficiente para efectuar un aterrizaje de manual y después se apartó de la pista y empezó a rodar hacia la rampa.

Un Challenger es un jet privado de construcción canadiense con capacidad de entre ocho y quince plazas, según la configuración. Puede volar de Nueva York a París sin escalas y por todo lo alto, con un auxiliar de vuelo que se encarga de servir las bebidas y las comidas. Un aparato de primera mano vale unos veinticinco millones de dólares, según la interminable lista de opciones que ofrece.

El 244DM era propiedad de Lew *el Liquidador*, que se lo había birlado a una de las muchas desventuradas empresas que había saqueado y esquilmado. Ray lo vio aterrizar a su espalda y, por un segundo, abrigó la esperanza de que se estrellara e incendiara allí mismo en la pista para poder disfrutar del espectáculo. Pero no fue así y, mientras adquiría velocidad en la pista de rodaje de la terminal privada, Ray se vio de repente en una apurada situación.

Desde su divorcio había visto a Vicki un par de veces y lo cierto es que en ese momento no le apetecía verla, él con un Cessna de veinte años de antigüedad mientras ella bajaba por la escalerilla de su jet de color dorado. A lo mejor, no viajaba a bordo. A lo mejor, el único ocupante era Lew Rodowski que regresaba de una nueva correría.

Ray cortó la salida de la mezcla de combustible, el motor se detuvo y, al ver que el Challenger se aproximaba, se agachó cuanto pudo en el asiento.

Cuando el aparato se detuvo a menos de treinta metros del lugar donde él permanecía agazapado, un reluciente Suburban negro se acercó a la rampa con excesiva rapidez y las luces encendidas, como si algún ilustre representante de la realeza acabara de llegar a Charlottesville. Bajaron dos jóvenes con idénticas camisas verdes y pantalones cortos caqui, listos para recibir al Liquidador y a cualquier otra persona que se encontrase a bordo con él. Se abrió la portezuela del Challenger, tendieron la escalerilla y, atisbando por encima del tablero de instrumentos, Ray observó fascinado cómo bajaba en primer lugar uno de los pilotos del aparato, cargado con dos bolsas de la compra de gran tamaño.

A continuación apareció Vicki con los gemelos. Simmons y Ripley ya tenían casi tres años y los pobrecillos habían sido bautizados con unos apellidos neutros en lugar de unos nombres de pila porque su madre era una idiota y su padre ya había engendrado nueve hijos antes que a ellos, y probablemente le importaba un carajo cómo se llamaran. Eran dos varones, eso Ray lo sabía con toda certeza porque leía las noticias del periódico local: los nacimientos, las defunciones, los robos, etc. Habían nacido en el Martha Jefferson Hospital siete semanas y tres días después de que se dictara la sentencia final de divorcio por mutuo acuerdo de los Atlee, y siete semanas y dos días después de que una embarazadísima Vicki se casara con Lew Rodowski.

Sujetando la mano de los niños, Vicki bajó con cuidado la escalerilla. Los quinientos millones de dólares le sentaban bien: unos ajustados vaqueros de diseño envolvían sus largas piernas, unas piernas que habían adelgazado considerablemente desde que ella se incorporara a la alta sociedad. De hecho, Vicki daba la impresión de estar espléndidamente muerta de hambre, con unos brazos esqueléticos, un traserito aplanado y las mejillas pegadas al hueso. Ray no le distinguió los ojos porque los ocultaba detrás de unas gafas de sol de cristales panorámicos, según la última moda de Hollywood o de París, como uno prefiriera.

En cambio no podía decirse que el Liquidador se muriera de hambre, precisamente. Ahora esperaba con impaciencia detrás de su actual esposa y su actual camada. Afirmaba correr maratones, pero muy pocas de las cosas que decía en letra impresa resultaban ser ciertas. Tenía una tripa descomunal, había perdido la mitad del cabello y la otra mitad había encanecido con los años. Ella tenía cuarenta y un años y aparentaba treinta. Él había cumplido los sesenta y cuatro, aunque aparentaba setenta o, por lo menos, eso pensaba Ray con gran satisfacción por su parte.

Al final llegaron al Suburban mientras los dos pilotos y los dos chóferes se ocupaban del equipaje y las bolsas de compra de Saks y Bergdorf. Un rápida excursión de compras a Manhattan, un viaje de cuarenta y cinco minutos en el Challenger.

El Suburban se alejó a toda velocidad: el espectáculo había terminado. Ray se incorporó en el asiento del Cessna.

Si no la hubiera odiado tanto, hubiera permanecido sentado largo rato allí, rememorando su matrimonio.

No había habido advertencias, discusiones ni avisos previos. Simplemente, ella había encontrado una oferta mucho mejor.

Abrió la portezuela para respirar y advirtió que tenía el cuello de la camisa empapado en sudor. Se secó las cejas y bajó del aparato.

Por primera vez que él recordara, deseó no haber ido al aeródromo.

3

La Facultad de Derecho estaba junto a la de Estudios Empresariales y ambas se levantaban en el borde norte de un campus que había crecido enormemente a partir de la pintoresca aldea universitaria proyectada y construida por Thomas Jefferson.

Para pertenecer a una universidad que tanto veneraba la arquitectura de su fundador, la Facultad de Derecho no era más que uno de tantos edificios modernos del campus, cuadrado y plano, todo ladrillo y cristal, tan vulgar y poco original como otros muchos construidos en los años setenta. Pero los nuevos fondos de que disponía la universidad habían permitido llevar a cabo reformas y embellecer los jardines. Figuraba en la lista de los diez mejores centros universitarios del país, tal como muy bien sabían cuantos trabajaban y estudiaban allí. La superaban algunas universidades privadas pertenecientes a la prestigiosa Ivy League, pero ningún otro centro público. Atraía a miles de estudiantes aventajados y a un brillante claustro de profesores.

Ray estaba a gusto en su puesto de profesor de Derecho Financiero en la Universidad Northeastern

3

Valley Community Lib
739 River Street
Peckville, PA 18452-2

de Boston. Algunos de sus trabajos llamaron la atención de un comité de investigación, una cosa llevó a la otra, y la oportunidad de trasladarse a vivir al Sur y ocupar un puesto en un centro universitario de semejante categoría empezó a resultarle atractiva. Vicki era de Florida y, aunque le gustaba la vida en Boston, jamás se había acostumbrado a los duros inviernos de allí. Rápidamente se adaptaron al ritmo más pausado de Charlottesville. A él le concedieron la categoría de numerario y ella obtuvo el doctorado en lenguas románicas. Estaban hablando de la posibilidad de tener hijos cuando el Liquidador apareció en escena.

Cuando otro hombre te deja embarazada a la mujer y te la quita, lo normal es que quieras hacerle unas cuantas preguntas. Y puede que formularle también unas cuantas a ella. En los días posteriores a la partida de su mujer, Ray no podía dormir pensando en las preguntas; sin embargo, a medida que transcurría el tiempo, comprendió que jamás se atrevería a enfrentarse a ella. Las preguntas se desvanecieron, pero el hecho de verla en el aeropuerto las había hecho aflorar de nuevo. Ray sometió a su ex esposa a un nuevo interrogatorio mientras aparcaba en la facultad y regresaba a su trabajo.

Su horario de despacho se prolongaba hasta bien entrada la tarde y no era necesario concertar previamente una cita. Su puerta estaba abierta y cualquier alumno era bien recibido. Sin embargo ahora estaban a finales de abril y los días eran muy agradables. Las visitas de los alumnos no abundaban. Volvió a leer la orden de su padre y se irritó una vez más por su habitual autoritarismo.

A las cinco en punto cerró la puerta de su despacho, abandonó la Facultad de Derecho y anduvo por una calle interior hasta llegar a un polideportivo situado en el mismo recinto universitario, en el que los alumnos de tercer curso jugaban en representación de la facultad el segundo de la serie de tres partidos de *softball*. Los profesores habían perdido el primer partido, en el que habían sido víctimas de una auténtica masacre. El segundo y tercer partido ya no eran necesarios para la elección del mejor equipo.

Los alumnos de primero y de segundo habían olido la sangre: ocupaban todas las gradas y se amontonaban junto a la valla de la línea de la primera base, donde los miembros del equipo de la facultad estaban reunidos para escuchar la arenga previa al comienzo del partido. Junto al exterior izquierdo, algunos alumnos de primero de muy dudosa reputación se habían congregado alrededor de dos grandes neveras portátiles de gran tamaño y la cerveza ya circulaba a litros.

En primavera un campus universitario era el lugar ideal, pensó Ray mientras se acercaba a la cancha y buscaba un sitio cómodo para presenciar el partido. Chicas en pantalones cortos, una nevera portátil siempre a mano, ambiente festivo, partidos improvisados y el verano a la vuelta de la esquina. Tenía cuarenta y tres años, llevaba treinta y seis meses soltero y estaba deseando volver a sentirse estudiante. La docencia te mantiene joven, decía todo el mundo, y cabía la posibilidad de que efectivamente ayudara a conservar la energía y la agudeza mental, pero lo que en realidad quería Ray era sentarse sobre una nevera portátil junto con todos los alborotadores y codearse con las chicas.

Un grupito de colegas permanecía de pie detrás del *catcher* con aire indolente, sonriendo valerosamente mientras el equipo de la facultad salía al campo con una alineación muy poco impresionante. Varios jugadores cojeaban. Y la mitad llevaba una especie de rodillera. Vio a Carl Mirk, adjunto del decanato e íntimo amigo suyo, apoyado contra una valla con el nudo de la corbata aflojado y la chaqueta echada sobre los hombros.

—Menudo equipo tenemos —le dijo Ray.

—Espera a verlos jugar —contestó Mirk.

Carl era de una pequeña ciudad de Ohio, donde su padre era juez local, santo local y abuelo de todo el mundo. Él también se había largado con el juramento de no regresar nunca más.

—Me he perdido el primer partido —dijo Ray.

—Ha sido para morirse de risa. Diecisiete a cero después de dos turnos de entrada.

El jugador de los alumnos que intervino en primer lugar efectuó el primer lanzamiento hacia el exterior izquierdo, un doble de rutina, pero, para cuando el exterior izquierdo y el exterior central se acercaron renqueando, acorralaron la pelota, le propinaron un par de puntapiés, se pelearon por ella y finalmente la lanzaron hacia el diamante, el jugador ya había alcanzado la base y se perdió la oportunidad.

Los alborotadores del exterior izquierdo se pusieron histéricos. Los alumnos de las gradas pidieron a gritos que siguieran fallando.

—La cosa irá a peor —auguró Mirk.

Y así fue, en efecto. Tras presenciar unos cuantos desastres más, Ray ya tuvo suficiente.

—A principios de la semana que viene tendré que irme —dijo entre dos juegos—. Me han llamado de casa.

—Se te nota en la cara el entusiasmo —observó Mirk—. ¿Otro entierro?

—Todavía no. Mi padre ha convocado una cumbre familiar para discutir su herencia.

—Lo siento.

—No lo sientas. No hay mucho que discutir y nada por lo que pelearse, de manera que probablemente todo resultará de lo más desagradable.

—¿Tu hermano?

—No sé quién causará más problemas, si mi hermano o mi padre.

—Pensaré en ti.

—Gracias. Informaré a mis alumnos y les encargaré tareas. Creo que conseguiré dejarlo todo arreglado.

—¿Cuándo te vas?

—El sábado, y creo que regresaré el martes o el miércoles, pero cualquiera sabe.

—Nosotros aquí estaremos —dijo Mirk—. Y es de esperar que esta serie ya haya terminado para entonces.

Una floja pelota rebotada en el suelo rodó por entre las piernas del lanzador sin que nadie la tocara.

—Creo que ahora ya ha terminado —señaló Ray.

A Ray nada le amargaba más la vida que la idea de regresar a casa. Llevaba más de un año sin acercarse por allí, aunque en realidad lo que deseaba era no regresar jamás. Se compró un burrito en una tienda de comida mexicana y se lo comió en la terraza de un café, cerca de la pista de patinaje sobre hielo, donde se reunía la habitual pandilla de bárbaros para pegar un susto a la gente normal. El viejo Main Street era un centro comercial peatonal muy bonito, por cierto, lleno de cafés, tiendas de antigüedades y librerías, y cuando hacía buen tiempo, circunstancia que se producía muy a menudo, los restaurantes cambiaban de ubicación para instalarse en el exterior, donde servían cenas al aire libre.

En cuanto volvió a quedarse soltero de forma tan imprevista, Ray vació su preciosa casa y se mudó al centro, donde buena parte de los viejos edificios se había reformado y convertido en viviendas de estilo más urbano. Su apartamento de seis habitaciones estaba encima de una tienda de alfombras persas. Tenía un pequeño balcón que daba a la calle y, por lo menos una vez al mes, se reunía allí con sus alumnos para tomar un poco de vino y lasaña.

Ya era casi de noche cuando abrió la puerta y subió los ruidosos peldaños de su casa. Se sentía muy solo, pues no tenía pareja, ni perro, ni gato, ni siquiera un pececito de colores. En el transcurso de los últimos años había conocido a dos mujeres que le habían parecido atractivas, pero no había salido con ninguna de ellas. Le daba demasiado miedo empezar una relación. Una pícara estudiante de tercero llamada Kaley se le estaba insinuando, pero sus defensas eran muy sólidas. Su impulso sexual era tan débil que hasta había considerado la posibilidad de acudir a un especialista o de recurrir a algún medicamento milagroso. Encendió las luces y consultó el contestador.

Había llamado Forrest, algo insólito aunque no completamente inesperado. Y, fiel a su costumbre, Forrest se había limitado a llamar sin dejar ningún número. Ray se preparó un té sin teína y puso un poco de jazz para armarse de valor mientras aguardaba la llamada. Resultaba curioso que una conversación telefónica con su único hermano tuviera que costarle un esfuerzo tan grande, pero el caso era que el hecho de hablar con Forrest siempre resultaba deprimente. Ninguno de los dos tenía esposa ni hijos, nada en común más que un padre y un apellido.

Ray marcó el número de la casa de Ellie en Memphis. El teléfono sonó mucho rato antes de que ella contestara.

—Hola, Ellie, soy Ray Atlee —le dijo jovialmente.

—Ah —rezongó ella, como si fuera la octava vez que llamaba—. No está aquí.

Yo estoy bien, Ellie, ¿y tú? Muy bien, gracias por preguntarlo. Me alegro mucho de oír tu voz. ¿Qué tal tiempo hace aquí abajo?

—Sólo llamaba porque él me ha telefoneado —dijo Ray.

—Ya te he dicho que no está.

—Ya te he oído. ¿Tiene algún otro número?

—¿Quién?

—Forrest. ¿Éste sigue siendo el mejor número para localizarlo?

—Supongo. Se pasa aquí casi todo el día…

—Por favor, ¿podrás decirle que le he llamado?

Se habían conocido en el centro de desintoxicación: ella por alcoholismo, Forrest por todo un variado menú de sustancias ilegales. Por aquel entonces Ellie pesaba cuarenta y cinco kilos y afirmaba que, durante casi toda su vida de adulta, se había mantenido exclusivamente a base de vodka. Logró dejarlo, se recuperó, triplicó su peso y, de paso, consiguió arrastrar consigo a Forrest. Era para él más una madre que una pareja y ahora lo tenía en una habitación del sótano de su hogar ancestral, una vieja y misteriosa casa de estilo victoriano en el centro de Memphis.

Ray aún sostenía el teléfono cuando el aparato sonó.

—Hola, hermano —dijo Forrest—. ¿Has telefoneado?

—Sí, quería devolverte la llamada. ¿Qué tal va todo?

—Bien, al menos hasta que me llegó una carta del viejo. Tú también la has recibido, ¿verdad?

—Sí, hoy mismo.

—Por lo visto se imagina que sigue siendo juez y nos ha confundido con un par de progenitores negligentes, ¿no te parece?

—Él siempre será el Juez. ¿Has hablado con él?

Forrest soltó un bufido y después se produjo una pausa.

—Llevo dos años sin hablar con él por teléfono y hace tantos años que no pongo los pies en la casa que ni siquiera me acuerdo de cómo es. No sé muy bien si voy a ir el domingo.

—Irás.

—Y tú, ¿has hablado con él?

—Hace tres semanas. Llamé yo, no él. Me dio la impresión de que estaba muy enfermo, Forrest, no creo que viva mucho tiempo. Me parece que deberías considerar muy en serio…

—No empieces, Ray. No pienso escuchar un sermón.

Se instaló un pesado silencio en cuyo transcurso ambos respiraron hondo. Por su condición de adicto perteneciente a una destacada familia, Forrest llevaba mucho tiempo recibiendo sermones y consejos que no había pedido.

—Perdón —se disculpó Ray—. Yo tengo intención de ir. ¿Y tú?

—Supongo que también.

—¿Estás limpio?

La pregunta era muy personal, pero tan habitual como comentar el tiempo. La respuesta de Forrest era siempre directa y sincera.

—Ciento treinta y nueve días, hermano.

—Estupendo.

En cierto modo. Cada día de abstinencia era un alivio, pero el hecho de tener que contar al cabo de veinte años resultaba desalentador.

—Además, he encontrado trabajo —añadió Forrest.

—Qué maravilla. ¿De qué se trata?

—Colaboro con unos picapleitos de aquí, un hatajo de perezosos hijoputas que se anuncian a través de la televisión por cable y acechan alrededor de los hospitales. Yo les consigo casos y cobro una comisión.

Resultaba un poco difícil valorar un trabajo tan miserable como aquél, pero, tratándose de Forrest, cualquier actividad laboral representaba una buena noticia. Había sido fiador, notificador de citaciones, recaudador de impuestos, guarda de seguridad, investigador privado y, en distintos momentos, había intentado desarrollar prácticamente todas las actividades correspondientes a los niveles más bajos del ejercicio de la abogacía.

—No está mal —dijo Ray.

Forrest empezó a contarle una anécdota acerca del arreglo de una boda en la sala de urgencias de un hospital, y en ese punto Ray dejó de escucharle. Su hermano también había trabajado como gorila de un bar de striptease, una profesión efímera, pues lo dejó cuando le propinaron un par de palizas en una sola noche. Se había pasado todo un año recorriendo México en una Harley-Davidson nueva; jamás se supo muy bien de dónde había sacado los fondos para aquel viaje. Había intentado trabajar como matón por cuenta de un prestamista de Memphis, pero, una vez más, la violencia no se le dio muy bien.

Los trabajos honrados jamás le habían llamado la atención aunque, a decir verdad, los entrevistadores solían quedarse estupefactos ante su historial delictivo.

Dos delitos de mayor cuantía, relacionados con las drogas; ambos habían sido cometidos antes de cumplir los veinte años, pero, aun así, constituían unas manchas permanentes en su currículum.

—¿Vas a hablar con el viejo? —preguntó.

—No, ya lo veré el domingo —contestó Ray.

—¿A qué hora llegarás a Clanton?

—No lo sé. Sobre las cinco, supongo. ¿Y tú?

—Dios dijo a las cinco en punto, ¿no?

—Pues sí.

Ray se pasó una hora dando vueltas alrededor del teléfono, pensando que iba a llamar a su padre simplemente para saludarlo y después, cambiando de opinión, que cualquier cosa que le dijera ahora también se la podría decir más tarde en persona. El Juez aborrecía los teléfonos, sobre todo los que sonaban por la noche y quebraban su soledad. Por lo general no contestaba. Y, si se ponía al teléfono, solía mostrarse tan grosero y malhumorado que el comunicante se arrepentía de haberse tomado la molestia.

El Juez vestiría pantalones negros y una camisa blanca pulcramente almidonada y llena de agujeritos causados por la ceniza de su pipa.

Porque el Juez siempre había llevado las camisas de aquella manera. A él una camisa blanca de algodón le duraba diez años, cualquiera que fuera el número de manchas y de agujeritos de ceniza que tuviera, y cada semana en Mabe's Cleaners, la lavandería de la plaza, se la lavaban y almidonaban. La corbata tendría tantos años como la camisa y el estampado sería en tonos oscuros y sin apenas color. Y siempre tirantes azul marino.

Estaría ocupado en el escritorio de su estudio bajo el retrato del general Forrest y no sentado en el porche, esperando a sus hijos. Querría que pensaran que tenía mucho trabajo que hacer, incluso un domingo por la tarde, y que su llegada carecía de importancia para él.

4

El viaje a Clanton duraba unas quince horas si se circulaba junto a los camiones en la transitada autopista de cuatro carriles y se luchaba contra los embotellamientos que rodeaban las ciudades, y podía hacerse en un día si uno tenía prisa. No era el caso de Ray.

Introdujo unos cuantos enseres en el maletero de su deportivo Audi TT, un descapotable de dos plazas que se había comprado hacía menos de una semana, y no se despidió de nadie, porque a nadie le importaba si iba o venía, antes de abandonar Charlottesville. No superaría los límites de velocidad y no viajaría por una autopista de cuatro carriles, por poco que pudiera evitarlo. Ése era su reto: un viaje sin sobresaltos. En el asiento de cuero del acompañante tenía mapas, un termo con café cargado, tres puros habanos y una botella de agua.

Cuando llevaba pocos minutos circulando por el oeste de la ciudad, giró a la izquierda hacia la carretera principal de Blue Ridge e inició su serpeante camino hacia el sur, siguiendo las estribaciones montañosas. El TT era un modelo del año 2000, que había salido de la mesa de dibujo hacía apenas un par de años. Unos dieciocho meses atrás Ray había leído el anuncio de la Audi de su nuevo automóvil deportivo y había corrido a encargar el primero que hubiera en la ciudad. Aún no había visto ninguno como el suyo, aunque en el concesionario le habían asegurado que serían muy populares.

Al llegar a un altozano, bajó la capota, encendió un habano y tomó un sorbo de café, tras lo cual reanudó la marcha a una velocidad máxima de setenta kilómetros por hora. Pero incluso a aquel paso Clanton estaba muy cerca.

Cuatro horas más tarde, mientras buscaba una gasolinera, Ray se detuvo en el semáforo de la calle principal de una pequeña localidad de Carolina del Norte. Tres abogados pasaron por delante de él hablando a la vez y todos con unas viejas carteras de documentos rayadas y casi tan gastadas como sus zapatos. Miró a la izquierda y vio un palacio de justicia. Miró a la derecha y los vio desaparecer en el interior de un restaurante. De repente, sintió deseos de comer algo y de oír el bullicio de la gente.

Los tres abogados ocupaban un reservado cerca de las lunas de la calle y seguían hablando mientras removían el café. Ray se sentó a una mesa no muy distante y le pidió un gran bocadillo a una anciana camarera que debía de llevar varias décadas sirviéndolos. Un vaso de té helado y un bocadillo, anotó la camarera con todo detalle. Probablemente el chef es todavía más viejo, pensó.

Los abogados se habían pasado toda la mañana en los tribunales, discutiendo por un pedazo de tierra situado en lo alto de la montaña. La tierra se había vendido, a continuación se había presentado una demanda y ahora se estaba celebrando el juicio. Habían llamado a los testigos, habían expuesto precedentes ante el juez, habían rebatido todos los argumentos de la parte contraria y los ánimos se habían caldeado hasta el extremo de que ahora necesitaban darse un respiro.

Y eso es lo que mi padre quería que yo hiciera, se dijo Ray casi en voz alta. Estaba parapetado detrás del periódico local, fingiendo leer, aunque en realidad prestaba toda su atención a la conversación de los abogados.

El sueño del juez Reuben Atlee era que sus hijos terminaran los estudios en la Facultad de Derecho y regresaran a Clanton. Entonces él se habría retirado de la judicatura y juntos habrían abierto un bufete. Allí habrían ejercido una honrosa profesión y él les habría enseñado a ser abogados... unos abogados caballeros, unos abogados rurales.

Unos abogados sin un céntimo, en opinión de Ray. Como todas las pequeñas ciudades del Sur, en Clanton abundaban los abogados. Todos se amontonaban en los edificios de oficinas que había al otro lado de la plaza del Palacio de Justicia. Dirigían la política, los bancos, las asociaciones ciudadanas y los consejos de las escuelas, incluso las iglesias y las ligas de segunda división. ¿En qué lugar pensaba encontrar sitio su padre?

Durante las vacaciones de verano, cuando regresaba a casa desde el centro universitario o la Facultad de Derecho, Ray ayudaba a su padre en el despacho. Sin percibir ningún salario, claro. Conocía a todos los abogados de Clanton. En general, no eran mala gente. Su único defecto era que había demasiados.

El extravío de Forrest se produjo a muy temprana edad y ello hizo que Ray se viera sometido a una fuerte presión con el fin de que siguiera el ejemplo del viejo y optara por una vida de digna pobreza. Pero él resistió la presión y, al término de su primer año en la Facultad de Derecho, se hizo la promesa de no permanecer en Clanton. Tardó un año más en hacer acopio de valor para decírselo a su padre, quien se pasó ocho meses sin dirigirle la palabra. Cuando Ray terminó sus estudios de Derecho, Forrest estaba en la cárcel. El juez Atlee llegó tarde a la ceremonia de entrega de diplomas, se sentó en la última fila, se marchó a toda prisa y sin dirigirle la palabra a Ray. Fue necesario un infarto para que volvieran a reunirse.

Pero el dinero no era el principal motivo de la huida de Ray de Clanton. Atlee & Atlee jamás despegó porque el socio más joven quería huir de la sombra del más viejo.

El juez Atlee era un hombre importante en una pequeña ciudad.

Ray encontró una gasolinera a la salida de la ciudad y regresó enseguida a las colinas, circulando por la carretera principal a setenta kilómetros por hora. Y, a veces, a sesenta. Se detenía en los altozanos para admirar el panorama. Esquivaba las ciudades y examinaba los mapas. Todas las carreteras conducían, tarde o temprano, a Misisipí.

Cerca del límite del estado de Carolina del Norte, encontró un viejo motel que prometía aire acondicionado, televisión por cable y habitaciones limpias por veintinueve dólares con noventa y nueve centavos, si bien el letrero estaba torcido y tenía los bordes oxidados. La inflación había llegado junto con el cable, pues ahora la habitación costaba cuarenta dólares. Al lado había un café que permanecía abierto las veinticuatro horas donde Ray se zampó unos *dumplings*, el plato especial de la noche. Después de cenar se sentó en un banco del exterior del motel, se fumó otro habano y contempló el paso ocasional de algún que otro vehículo.

Al otro lado de la carretera y unos cien metros más abajo había un autocine abandonado. La marquesina se había descolgado y estaba cubierta de zarzas y malas hierbas. La gigantesca pantalla y las vallas que rodeaban el perímetro llevaban muchos años convirtiéndose en ruinas.

Clanton había tenido en otros tiempos un autocine como aquél, justo a un tiro de piedra de la entrada de la ciudad. Pertenecía a una cadena del Norte y ofrecía a los habitantes de la localidad la típica programación de películas de playa, terror y artes marciales, unas películas que despertaban el interés de los jóvenes y daban a los predicadores material para sus sermones. En 1970, los poderes del Norte decidieron corromper una vez más el Sur, enviándoles películas guarras.

Como todas las cosas buenas y malas, la pornografía llegó tarde a Misisipí. Cuando la marquesina anunció *Las animadoras*, los automóviles que pasaban no hicieron ni caso. Cuando al día siguiente se añadió *XXX*, se paró el tráfico y en los cafés de la plaza se calentaron los ánimos. El primer pase tuvo lugar un lunes por la noche ante un pequeño grupo de curiosos y en cierto modo entusiastas espectadores. En el instituto circularon comentarios favorables y el martes numerosos adolescentes se ocultaron en los bosques, muchos de ellos con prismáticos, para contemplar con incredulidad las escenas que se sucedían en la pantalla. Después de las oraciones del miércoles por la noche, los predicadores organizaron y lanzaron un contraataque, basado más en las amenazas que en una estrategia meditada.

Siguiendo el ejemplo de los manifestantes en favor de los derechos civiles, unas gentes que no les inspiraban la menor simpatía, los predicadores condujeron sus rebaños a la carretera, a la altura del autocine, y allí desplegaron pancartas, rezaron y entonaron himnos, anotando apresuradamente los números de las matrículas de los automóviles que pretendían entrar.

El negocio estaba condenado. Los empresarios del Norte presentaron una denuncia para conseguir un mandato judicial. Los predicadores presentaron otra por su cuenta y, como era de esperar, todo ello acabó en la sala del honorable Reuben V. Atlee, miembro de toda la vida de la Primera Iglesia Presbiteriana, descendiente de los Atlee que habían construido el primer santuario y, durante treinta años, catequista de una escuela dominical que se reunía en la cocina del sótano de la iglesia.

El juicio duró tres días. Puesto que ningún abogado de Clanton quiso defender *Las animadoras*, los propietarios tuvieron que ser representados por un bufete de Jackson. Una docena de ciudadanos se declaró en contra de la película en nombre de los predicadores.

Diez años más tarde, cuando estudiaba en la Facultad de Derecho de Tulane, Ray estudió el dictamen de su padre acerca del caso. Siguiendo los casos federales más habituales, la sentencia del juez Atlee protegió los derechos de los manifestantes, pero con ciertas limitaciones. Y, citando un reciente fallo en un litigio por obscenidad en el Tribunal Supremo de Estados Unidos, permitió que la película se siguiera exhibiendo.

Desde un punto de vista judicial, el razonamiento era impecable. No obstante, desde un punto de vista político, era desastroso. Nadie estuvo satisfecho. El teléfono sonaba por la noche con amenazas anónimas. Los predicadores calificaron a Reuben Atlee de traidor. «Ya verás en las próximas elecciones», le prometieron desde los púlpitos.

El *Clanton Chronicle* y el *Ford County Times* recibieron un alud de cartas, todas ellas censurando al juez Atlee por tolerar semejante indecencia en su intachable comunidad. Cuando finalmente se hartó de todas aquellas críticas, el Juez se resolvió a hablar. Decidió hacerlo el domingo en la Primera Iglesia Presbiteriana y la noticia se extendió como un reguero de pólvora, tal como solía ocurrir en Clanton. En un templo atestado, el juez Atlee avanzó con paso seguro por el pasillo central y subió las alfombradas gradas para ocupar el púlpito. Medía más de metro ochenta de estatura, era corpulento y su traje negro le confería un aire de autoridad.

—Un juez que cuenta los votos antes del juicio debería quemar su toga y huir corriendo al límite del condado —empezó diciendo con severo tono de voz.

Ray y Forrest se habían sentado lo más lejos posible, en un rincón del triforio, ambos casi al borde de las lágrimas. Habían suplicado a su padre que les permitiera saltarse los oficios religiosos, algo que según el criterio del Juez no era permisible bajo ninguna circunstancia.

El Juez explicó a los menos informados que era preciso atenerse a los precedentes legales, cualesquiera que fueran los puntos de vista o las opiniones personales, y que los buenos jueces se ciñen a la ley. Los jueces débiles acatan la voluntad de la muchedumbre. Los jueces débiles actúan con la mirada puesta en los votantes y después alegan que les han hecho una mala jugada cuando sus cobardes sentencias son recurridas ante los tribunales superiores.

—Podéis atribuirme muchos defectos —le dijo a su silencioso auditorio—, menos el de ser cobarde.

A Ray aún le parecía oír sus palabras, ver a su padre allí abajo, solo como un gigante.

Al cabo de una semana los manifestantes se cansaron y el cine porno siguió adelante. Las artes marciales regresaron con más ímpetu que nunca y todo el mundo estuvo contento. Dos años después, el juez Atlee obtuvo el habitual ochenta por ciento de los votos del condado de Ford.

Ray arrojó el habano junto a un arbusto y se fue a su habitación. La noche era fresca, por lo que decidió abrir la ventana y escuchar el rumor de los automóviles que salían de la ciudad y desaparecían al otro lado de las colinas.

5

Cada calle tenía su historia y cada edificio su recuerdo. Los afortunados que han disfrutado de infancias maravillosas pueden recorrer su ciudad natal y retroceder felizmente en el tiempo. Los demás se quedan en casa por obligación, pero se van en cuanto pueden. Cuando sólo llevaba quince minutos en Clanton, Ray ya estaba deseando largarse.

El lugar había cambiado y no había cambiado. En las carreteras que conducían a la ciudad, los baratos edificios de metal y las caravanas se apiñaban lo más cerca posible de las carreteras para gozar de la máxima visibilidad. El condado de Ford carecía de la más mínima división territorial. Un propietario de terrenos podría construir lo que quisiera sin permiso, inspección, normas o advertencias a los propietarios de los terrenos colindantes, nada en absoluto. Sólo las granjas de cría de cerdos y los reactores nucleares necesitaban permiso y papeleo. La consecuencia era un caótico y desordenado desarrollo urbano cuya fealdad aumentaba de año en año.

Sin embargo, en el casco antiguo, más cerca de la plaza, la ciudad no había cambiado en absoluto.

Las largas y umbrosas calles estaban tan pulcras y limpias como cuando Ray las recorría en bicicleta. Casi todas las casas seguían perteneciendo a personas que él conocía y, en los casos en que dichas personas habían fallecido, los nuevos propietarios mantenían los céspedes bien cuidados y las ventanas pintadas como los anteriores. Pocas casas aparecían deterioradas. Y sólo unas pocas habían sido abandonadas.

En aquella zona profundamente enraizada en la Biblia, la norma tácita seguía siendo la de que en domingo apenas se hacía nada excepto ir a la iglesia, sentarse en el porche, visitar a los vecinos, descansar y relajarse, como Dios mandaba.

El cielo estaba nublado y hacía bastante frío para ser el mes de mayo; mientras recorría su antiguo territorio, matando el tiempo hasta que llegara la hora señalada, Ray trató de concentrarse en los buenos recuerdos que conservaba de Clanton. Estaba el Dizzy Dean Park, donde él había jugado en la Little League con los Pirates, y también la piscina pública, donde nadaba todos los veranos menos el del año 1969, cuando el municipio prefirió cerrarla antes que permitir la entrada a los niños negros. Estaban las iglesias —la baptista, la metodista y la presbiteriana— situadas frente a frente en el cruce de las calles Second y Elm como cautos centinelas, con sus chapiteles compitiendo en altura. Ahora estaban vacías, pero en cuestión de una hora los más devotos se reunirían allí para asistir a los oficios de la tarde.

La plaza estaba tan muerta como las calles que desembocaban en ella. Con sus ocho mil habitantes,

Clanton tenía el tamaño suficiente para haber atraído a los comercios con descuento que habían acabado con tantas localidades pequeñas. Pero allí la gente se había mantenido fiel a los comerciantes del centro y no había ni un solo edificio vacío o clausurado en la plaza, lo cual constituía todo un milagro. Las tiendas de venta al por menor se mezclaban con los bancos, los bufetes de abogados y los cafés, todos cerrados por el descanso dominical.

Recorrió muy despacio el cementerio y echó un vistazo a la parcela de los Atlee de la parte antigua, donde las lápidas eran más ostentosas. Algunos antepasados suyos habían construido monumentos en honor de sus muertos. Ray siempre había pensado que el dinero familiar que jamás había llegado a ver debía de estar enterrado bajo aquellas lápidas. Aparcó y se acercó a pie a la tumba de su madre, cosa que llevaba años sin hacer. Estaba enterrada entre los Atlee, en el extremo más alejado de la parcela de la familia porque casi no pertenecía a la misma.

Muy pronto, en cuestión de menos de una hora, estaría sentado en el estudio del Juez, tomando un pésimo té instantáneo y recibiendo instrucciones acerca de cómo deseaba su padre que lo enterraran. Se darían muchas órdenes y se promulgarían muchos decretos y disposiciones, pues el Juez era un hombre importante y se preocupaba muchísimo por la manera en que se le debería recordar.

Reanudó su camino y pasó por delante de la torre de las aguas a la que se había encaramado un par de veces, la segunda con la policía esperándolo abajo.

Esbozó una mueca al pasar por delante de su antiguo instituto, un lugar que no había vuelto a visitar desde que se fuera. Detrás estaba el campo de fútbol americano en el que Forrest Atlee había avasallado a sus adversarios y había estado a punto de hacerse famoso antes de ser expulsado del equipo.

Faltaban veinte minutos para las cinco del domingo, 7 de mayo. Había llegado la hora de la reunión familiar.

No se apreciaba la menor señal de vida en Maple Run. El césped del jardín delantero se había cortado unos cuantos días atrás y el viejo Lincoln negro del Juez estaba aparcado en la parte posterior de la casa. Aparte de aquellas dos pruebas, no se observaba ninguna otra señal de que alguien llevara muchos años viviendo allí.

La fachada principal estaba dominada por cuatro columnas redondas bajo un porche, unas columnas que, cuando Ray vivía allí, estaban pintadas de blanco. Ahora estaban cubiertas de enredaderas. La glicina se derramaba sin orden ni concierto por la parte superior de las columnas y por el tejado. Las malas hierbas lo asfixiaban todo: los arriates, los arbustos, los caminos.

Los recuerdos lo azotaron con fuerza, como siempre le ocurría cuando avanzaba lentamente por el camino particular, y meneó la cabeza al ver el lamentable estado de su antiguo y hermoso hogar. Siempre experimentaba la misma oleada de remordimiento. Debería haberse quedado, debería haber permanecido junto al viejo y fundar el bufete Atlee & Atlee, debería haberse casado con una chica del lugar y engendrar media docena de descendientes que habrían vivido en Maple Run, donde habrían adorado al Juez y lo habrían hecho feliz en su vejez.

Cerró la portezuela lo más ruidosamente que pudo para poner sobre aviso a quien correspondiera, pero el ruido se posó suavemente sobre Maple Run. La casa de al lado en la parte este era otra reliquia ocupada por una familia de solteronas que llevaban varias décadas agonizando. Se trataba también de un edificio anterior a la guerra de Secesión, pero sin parras ni malas hierbas, enteramente cubierto por la sombra de cinco de los más gigantescos robles de Clanton.

Los peldaños de la entrada y el porche de la fachada se habían barrido recientemente. Había una escoba apoyada al lado de la puerta ligeramente entornada. El Juez se negaba a cerrar la casa con llave y, como también se negaba a instalar aire acondicionado, dejaba las ventanas y las puertas abiertas durante las veinticuatro horas del día.

Ray respiró hondo, empujó la puerta hasta golpear el tope y procuró hacer ruido. Entró y se preparó para percibir el olor, cualquiera que fuese en esa ocasión. El Juez había tenido durante años un viejo gato con pésimas costumbres y la casa soportaba las consecuencias. Sin embargo el gato ya no estaba y el olor no resultaba en modo alguno desagradable. La atmósfera era cálida y polvorienta y estaba saturada del denso aroma del tabaco de pipa.

—¿Hay alguien en casa? —preguntó sin levantar demasiado la voz.

No hubo respuesta.

El vestíbulo, como el resto de la casa, se utilizaba para almacenar cajas de antiguos archivos y documentos a los que el Juez se aferraba como si revistieran una enorme importancia desde que el condado lo echó del Palacio de Justicia. Ray miró a la derecha, hacia el comedor donde nada había cambiado en cuarenta años, y dobló la esquina del pasillo lleno también de cajas. Avanzó con cautela unos cuantos pasos y asomó la cabeza por la puerta del estudio de su padre.

El Juez estaba haciendo la siesta en el sofá.

Ray se retiró rápidamente y se dirigió a la cocina, donde se sorprendió al comprobar que no había platos sucios en el fregadero y que las superficies estaban limpias. La cocina solía estar hecha un desastre, pero no así aquel día. Encontró una soda en la nevera y se sentó junto a la mesa, decidiendo si debía despertar a su padre o bien aplazar lo inevitable. El viejo estaba enfermo y necesitaba descansar, por lo que Ray se bebió lentamente la soda y contempló las manecillas del reloj de la cocina en su lento recorrido hacia las cinco.

Forrest acudiría a la casa, estaba seguro. La reunión era demasiado importante para estropearla. Jamás en su vida había sido puntual. Se negaba a llevar reloj de pulsera y afirmaba que nunca sabía la fecha en que vivía. Casi todo el mundo le creía.

A las cinco en punto, Ray pensó que ya se había hartado de esperar y quería resolver el asunto. Entró en el estudio, observó que la mano de su padre no se había movido y permaneció uno o dos minutos inmóvil sin querer despertarlo, sintiéndose como un intruso.

El Juez lucía los mismos pantalones negros y la misma camisa blanca que siempre había llevado desde que Ray recordaba. Tirantes azul marino, sin corbata, calcetines negros y zapatos con punteras negras de ribete perforado. Había adelgazado y la ropa le sobraba por todas partes. Tenía el rostro enjuto y pálido, y llevaba el ralo cabello peinado hacia atrás. Mantenía las manos, casi tan blancas como la camisa, cruzadas sobre el estómago.

Junto a sus manos, prendido del cinturón en la parte derecha, había un pequeño frasco de plástico. Ray avanzó un paso en silencio para verlo mejor. Era un envase de morfina.

Ray cerró los ojos, volvió a abrirlos y miró a su alrededor. El escritorio de tapa corredera bajo el retrato del general Forrest no había cambiado. La antigua máquina de escribir Underwood seguía allí custodiada por un montón de papeles. A unos cuantos pasos de distancia se encontraba el impresionante escritorio de caoba perteneciente al Atlee que había combatido con Forrest.

Bajo la severa mirada del general Nathan Bedford Forrest y de pie en el centro de una habitacón atemporal, Ray empezó a darse cuenta de que su padre no respiraba. Reparó en ello muy lentamente. Carraspeó y no hubo la menor respuesta. Después se inclinó y tocó la muñeca izquierda del Juez. No tenía pulso.

El juez Reuben V. Atlee estaba muerto.

6

Había un viejo sillón de mimbre con un cojín reventado y un raído *quilt* sobre el respaldo. Nadie lo había utilizado jamás excepto el gato. Ray retrocedió hacia él porque era el lugar más próximo donde sentarse y permaneció largo rato allí delante del sofá, a la espera de que su padre empezara a respirar, se despertara, se incorporara, asumiera el control de la situación y preguntara: «¿Dónde está Forrest?».

Pero el Juez seguía inmóvil. La única respiración en Maple Run eran los fatigosos esfuerzos que estaba haciendo Ray para controlarse. La casa permanecía en silencio y el aire era todavía más pesado. Contempló las pálidas manos que descansaban serenamente y esperó a que se agitaran aunque sólo fuera un poco. Arriba y abajo muy despacio, mientras la sangre volvía a circular y los pulmones se llenaban y vaciaban de aire. Pero no ocurrió nada. Su padre estaba tan tieso como una tabla, con las manos y los pies juntos, la barbilla apoyada sobre el pecho, como si en el momento de tumbarse hubiese sabido que aquella última siesta sería eterna. Sus labios estaban curvados en un amago de sonrisa. La droga le había aliviado el dolor.

Cuando el sobresalto inicial empezó a calmarse, sobrevinieron las preguntas. ¿Cuánto tiempo llevaba muerto? ¿Lo habría matado el cáncer o el viejo habría aumentado la dosis de morfina? Qué más daba. ¿Habría escenificado aquel espectáculo para sus hijos? ¿Dónde demonios estaba Forrest? Aunque de todas formas su presencia tampoco habría servido de nada.

Solo con su padre por última vez, Ray reprimió las lágrimas y contuvo todas las habituales y atormentadoras preguntas de por qué no vine antes y más a menudo, por qué no le escribía ni lo llamaba, y toda una lista que habría sido interminable si él lo hubiera permitido.

En su lugar, decidió actuar. Se arrodilló en silencio junto al sofá, apoyó la cabeza en el pecho del Juez y murmuró:

—Te quiero, papá.

Después rezó una breve oración. Cuando se levantó, las lágrimas habían asomado a sus ojos y eso no era lo que él quería. Su hermano menor llegaría de un momento a otro y él estaba firmemente decidido a manejar la situación sin emociones.

Sobre el escritorio de caoba encontró un cenicero con dos pipas. Una de ellas estaba vacía. La cazoleta de la otra contenía tabaco fumado recientemente. Aún conservaba un rastro de calor, o eso le pareció a Ray, aunque no estaba seguro. Se imaginó al Juez fumando mientras ordenaba los papeles del escritorio, pues no quería que los chicos vieran todo aquel revoltijo, y después, cuando el dolor debió de asaltarlo, se tumbó en el sofá, tomó un poco de morfina para encontrar cierto alivio y murió.

Al lado de la Underwood descubrió uno de los sobres oficiales del Juez en cuya parte anterior había mecanografiado «Última voluntad y testamento de Reuben V. Atlee». Debajo figuraba la fecha de la víspera, 6 de mayo de 2000. Ray lo tomó y abandonó la estancia. Sacó otra soda de la nevera y salió al porche de la parte anterior, donde se sentó en el columpio para esperar a Forrest.

¿Y si llamara a la funeraria para que se llevaran a su padre antes de que llegara su hermano? Se debatió en una desgarrada duda durante un buen rato y después leyó el testamento. Era un sencillo documento de una sola página sin la menor sorpresa.

Decidió esperar hasta las seis en punto y, si para entonces Forrest no hubiera llegado, llamaría a la funeraria.

El Juez seguía estando muerto cuando Ray regresó al estudio, lo cual tampoco lo sorprendió en exceso. Dejó el sobre en el mismo lugar donde lo había encontrado y revolvió algunos papeles más, una actividad que al principio le resultó extraña. Pero él sería el albacea del testamento de su padre y muy pronto tendría que encargarse de todo el papeleo. Haría inventario de los bienes, pagaría las facturas, verificaría oficialmente el escaso dinero que quedaba de la familia Atlee y, finalmente, lo guardaría. El testamento lo repartía todo entre los dos hijos, por lo que la testamentaría sería relativamente sencilla.

Mientras consultaba la hora y esperaba a su hermano, Ray fisgó por todo el estudio, bajo la cuidadosa vigilancia del general Forrest. Ray se movía en silencio para no molestar a su padre. Los cajones del escritorio de tapa corredera estaban llenos de papel de carta. Sobre la mesa de caoba había un montón de cartas recientes.

Detrás del sofá había una estantería llena de tratados jurídicos que parecían llevar allí varias décadas. Los estantes eran de nogal y los había construido como regalo un asesino liberado de la cárcel por el abuelo del Juez a finales del siglo XIX, según afirmaba la tradición familiar que, por regla general, jamás se había puesto en tela de juicio, al menos hasta que apareció Forrest. Los estantes descansaban sobre un alargado armario de nogal de no más de noventa centímetros de altura. El armario tenía seis puertecitas y se utilizaba para guardar objetos de diversa índole. Ray jamás había examinado su contenido. El sofá estaba colocado delante del armario y ocultaba casi por entero su vista.

Una de las puertecitas del armario estaba abierta. En el interior Ray distinguió un ordenado montón de cajas de color verde oscuro de papel de escribir Blake & Son, las mismas que se utilizaban en su casa desde siempre. Blake & Son era una antigua imprenta de Memphis. Casi todos los abogados y jueces del estado compraban las hojas con membrete y los sobres en Blake & Son, tal como siempre habían hecho. Se agachó y se situó detrás del sofá para verlo todo mejor. El interior del mueble estaba oscuro y completamente lleno.

Sobre la puertecita abierta encontró una caja de sobres sin la tapa a escasos centímetros del suelo. Sin embargo, dentro no había ningún sobre. La caja estaba repleta de dinero en efectivo: billetes de cien dólares. Cientos de billetes esmeradamente colocados en una caja de unos treinta y dos centímetros de anchura, cuarenta y cinco de longitud y puede que unos quince de profundidad. La tomó y advirtió que pesaba mucho. Había varias docenas más guardadas en las profundidades del armario.

Ray sacó otra de las cajas. También estaba llena de billetes de cien dólares. Lo mismo ocurrió con la tercera. En la cuarta caja, los billetes estaban envueltos con cintas de papel amarillo sobre las cuales figuraba impresa una cifra: «2.000 $». Contó rápidamente cincuenta y tres cintas.

Ciento seis mil dólares.

Arrastrándose a gatas detrás del sofá y procurando no tocarlo, Ray abrió las otras cinco puertas del armario. Había por lo menos veinte cajas de color verde oscuro de Blake & Son.

Se incorporó, se encaminó hacia la puerta del estudio, cruzó el vestíbulo y salió al porche para que le diera el aire. Estaba aturdido y, cuando se sentó en el peldaño superior, una enorme gota de sudor le bajó por el caballete de la nariz y le cayó sobre los pantalones.

Aunque le costaba pensar con claridad, Ray consiguió efectuar unos rápidos cálculos matemáticos.

Suponiendo que hubiera veinte cajas y que cada una contuviera por lo menos cien mil dólares, el tesoro escondido superaba con mucho la cantidad que el Juez había acumulado a lo largo de sus treinta y dos años de práctica. Su puesto de juez de equidad lo había ocupado en régimen de plena dedicación, no había desarrollado ninguna actividad complementaria y apenas había hecho nada desde que lo derrotaran nueve años atrás.

No era aficionado a los juegos de azar y, que Ray supiera, jamás había adquirido ni una sola acción.

Un automóvil recorrió la calle. Ray se quedó petrificado, temiendo de inmediato que fuera Forrest. El vehículo pasó de largo y Ray se levantó de un salto y se dirigió al estudio apresuradamente. Levantó un extremo del sofá y lo apartó unos dieciocho centímetros de la estantería. Luego repitió la operación con el otro extremo. Se arrodilló y empezó a retirar las cajas de Blake & Son. Cuando hubo sacado un montón de cinco, cruzó con ellas la cocina para dirigirse a un cuartito situado detrás de la despensa donde la criada, Irene, siempre había guardado las escobas y las bayetas. Allí seguían las escobas y las bayetas, sin que nadie las hubiera tocado desde la muerte de Irene. Ray apartó las telarañas y depositó las cajas en el suelo. El cuarto de las escobas no tenía ventana y no se podía ver desde la cocina.

Desde el comedor echó un vistazo al camino particular de la casa. No vio nada y regresó a toda prisa al estudio, donde amontonó siete cajas y las llevó al cuarto de las escobas.

Vuelta a la ventana del comedor, nadie a la vista, otro viaje al estudio, donde el Juez se estaba enfriando por momentos. Otros dos viajes al cuarto de las escobas y terminó la tarea. Veintisiete cajas en total, todas almacenadas en lugar seguro donde nadie daría con ellas.

Ya eran casi las seis de la tarde cuando Ray se dirigió a su automóvil y sacó su maletín de fin de semana. Necesitaba una camisa seca y unos pantalones limpios. La casa estaba llena de polvo y suciedad. Se lavó y se secó con una toalla en el único cuarto de baño que había en la planta baja. Después ordenó el estudio, volvió a colocar el sofá en su sitio y fue de habitación en habitación, buscando más armarios.

Estaba revisando en el piso de arriba los armarios del dormitorio del Juez, cuyas ventanas estaban abiertas, cuando oyó un automóvil en la calle. Bajó corriendo y consiguió sentarse en el columpio del porche justo en el momento en que Forrest aparcaba detrás de su Audi. Ray respiró hondo varias veces, procurando tranquilizarse.

El sobresalto de encontrarse con un padre muerto era más que suficiente por un día. El sobresalto del dinero lo había dejado temblando.

Forrest subió los peldaños con la mayor lentitud posible, con las manos metidas en los bolsillos de sus pantalones blancos de pintor. Relucientes botas negras de combate con cordones de vivo color verde. Siempre dando la nota.

—Forrest —dijo Ray en voz baja.

Su hermano se volvió a mirarle.

—Hola, hermano.

—Ha muerto.

Forrest se detuvo, lo estudió fugazmente y después miró hacia la calle. Llevaba un viejo blazer marrón sobre una camiseta roja, un conjunto que sólo Forrest se hubiera atrevido a ponerse. En su calidad de autoproclamado primer espíritu libre de Clanton, siempre se había esforzado por mostrarse altivo, inconformista, vanguardista y mundano.

Había engordado un poco, pero lo llevaba muy bien. Su largo cabello rubio estaba encaneciendo mucho más rápido que el de Ray. Se tocaba con una vieja gorra de béisbol de los Cubs.

—¿Dónde está? —preguntó.

—Allí dentro.

Forrest abrió la cancela y Ray lo siguió al interior de la casa. Se detuvo en la puerta del estudio como si no supiera qué hacer. Mientras miraba a su padre, su cabeza se inclinó ligeramente hacia un lado y Ray temió por un instante que fuera a desplomarse. Por mucho que intentara disimularlo, las emociones de Forrest siempre estaban a flor de piel.

—Oh, Dios mío —murmuró, acercándose a trompicones al sillón de mimbre. Enseguida tomó asiento sin dejar de mirar con incredulidad a su padre—. ¿De veras está muerto? —consiguió preguntar con las mandíbulas apretadas.

—Sí.

Forrest tragó saliva, reprimió las lágrimas y al final preguntó:

—¿Cuándo has llegado?

Sentado en un taburete, Ray se volvió para mirar a su hermano.

—Sobre las cinco, creo. Al entrar pensé que estaba durmiendo la siesta. Luego me di cuenta de que había muerto.

—Siento que hayas tenido que encontrarlo —dijo Forrest, secándose los ángulos de los ojos.

—Alguien tenía que encontrarlo.

—¿Qué hacemos ahora?

—Llamar a la funeraria.

Forrest asintió con un gesto como si supiera que eso era exactamente lo que debía hacerse. Se levantó muy despacio y se acercó con paso vacilante al sofá. Tocó las manos de su padre.

—¿Cuánto tiempo lleva muerto? —preguntó en un susurro. Su voz sonaba áspera y forzada.

—No lo sé. Un par de horas.

—¿Qué es eso?

—Un frasco de morfina.

—¿Crees que aumentó la dosis?

—Así lo espero —contestó Ray.

—Supongo que deberíamos haber estado aquí.

—No empecemos con eso.

Forrest miró a su alrededor como si viera el lugar por primera vez. Se acercó al escritorio de tapa corredera y contempló la máquina de escribir.

—Supongo que ahora ya no tendrá que cambiar la cinta —comentó.

—Supongo que no —convino Ray, contemplando el armario de detrás del sofá—. Allí hay un testamento, si quieres leerlo. Firmado ayer.

—¿Qué dice?

—Nos lo repartimos todo. Yo soy el albacea.

—Pues claro que eres el albacea. —Forrest se situó detrás del escritorio de caoba y echó un rápido vistazo al montón de papeles que lo cubría—. Nueve años desde la última vez que puse los pies en esta casa. Cuesta creerlo, ¿verdad?

—Pues sí.

—Pasé por aquí unos días después de las elecciones, le dije que sentía mucho que los votantes lo hubieran expulsado y le pedí dinero. Discutimos un poco.

—Vamos, Forrest, dejemos eso ahora.

Las anécdotas de la guerra entre Forrest y el Juez podían ser interminables.

—Nunca llegó a darme el dinero —murmuró Forrest mientras abría un cajón del escritorio—. Supongo que tendremos que examinar todo eso, ¿verdad?

—Sí, pero no ahora.

—Hazlo tú, Ray. Tú eres el albacea. Encárgate tú del trabajo sucio.

—Tenemos que llamar a la funeraria.

—Necesito un trago.

—No, Forrest, por favor.

—Tranquilo, Ray. Me tomo un trago siempre que me da la gana.

—Eso lo has demostrado mil veces. Vamos, voy a llamar a la funeraria y esperaremos en el porche.

Primero llegó un policía, un joven con la cabeza rapada que tenía la pinta de haber sido despertado de su siesta dominical para cumplir una misión. Hizo unas cuantas preguntas en el porche y después entró para examinar el cadáver. Había que rellenar unos impresos. Mientras cumplían dicho trámite, Ray preparó una jarra de té instantáneo con mucho azúcar.

—¿Causa de la defunción? —preguntó el agente.

—Cáncer, dolencia cardíaca, diabetes, vejez —contestó Ray.

Él y Forrest se estaban balanceando muy despacio en el columpio.

—¿Le parece suficiente? —preguntó Forrest como un auténtico sabelotodo.

El respeto que hubiera podido sentir alguna vez por la policía había desaparecido hacía mucho tiempo.

—¿Pedirán ustedes la autopsia?

—No —contestaron ambos al unísono.

El agente terminó de cumplimentar los impresos y Ray y Forrest los firmaron. Mientras el policía se alejaba en su automóvil, Ray comentó:

—Ahora la noticia correrá como un reguero de pólvora.

—¡Imposible! ¿En nuestra pequeña y preciosa ciudad?

—Cuesta creerlo, ¿verdad? Aquí la gente chismorrea que da gusto.

—Yo les he dado material durante veinte años.

—Desde luego.

Se encontraban de pie, hombro contra hombro, cada uno de ellos sosteniendo un vaso vacío en la mano.

—Bueno pues, ¿qué hay en la herencia? —preguntó finalmente Forrest.

—¿Quieres ver el testamento?

—No, dímelo tú.

—Contiene una lista de los bienes: la casa, los muebles, el automóvil, los libros y seis mil dólares en el banco.

—¿Eso es todo?

—Todo lo que él menciona —contestó Ray, soslayando la mentira.

—Seguro que tiene que haber algo más aquí dentro —aventuró Forrest, dispuesto a empezar a buscar.

—Yo creo que lo donó todo —replicó Ray con serenidad.

—¿Y la pensión del estado?

—La cobró en una única percepción al perder las elecciones, lo cual fue un grave error. Supongo que el resto debió de regalarlo.

—No pensarás estafarme, ¿verdad, Ray?

—Vamos, Forrest, no hay ningún motivo para que nos peleemos.

—¿Alguna deuda?

—Dice que no tenía.

—¿Nada más?

—Puedes leer el testamento si quieres.

—Ahora no.

—Lo firmó ayer.

—¿Crees que lo planeó todo?

—Desde luego, eso parece.

Un coche fúnebre de Magargel's Funeral Home se acercó muy despacio, se detuvo delante de Maple

Run y después giró lentamente hacia el camino particular de la casa.

Forrest se inclinó, ocultó el rostro entre las manos y, apoyando los codos sobre las rodillas, rompió a llorar.

7

Detrás del coche fúnebre se encontraba el forense del condado Thurber Foreman, a bordo de la misma furgoneta Dodge de color rojo que conducía cuando Ray estudiaba en la universidad, y lo seguía el reverendo Silas Palmer de la Primera Iglesia Presbiteriana, un escocés menudo y de edad indefinida que había bautizado a los dos hijos de Atlee. Forrest se alejó con disimulo y fue a esconderse en el patio posterior mientras Ray recibía a la comitiva en el porche de la fachada. Les presentaron las condolencias. El señor B. J. Magargel, de la funeraria, y el reverendo Palmer estaban casi al borde de las lágrimas. Thurber había visto innumerables cadáveres, pero no tenía el menor interés profesional por aquél, y se mostraba aparentemente indiferente, por lo menos, de momento.

Ray los acompañó al estudio, donde los tres contemplaron respetuosamente al juez Atlee el tiempo suficiente para que Thurber declarara oficialmente su muerte. Lo hizo sin pronunciar ni una sola palabra, se limitó a asentir en dirección al señor Magargel, con una sombría y burocrática inclinación de la barbilla cuyo significado era: «Está muerto. Ya se lo puede llevar».

El señor Magargel asintió también con un gesto, completando de este modo el silencioso ritual que tantas veces habían cumplido juntos.

Thurber sacó una sola hoja de papel y formuló las preguntas esenciales. Nombre completo del Juez, fecha y lugar de nacimiento, parientes más próximos. Por segunda vez Ray dijo que no quería la autopsia.

Ray y el reverendo Palmer se retiraron y se sentaron alrededor de la mesa del comedor. El clérigo estaba mucho más emocionado que el hijo. Adoraba al Juez y lo consideraba amigo íntimo suyo.

Una ceremonia digna de la categoría de Reuben Atlee atraería a muchos amigos y admiradores, y debía ser planeada hasta el último detalle.

—Reuben y yo estuvimos hablando de ello no hace mucho —dijo Palmer con la ronca voz a punto de quebrársele de un momento a otro.

—Me parece muy bien —dijo Ray.

—Él mismo eligió los himnos y los pasajes de las Sagradas Escrituras e hizo una lista de los portadores del féretro.

Ray aún no había pensado en aquellos detalles. Es posible que se le hubiera ocurrido pensar en ellos de no haber tropezado con un par de millones de dólares en efectivo. Su atareado cerebro escuchaba a Palmer y captaba casi todas sus palabras, pero después volvía al cuarto de las escobas y empezaba a girar vertiginosamente. De repente, se puso nervioso al pensar que Thurber y Magargel estaban solos en el estudio con el Juez. Tranquilízate, se repetía una y otra vez.

—Gracias —dijo, lanzando un sincero suspiro de alivio al saber que los detalles ya se habían resuelto. El auxiliar del señor Magargel introdujo una camilla a través de la puerta principal, cruzó el vestíbulo y pasó por la puerta del estudio del Juez con cierta dificultad.

—También quería un velatorio —añadió el reverendo.

Los velatorios eran tradicionales, el necesario preludio de un entierro decente, sobre todo entre los más viejos.

Ray asintió con un gesto.

—Aquí, en la casa.

—No —replicó Ray de inmediato—. Aquí, no.

En cuanto se quedó solo, experimentó el deseo de inspeccionar todos los rincones de la casa en busca de más botín. Estaba muy preocupado por el tesoro del cuarto de las escobas. ¿Cuánto dinero habría? ¿Cuánto tiempo tardaría en contarlo? ¿Sería auténtico o falso? ¿De dónde habría salido? ¿Qué haría con él? ¿Adónde lo llevaría? ¿A quién se lo diría? Necesitaba permanecer a solas para pensar, para arreglarlo todo y elaborar un plan.

—Tu padre se mostró muy claro al respecto —insistió Palmer.

—Perdone, reverendo. Se celebrará un velatorio, pero no aquí.

—¿Puedo preguntar el motivo?

—Mi madre.

El clérigo sonrió y asintió con la cabeza diciendo:

—Recuerdo muy bien a tu madre.

—La dejaron amortajada sobre la mesa en el salón de la parte anterior y, durante dos días, toda la ciudad desfiló por delante de ella. Mi hermano y yo nos escondimos arriba y no tuvimos más remedio que maldecir a nuestro padre por aquel espectáculo. —A Ray le ardían los ojos y su voz sonaba muy firme—. No celebraremos un velatorio en esta casa, reverendo.

Ray era absolutamente sincero y, además, estaba preocupado por la seguridad de la casa. Un velatorio exigiría que una agencia se encargara de una limpieza a fondo, que una empresa preparara la comida y que una floristería enviara las coronas. Y toda aquella actividad se iniciaría por la mañana.

—Lo comprendo —asintió el clérigo.

El auxiliar de la funeraria salió primero de espaldas, tirando de la camilla que el señor Magargel empujaba muy despacio. El Juez fue cubierto de la cabeza a los pies con una blanca sábana almidonada, cuidadosamente remetida bajo su cuerpo. Lo sacaron seguidos por Thurber, cruzaron el porche y bajaron los peldaños con el último Atlee que viviría en Maple Run.

Media hora después, Forrest volvió a salir desde algún lugar de la parte posterior de la casa. Sostenía en la mano un vaso alto lleno de un sospechoso líquido marrón que no era té helado.

—¿Ya se han ido? —preguntó, mirando hacia el camino particular de la casa.

—Sí —contestó Ray.

Estaba sentado en los peldaños de la entrada, fumando un habano. Forrest se acomodó a su lado e inmediatamente se percibió el aroma de malta agria.

—¿Dónde has encontrado eso? —preguntó Ray.

—El viejo tenía un escondrijo en el cuarto de baño. ¿Quieres un poco?

—No. ¿Desde cuándo lo sabes?

—Desde hace treinta años.

Una docena de sermones le vinieron a la mente, pero Ray los rechazó. Ya se habían pronunciado muchas veces y estaba claro que no habían surtido el menor efecto, pues allí estaba Forrest bebiendo bourbon tras haberse pasado ciento cuarenta y un días sin probar el alcohol.

—¿Cómo está Ellie? —preguntó Ray, tras dar una prolongada calada al cigarro.

—Tan loca como siempre.

—¿La veré en el entierro?

—No, pesa ciento treinta kilos. Su límite son setenta y cinco kilos. Por debajo de setenta y cinco kilos, sale de casa. Por encima de los setenta y cinco kilos, se queda encerrada.

—¿Y cuándo ha pesado menos de setenta y cinco kilos?

—Hace tres o cuatro años. Encontró a un médico excéntrico que le administró unas pastillas. Adelgazó y llegó a pesar cincuenta kilos. El médico acabó en la cárcel y ella engordó cien kilos más. Pero ciento treinta kilos son su límite máximo. Se pesa cada día y se pone histérica si la aguja rebasa los ciento treinta.

—Le dije al reverendo Palmer que celebraríamos un velatorio, pero no aquí, en casa.

—El albacea eres tú.

—¿Estás de acuerdo?

—Por supuesto.

Un largo trago de bourbon, otra larga calada al cigarro.

—¿Y qué hay de la bruja que te abandonó? ¿Cómo se llama?

—Vicki.

—Ah, sí, Vicki. Me cayó mal ya el mismo día de la boda.

—Ojalá a mí me hubiera pasado lo mismo.

—¿Anda todavía por allí?

—Sí, la vi la semana pasada en el aeródromo, bajando de su jet privado.

—Se casó con aquel viejo cabrón, ¿verdad?, aquel timador de Wall Street.

—Exactamente. Pero mejor hablemos de otra cosa.

—Tú siempre has hecho subir de categoría a las mujeres.

—Lo cual es siempre una grave equivocación.

Forrest siguió bebiendo y añadió:

—Hablemos del dinero. ¿Dónde está?

Ray se echó ligeramente hacia atrás y sintió que el corazón le daba un vuelco en el pecho, pero Forrest contemplaba el césped del jardín y no se dio cuenta. ¿De qué dinero me estás hablando, mi querido hermano?

—Lo regaló.

—Pero, ¿por qué?

—El dinero era suyo, no nuestro.

—Pero, ¿por qué no nos ha dejado un poco a nosotros?

No muchos años atrás, el Juez le había confesado a Ray que, a lo largo de un período de más de quince años, se había gastado más de noventa mil dólares en minutas de abogados, pago de multas y terapias de desintoxicación para Forrest. Hubiera podido darle el dinero a Forrest para que se lo gastara en beber y esnifar, o bien entregarlo para obras benéficas y familias necesitadas. Ray tenía una profesión y se podía mantener.

—Nos ha dejado la casa —dijo Ray.

—¿Qué haremos con ella?

—La venderemos, si tú quieres. El dinero se añadirá a todo lo demás. El cincuenta por ciento se irá en impuestos de sucesión. La validación del testamento durará un año.

—Dime el resultado final.

—Tendremos suerte de poder repartirnos cincuenta mil dólares dentro de un año.

Pero, como es natural, había otros bienes. El dinero de Blake & Son permanecía inocentemente escondido en el cuarto de las escobas, pero Ray necesitaba tiempo para evaluarlo. ¿Sería dinero sucio? ¿Se tendría que incluir en la testamentaría? En caso afirmativo, daría origen a terribles problemas. En primer lugar, habría que explicar su procedencia. En segundo lugar, por lo menos la mitad se perdería en impuestos. En tercer lugar, Forrest tendría los bolsillos llenos de dinero y probablemente eso lo mataría.

—¿O sea que dentro de un año tendré veinticinco mil dólares? —preguntó Forrest.

Ray no supo si lo había dicho emocionado o asqueado.

—Algo así.

—¿Tú quieres la casa?

—No, ¿y tú?

—Ni hablar. Jamás volveré aquí.

—Vamos, Forrest.

—Me echó de casa, ¿sabes?, me dijo que ya había deshonrado bastante a la familia. Me dijo que jamás volviera a poner los pies en este lugar.

—Y después te pidió perdón.

Otro rápido trago.

—Sí, es verdad. Pero este lugar me deprime. Tú eres el albacea, encárgate de ello. Envíame un cheque cuando termine la validación del testamento.

—Por lo menos tendríamos que revisar juntos sus pertenencias.

—Ni hablar —dijo Forrest, levantándose—. Quiero una cerveza. Han pasado cinco meses y quiero una cerveza. —Se estaba dirigiendo a su automóvil mientras hablaba—. ¿Te apetece una?

—No.

—¿Me acompañas?

Ray hubiera deseado ir para proteger a su hermano, pero el impulso de quedarse para vigilar los bienes de la familia Atlee era más fuerte. El Juez jamás cerraba la casa bajo llave. ¿Dónde estarían las llaves?

—Te espero aquí —dijo.

—Como quieras.

El siguiente visitante no constituyó ninguna sorpresa. Ray se encontraba en la cocina revolviendo los cajones y buscando las llaves cuando oyó una sonora voz, rugiendo en la entrada. Aunque llevaba años sin oírla, no le cupo la menor duda de que pertenecía a Harry Rex Vonner.

Se abrazaron, un abrazo de oso por parte de Harry Rex, un cauto estrujón por parte de Ray.

—Lo siento mucho —repitió varias veces Harry Rex.

Era alto, tenía un tórax y un vientre enormes, y una poblada y enmarañada barba. Ese hombre adoraba al juez Atlee y hubiera sido capaz de hacer cualquier cosa por sus chicos. Era un brillante abogado atrapado en una pequeña localidad, a quien el juez Atlee siempre había recurrido cuando Forrest tuvo problemas con la justicia.

—¿Cuándo has llegado? —preguntó Harry Rex.

—Sobre las cinco. Lo encontré en su estudio.

—Me he pasado dos semanas ocupado con un juicio y no había hablado con él. ¿Dónde está Forrest?

—Ha ido a comprarse una cerveza.

Ambos asimilaron la gravedad de aquel hecho. Se sentaron en sendas mecedoras, cerca del columpio.

—Me alegro de verte, Ray.

—Y yo a ti, Harry Rex.

—No puedo creer que haya muerto.

—Yo tampoco. Pensaba que siempre estaría con nosotros.

Harry Rex se enjugó los ojos con la manga.

—No sabes cuánto lo siento —murmuró—. Es que no puedo creerlo. Me parece que nos vimos hace un par de semanas. Iba de un lado para otro, tan perspicaz como siempre, le dolía, pero no se quejaba.

—Le dieron un año de vida y eso fue hace aproximadamente doce meses. Pero yo pensaba que seguiría aguantando.

—Yo también. Era un hombre muy fuerte.

—¿Te apetece un poco de té?

—Te lo agradecería.

Ray se dirigió a la cocina, llenó dos vasos de té instantáneo y regresó con ellos al porche diciendo:

—No es muy bueno que digamos.

Harry Rex tomó un sorbo y se mostró de acuerdo.

—Pero por lo menos está frío.

—Tenemos que organizar un velatorio, Harry Rex, pero no queremos hacerlo aquí. ¿Se te ocurre alguna idea?

Harry lo pensó sólo un segundo y después se reclinó contra el respaldo de la mecedora con una gran sonrisa en los labios.

—Coloquémoslo en el Palacio de Justicia, en la rotonda del primer piso, amortajado como un rey.

—¿Hablas en serio?

—¿Por qué no? A él le encantaría. Hablaré con el sheriff y conseguiré la autorización pertinente. A todo el mundo le gustará. ¿Cuándo será el entierro?

—El martes.

—Entonces celebraremos el velatorio mañana por la tarde. ¿Quieres que yo pronuncie unas palabras?

—Por supuesto. ¿Por qué no lo organizas todo tú?

—Eso está hecho. ¿Ya habéis elegido el ataúd?

—Íbamos a hacerlo mañana por la mañana.

—Que sea de roble, déjate de todas estas bobadas del bronce y el cobre. El año pasado enterramos a mi madre en un ataúd de roble y fue lo más bonito que he visto en mi vida. Magargel puede hacer que le envíen uno de Tupelo en cuestión de dos horas. Y déjate de tumbas. No son más que un timo. Las cenizas a las cenizas y el polvo al polvo y que se pudra todo, es la mejor manera. Los episcopalianos lo hacen muy bien.

Ray estaba un poco aturdido por todo aquel torrente de consejos, pero los agradeció a pesar de todo. En su testamento el Juez no hablaba del ataúd, pero pedía específicamente una tumba. Y quería una bonita lápida. A fin de cuentas, era un Atlee y lo iban a enterrar entre los otros grandes personajes de la familia.

Si alguien sabía algo acerca de los asuntos del Juez, éste era Harry Rex.

Mientras contemplaban cómo las sombras caían sobre el alargado césped del jardín de la parte anterior de Maple Run, Ray preguntó con la mayor indiferencia posible:

—Al parecer, regaló todo su dinero.

—A mí no me sorprende. ¿Y a ti?

—No.

—A su entierro asistirán miles de personas que fueron favorecidas por su generosidad. Enfermos sin seguro, niños negros a los que envió a la universidad, todos los voluntarios del servicio de bomberos, asociaciones cívicas, grupos escolares que viajaban a Europa. Nuestra iglesia envió a unos médicos a Haití y el Juez nos donó mil dólares.

—¿Cuándo empezaste a ir a la iglesia?

—Hace dos años.

—¿Por qué?

—Me volví a casar.

—¿Qué número hace?

—La cuarta. Pero ésta me gusta de verdad.

—Mejor para ella.

—Ha tenido mucha suerte.

—Me gusta la idea del velatorio en el Palacio de Justicia, Harry Rex. Todas estas personas que acabas de mencionar podrán rendirle homenaje en público. Hay mucho espacio para aparcar y no habrá problemas de asientos.

—Es una idea brillante.

Forrest enfiló el camino particular, aceleró y se detuvo a pocos centímetros del Cadillac de Harry Rex. Bajó medio arrastrándose del vehículo y se acercó a ellos trastabillando en la semioscuridad, llevando algo que parecía una caja entera de cerveza.

8

Cuando se quedó solo, Ray se sentó en el sillón de mimbre al otro lado del sofá vacío y trató de convencerse de que la vida sin su padre no sería demasiado distinta de la vida separado de él. Él se limitaría a intentar estar a la altura de las circunstancias y a dar unas comedidas muestras de duelo. Actuaría como se esperaba de él, pero sin poner el alma en ello; recogería sus cosas en Misisipí y regresaría corriendo a Virginia.

El estudio estaba iluminado por una bombilla de baja potencia bajo la polvorienta pantalla de una lámpara colocada sobre el escritorio de tapa corredera, y las sombras eran oscuras y alargadas. Al día siguiente se sentaría junto al escritorio y se entregaría a la tarea de examinar los papeles, pero aquella noche no.

Aquella noche tenía que pensar.

Forrest se había ido con Harry Rex, los dos borrachos. Tal como era de esperar, Forrest se había puesto de mal humor y se había empeñado en regresar a Memphis. Ray le había aconsejado que se quedara allí.

—Duerme en el porche si no quieres entrar en la casa —le dijo sin atosigarlo.

La excesiva insistencia sólo habría servido para provocar una pelea. Harry Rex dijo que, en circunstancias normales, hubiera invitado a Forrest a alojarse en su casa, pero su nueva mujer era muy estricta y probablemente dos borrachos hubieran sido demasiado para ella.

—Tú quédate aquí —le dijo Harry Rex, pero Forrest siguió en sus trece. Si ya era terco como una mula cuando estaba sereno, cuando llevaba unas copas de más no había quien lo aguantara. Ray había sido testigo de ello tantas veces que ya ni se acordaba, por lo que permaneció sentado en silencio mientras Harry Rex discutía con su hermano.

La cuestión se resolvió cuando Forrest decidió alquilar una habitación en el motel Deep Rock, al norte de la ciudad.

—Siempre iba allí cuando me veía con la mujer del alcalde hace quince años —explicó.

—Está lleno de pulgas —dijo Harry Rex.

—Eso es lo de menos.

—¿La mujer del alcalde? —preguntó Ray.

—Si yo te contara… —sonrió Harry Rex.

Se fueron pasadas las once y la casa se fue quedando cada vez más silenciosa.

La puerta principal tenía una aldaba y la del patio estaba provista de un cerrojo de seguridad. La puerta de la cocina, la única que había en la parte posterior de la casa, tenía un tirador muy endeble y una cerradura que no funcionaba. El Juez no sabía utilizar un destornillador y Ray había heredado su escasa destreza mecánica. Todas las ventanas estaban cerradas y aseguradas con un pestillo. No le cabía duda de que la mansión de los Atlee llevaba muchas décadas sin disponer de tantas medidas de seguridad. En caso necesario, dormiría en la cocina para vigilar el cuarto de las escobas.

Procuró no pensar en el dinero. Sentado en el refugio de su padre, preparó mentalmente una nota necrológica extraoficial.

El juez Atlee había sido elegido para el Tribunal de Equidad del distrito Veinticinco en 1959 y había sido reelegido con una victoria arrolladora cada cuatro años hasta 1991. Treinta y dos años de diligente servicio. Como jurista, su historial era intachable. Raras veces el Tribunal de Apelación revocaba alguna de sus sentencias. En ciertas ocasiones sus colegas le pedían que viera algún caso difícil en sus distritos. Era profesor invitado de la Facultad de Derecho de la Universidad de Misisipí. Escribía centenares de artículos acerca de la práctica, los procedimientos y las tendencias. Dos veces había rechazado el nombramiento para el Tribunal Supremo de Misisipí; por nada del mundo quería dejar los juicios.

Cuando no llevaba puesta la toga, el juez Atlee intervenía en todos los asuntos locales, la política, las actividades cívicas, las escuelas, las iglesias. Pocas decisiones se tomaban en el condado de Ford sin que él les diera el visto bueno y muy pocos proyectos se intentaban llevar a cabo si él no estaba de acuerdo. En distintos momentos había participado en todas las juntas, los consejos, las reuniones y comités. Elegía discretamente a los candidatos a los cargos locales y con la misma discreción ayudaba a derrotar a los que no contaban con su bendición.

En sus ratos libres, los pocos que le quedaban, estudiaba Historia, leía la Biblia y escribía artículos sobre jurisprudencia. Jamás en su vida había lanzado una pelota de béisbol con sus hijos, jamás en su vida se los había llevado a pescar.

Lo precedió en la muerte su mujer Margaret, muerta súbitamente a causa de un aneurisma en 1969. Le sobrevivían dos hijos.

Y, por el camino, había conseguido amasar una fortuna en efectivo.

Tal vez la clave del misterio del dinero se encontraba en el escritorio, en algún lugar de los papeles que allí se amontonaban, o puede que se ocultara en los cajones. Su padre tenía que haber dejado alguna indicación, o incluso una explicación directa. Tenía que haber alguna pista. A Ray no se le ocurría ninguna persona del condado de Ford que poseyera una suma de dos millones de dólares, y el hecho de conservar tanto dinero en efectivo era impensable.

Tenía que contarlo. Le había echado un vistazo un par de veces durante la tarde. El solo hecho de contar las veintisiete cajas de Blake & Son le había provocado una gran ansiedad. Esperaría a que se hiciera de día, antes de que la ciudad se despertara. Cubriría las ventanas de la cocina y sacaría las cajas de una en una.

Poco antes de la medianoche Ray encontró un colchón en el dormitorio de la planta baja, lo arrastró hasta el comedor y lo dejó a seis metros del cuarto de las escobas, en un punto desde el que podía ver el camino de la entrada y la casa de al lado. Arriba, en la mesita de noche del dormitorio del Juez encontró su Smith & Wesson del calibre 38. Con una almohada y una manta de lana que olían a humedad, trató infructuosamente de dormir.

El golpeteo procedía del otro lado de la casa. Era una ventana, aunque Ray tardó varios minutos en despertarse, despejarse, comprender dónde estaba y qué estaba oyendo. Un sonido como de picoteo, seguido de una sacudida más violenta y, a continuación, silencio. Una prolongada pausa mientras él se incorporaba sobre el colchón y asía la pistola. La casa estaba mucho más oscura de lo que él hubiera deseado, pues casi todas las bombillas se habían fundido y la tacañería del Juez había impedido que se sustituyeran.

Demasiado tacaño. Veintisiete cajas de dinero en efectivo.

Incluir las bombillas en la lista, eso sería lo primero que haría a la mañana siguiente.

Volvió a oír el ruido, demasiado firme y rápido como para que fueran unas hojas o unas ramas que rozaran la ventana agitadas por el viento. Tap, tap, tap, y después una fuerte sacudida de alguien que estaba tratando de abrirla.

Había dos automóviles en el camino de la casa, el suyo y el de Forrest. Cualquier idiota habría comprendido que había gente en la casa, de lo cual se deducía que al idiota en cuestión eso no le importaba. Debía de ir armado y seguramente sabía manejar el arma mucho mejor que él.

Ray se arrastró hasta el vestíbulo tumbado boca abajo, serpeando como un cangrejo y respirando como un velocista. Se detuvo en el pasillo a oscuras y prestó atención al silencio. Un silencio encantador. Vete, se repetía a sí mismo una y otra vez. Vete, por favor.

Tap, tap, tap, volvió a arrastrarse hacia el dormitorio de la parte de atrás con el arma en ristre. ¿Estaría cargada?, se preguntó demasiado tarde. Seguro que el Juez mantenía cargada el arma de su mesita de noche. El ruido era más fuerte y procedía de un pequeño dormitorio que en otros tiempos se había utilizado como habitación de invitados, pero que desde hacía varias décadas sólo servía para guardar trastos y cajas. Empujó suavemente la puerta con la cabeza y no vio más que unas cajas de cartón. La puerta se abrió más y golpeó una lámpara de pie, la cual se inclinó y cayó al suelo cerca de la primera de las tres ventanas oscuras.

Ray estuvo a punto de empezar a disparar, pero contuvo las municiones y la respiración. Permaneció tumbado, inmóvil sobre el combado suelo de madera durante lo que a él le pareció una hora, sudando, aguzando el oído y aplastando arañas sin oír nada. Las sombras subían y bajaban. Un ligero viento movía todas las ramas de los árboles y en lo alto, cerca del tejado, una rama más gruesa acariciaba suavemente la casa.

O sea que era el viento. El viento y los viejos fantasmas de Maple Run, un lugar poblado por muchos espíritus según su madre, pues era una casa antigua en la que habían muerto docenas de personas. Los esclavos estaban enterrados en el sótano, decía ella, y sus fantasmas vagaban por las estancias.

El Juez no soportaba las historias de fantasmas y las rebatía todas.

Cuando finalmente se incorporó, Ray tenía las rodillas y los codos entumecidos. Al final, consiguió levantarse, se apoyó en el marco de la puerta y contempló las tres ventanas con el arma dispuesta. En caso de que hubiera habido efectivamente un intruso, estaba claro que el ruido lo habría asustado. Pero, cuanto más tiempo permanecía allí, tanto más se convencía de que el causante del ruido sólo había sido el viento. Adoptó la decisión táctica de gatear en lugar de arrastrarse, pero, cuando regresó al vestíbulo, las rodillas le dolían tremendamente. Se detuvo junto a la puerta vidriera que daba acceso al comedor y esperó. El suelo estaba oscuro, pero la escasa luz del porche se filtraba oblicuamente a través de las persianas e iluminaba la parte superior de las paredes y el techo.

Se preguntó, no por primera vez, qué estaba haciendo exactamente un profesor de Derecho de una prestigiosa universidad aguardando al acecho en la oscuridad del hogar de su infancia, armado, desesperadamente dominado por un miedo invencible y a punto de pegarse un susto de muerte, y todo porque quería proteger desesperadamente un misterioso tesoro con el que había tropezado casualmente.

«Responde a esta pregunta», musitó para sus adentros.

La puerta de la cocina se abría a una pequeña plataforma de madera. Alguien estaba arrastrando los pies por allí, justo más allá de la puerta, y sus pisadas resonaban sobre las tablas. De pronto, se oyó el chirrido del tirador, aquel cuyo cerrojo no funcionaba. Quienquiera que fuera había adoptado la audaz decisión de entrar por la puerta en lugar de saltar subrepticiamente a través de una ventana.

Ray era un Atlee y aquél era su territorio. Por si fuera poco, se encontraba en Misisipí, donde se daba por sentado que las armas servían para protegerse. Ningún tribunal del estado se extrañaría de que tomara una drástica acción en semejantes circunstancias.

Se agachó junto a la mesa de la cocina, apuntó hacia la parte superior de la ventana por encima del fregadero y se dispuso a apretar el gatillo. Un sonoro disparo de arma de fuego rasgando la oscuridad y destrozando la ventana desde el interior de la casa aterrorizaría sin duda a cualquier ladrón.

Justo en el momento en que volvió a oír el chirrido de la puerta, apretó con más fuerza el gatillo, el percutor hizo clic, pero no ocurrió nada. El arma carecía de balas. La recámara giró, él apretó de nuevo con más fuerza, pero no se produjo ningún disparo. Presa del pánico, Ray tomó la jarra vacía de té que había sobre el mostrador y la arrojó contra la puerta. Para su gran alivio, el ruido fue muy superior al que hubiera podido producir cualquier bala. Muerto de miedo, pulsó un interruptor de la luz y se acercó a la puerta, blandiendo el arma y gritando:

—¡Largo de aquí!

Cuando abrió la puerta de golpe y no vio a nadie, lanzó un profundo suspiro de alivio y volvió a respirar.

Se pasó media hora barriendo los cristales y metiendo el máximo ruido posible.

El policía se llamaba Andy y era sobrino de un compañero de instituto de Ray. La relación se estableció dentro de los primeros treinta segundos de su llegada y, una vez establecida, ambos se pusieron a hablar de fútbol americano mientras unos agentes inspeccionaban el exterior de Maple Run. No se observaba la menor señal de intento de allanamiento en ninguna de las ventanas de la planta baja. Nada tampoco en la puerta de la cocina excepto los cristales rotos. Arriba, Ray se puso a buscar las balas mientras Andy recorría una por una las habitaciones. Los dos registros fueron en vano. Ray preparó café y ambos se lo bebieron en el porche, donde permanecieron conversando en voz baja hasta altas horas de la madrugada. Andy, que era el único policía que protegía Clanton en aquellos momentos, confesó que, en realidad, no le necesitaban.

—Casi nunca ocurre nada la madrugada del lunes —dijo—. La gente está durmiendo y preparándose para el trabajo del día siguiente.

Bastó con que Ray le pinchara un poco para que empezara a repasar la situación delictiva en el condado de Ford: robo de furgonetas, peleas en los garitos, trapicheo en Lowtown, el barrio de los negros. No había habido ni un solo asesinato en cuatro años, dijo orgullosamente el policía. Dos años atrás se había producido un robo en la sucursal de un banco. Siguió hablando por los codos mientras se tomaba una segunda taza. Ray se la llenaría una y otra vez y, en caso necesario, seguiría preparando café hasta el amanecer. Lo tranquilizaba la presencia de un coche patrulla con la identificación bien visible, aparcado delante de la casa.

Andy se fue a las tres y media de la madrugada. Ray se pasó una hora tumbado sobre el colchón, contemplando los agujeros del techo y sujetando un arma inútil. Luchó contra el sueño, imaginando estrategias para proteger el dinero. Pero no planes de inversión, eso podía esperar. Lo más apremiante era un plan para sacar el dinero del cuarto de las escobas y de la casa y llevarlo a algún lugar seguro. ¿Se vería obligado a llevárselo a Virginia? Desde luego, no podía dejarlo en Clanton, ¿verdad? ¿Y cuándo lo podría contar?

En determinado momento, el cansancio y la tensión emocional del día lo vencieron y se quedó dormido. Los golpeteos se reanudaron, pero él no los oyó. La puerta de la cocina, ahora asegurada mediante un sillón empujado contra la misma y un trozo de cuerda, chirrió y golpeó, pero Ray siguió durmiendo sin enterarse.

9

A las siete y media, el sol lo despertó. El dinero seguía intacto y en su sitio. Las puertas y las ventanas no se habían abierto, que él supiera. Se preparó un café y, mientras se bebía la primera taza junto a la mesa de la cocina, tomó una importante decisión. Si alguien iba detrás del dinero, él no podía dejarlo ni un solo instante desprotegido.

Las veintisiete cajas de Blake & Son no cabrían en el pequeño maletero de su pequeño turismo Audi. El teléfono sonó a las ocho. Era Harry Rex, informando de que Forrest había sido acompañado al motel Deep Rock, de que las autoridades del condado habían autorizado la ceremonia en la rotonda del Palacio de Justicia a las cuatro y media de aquella tarde, y de que él ya había contratado una soprano y una guardia de color. Y de que ya estaba trabajando en la redacción de un panegírico en honor a su estimado amigo.

—¿Y qué hay del féretro? —preguntó.

—Nos reuniremos con Magargel a las diez —contestó Ray.

—Muy bien. Recuerda: elígelo de roble. Al Juez le gustaría.

Se pasaron unos cuantos minutos hablando de Forrest, la misma conversación que tantas veces habían mantenido. Cuando colgó, Ray empezó a actuar con rapidez. Abrió todas las ventanas y las persianas para ver y oír a cualquier visitante que se acercara. En las cafeterías de la plaza se estaba corriendo rápidamente la noticia de la muerte del juez Atlee y cabía la posibilidad de que hubiera alguna visita.

La casa tenía demasiadas puertas y ventanas y él no podía pasarse las veinticuatro horas del día montando guardia. Si alguien iba detrás del dinero, este alguien podría hacerse con él. A cambio de unos cuantos millones de dólares, una bala alojada en la cabeza de Ray sería una inversión de lo más rentable.

Tenía que cambiar el dinero de sitio.

Trabajando delante de la puerta del cuarto de las escobas, sacó la primera caja y vació el dinero en una bolsa de la basura de plástico negro. Le siguieron otras ocho cajas y, cuando ya tuvo más de medio millón de dólares en la primera bolsa, la arrastró hasta la puerta de la cocina y echó un rápido vistazo al exterior. Volvió a colocar las cajas vacías en el armario situado bajo la estantería. Llenó otras dos bolsas de basura. Hizo marcha atrás con su automóvil muy pegado a la plataforma y lo más cerca posible de la cocina y, a continuación, inspeccionó el paisaje en busca de presencia humana. No halló ni rastro. Los únicos vecinos eran las solteronas de la casa de al lado y éstas ni siquiera podían ver la televisión en su cuarto de estar. Corriendo desde la puerta hasta el automóvil, cargó la fortuna en el maletero, reacomodó las bolsas y, aunque parecía que el maletero no podría cerrarse, bajó con fuerza la tapa. Ésta se cerró con un chasquido y Ray Atlee lanzó un profundo suspiro de alivio.

No sabía muy bien cómo iba a descargar el botín en Virginia y trasladarlo desde el aparcamiento hasta su apartamento, bajando por una transitada calle peatonal. Ya se preocuparía por eso más tarde.

El Deep Rock tenía un restaurante de comidas baratas, un grasiento e incómodo local que Ray jamás había visitado, pero era el mejor sitio donde comer al día siguiente de la muerte del juez Atlee. En las tres cafeterías de la plaza proliferarían los chismes y las anécdotas acerca del gran personaje, y Ray prefería mantenerse al margen de todo aquello.

Forrest ofrecía un aspecto aceptable. Ray lo había visto mucho peor en otras ocasiones. Llevaba la misma ropa que la víspera y no se había duchado, pero eso en Forrest no era insólito. Tenía los ojos enrojecidos pero no hinchados. Dijo que había dormido bien, pero que necesitaba un poco de combustible. Ambos pidieron huevos con jamón.

—Te veo cansado —dijo Forrest, tomando un sorbo de café solo.

En efecto, Ray se sentía agotado.

—Estoy bien, un par de horas de descanso me bastarán para ponerme en marcha.

Contempló a través de la luna del establecimiento su Audi, aparcado lo más cerca posible del restaurante. Dormiría en el maldito cacharro en caso necesario.

—Qué extraño —dijo Forrest—. Cuando estoy limpio de mis vicios, duermo como un bebé. Ocho o nueve horas de sueño profundo. En cambio, cuando no lo estoy, tengo suerte si puedo dormir cinco horas. Y, además, no es un sueño profundo.

—Tengo una curiosidad… cuando estás limpio, ¿piensas en tu siguiente tanda de bebida?

—Siempre. La cosa va en aumento, como el sexo. Puedes pasarte sin él durante algún tiempo, pero la presión va aumentando y, tarde o temprano, tienes que buscar un alivio. Alcohol, sexo, drogas, al final me acaban derrotando.

—Has resistido ciento cuarenta días.

—Ciento cuarenta y dos.

—¿Cuál es el récord?

—Catorce meses. Salí de la terapia de desintoxicación hace unos cuantos años, un gran centro de desintoxicación que pagaba el viejo, y me pasé mucho tiempo sin caer. Pero después me vine abajo.

—¿Por qué? ¿Qué te pasó?

—Siempre ocurre lo mismo. Cuando eres un adicto, puedes caer en cualquier momento y lugar por cualquier motivo. No han diseñado ningún medio capaz de contenerme. Soy un adicto, hermano, así de sencillo.

—¿Estás todavía enganchado a las drogas?

—Pues claro. Anoche fue el alcohol, esta noche será lo mismo y mañana también. A finales de semana, haré cosas peores.

—¿Y tú las quieres hacer?

—No, pero ya sé lo que ocurre.

La camarera les sirvió los platos. Forrest tomó un panecillo, lo untó rápidamente con mantequilla y le dio un buen bocado. Cuando pudo hablar, dijo:

—El viejo ha muerto, Ray. Me parece increíble.

Ray también estaba deseando cambiar de tema. Como siguieran hablando de los defectos de Forrest, acabarían peleándose.

—Sí, pensé que estaba preparado para ello, pero ya veo que no.

—¿Cuándo fue la última vez que lo viste?

—En noviembre, cuando lo operaron de la próstata. ¿Y tú?

Forrest vertió salsa de tabasco sobre los huevos revueltos y sopesó la pregunta.

—¿Cuándo sufrió el infarto?

Habían sido tantos los achaques y las intervenciones quirúrgicas que costaba recordarlo todo.

—Tuvo tres.

—El de Memphis.

—Ése fue el segundo —dijo Ray—. Hace cuatro años.

—Exacto. Me pasé algún tiempo con él en el hospital. Qué demonios, no estaba ni a seis manzanas de mi casa. Pensé que era lo menos que podía hacer.

—¿De qué hablasteis?

—De la guerra de Secesión. Seguía pensando que la habíamos ganado.

Ambos sonrieron al recordarlo y comieron en silencio unos momentos. El silencio terminó cuando

Harry Rex los localizó. Tomó un panecillo mientras les revelaba los últimos detalles de la espléndida ceremonia que le estaba preparando al juez Atlee.

—Todo el mundo quiere ir a la casa —dijo con la boca llena.

—Eso queda descartado —dijo Ray.

—Es lo que yo no me canso de repetirles. ¿Querréis recibir invitados esta noche?

—No —contestó Forrest.

—¿Deberíamos hacerlo? —preguntó Ray.

—Es la costumbre, en la casa o en la funeraria. Pero, si no se hace, no pasa nada. Yo no soy como esos que se ofenden y se niegan a hablar contigo.

—Vamos a celebrar un velatorio en el Palacio de Justicia y un entierro, ¿no basta con eso? —dijo Ray.

—Yo creo que sí.

—Yo no pienso pasarme toda la noche en la funeraria, abrazando a unas ancianas que se han dedicado a chismorrear acerca de mí durante veinte años —intervino Forrest—. Hazlo tú, si quieres, pero yo no iré.

—Vamos a prescindir de eso —declaró Ray.

—Has hablado como un auténtico albacea —dijo Forrest con una despectiva sonrisa en los labios.

—¿Albacea? —preguntó Harry Rex.

—Sí, había un testamento sobre su escritorio, fechado el sábado. Un sencillo testamento de una sola página, en el que nos lo deja todo a los dos, enumera los bienes y me nombra albacea. Y quiere que tú te encargues de la validación, Harry Rex.

Harry Rex había dejado de masticar. Se frotó la nariz con un dedo regordete y miró al otro lado del local.

—Qué extraño —comentó, visiblemente desconcertado por algo.

—¿Qué?

—Le redacté un largo testamento hace un mes.

Los tres habían dejado de comer. Ray y Forrest se intercambiaron una mirada que no transmitía nada, pues ninguno de los dos tenía la menor idea acerca de lo que el otro estaba pensando.

—Supongo que debió de cambiar de idea —apuntó Harry Rex.

—¿Qué decía el otro testamento? —preguntó Ray.

—No puedo revelarlo. Era mi cliente y por tanto se trata de un asunto confidencial.

—Aquí yo me pierdo, tíos —dijo Forrest—. Perdonadme que no sea abogado.

—El único testamento válido es el último —explicó Harry Rex—. Anula todos los testamentos anteriores; por consiguiente, lo que dijera el Juez en el testamento que yo le preparé, carece de importancia.

—Pero, ¿por qué no nos puedes decir lo que decía el anterior testamento? —preguntó Forrest.

—Porque yo, como abogado, no puedo comentar el testamento de un cliente.

—Pero el testamento que preparaste no es válido, ¿verdad?

—En efecto, pero de todos modos no puedo hablar de él.

—Qué asco —dijo Forrest, mirando enfurecido a Harry Rex.

Los tres respiraron hondo y, a continuación, tomaron un buen bocado.

Ray comprendió de inmediato que tendría que ver el otro testamento, y muy pronto, por cierto. Si mencionaba el botín del armario, Harry Rex estaría al corriente. En ese caso, el dinero se tendría que sacar a toda prisa del maletero del coche, volver a guardarlo en las cajas de Blake & Son y devolverlo a su sitio. Entonces habría que incluirlo en la testamentaría, que era un documento público.

—¿No habrá una copia del testamento que tú redactaste en su despacho? —preguntó Forrest, mirando en la dirección aproximada de Harry Rex.

—No.

—¿Estás seguro?

—Estoy razonablemente seguro —contestó Harry Rex—. Cuando se redacta un nuevo testamento, hay que destruir el anterior. No conviene que alguien encuentre el antiguo y lo valide. Hay personas que cambian el testamento cada año y, como abogados, sabemos que hay que quemar los anteriores. El Juez era firme partidario de destruir los testamentos anulados porque se había pasado treinta años arbitrando disputas testamentarias.

El hecho de que su íntimo amigo supiera algo acerca de su difunto padre y no quisiera revelarlo enfrió la conversación. Ray decidió esperar hasta que pudiera quedarse a solas con Harry Rex para someterlo a un implacable interrogatorio.

—Magargel está esperando —le dijo a Forrest.

—Será divertido.

Empujaron el hermoso ataúd de madera de roble por el ala este del Palacio de Justicia sobre un catafalco cubierto de terciopelo morado. El señor Magargel encabezaba la marcha mientras un auxiliar empujaba. Detrás del féretro caminaban Ray y Forrest, seguidos de una guardia de color de los boy scouts con sus banderas y sus uniformes caqui impecablemente planchados.

Puesto que Reuben V. Atlee había combatido por su país, el féretro estaba cubierto con las Barras y Estrellas. Y, por este motivo, un contingente de reservistas del arsenal de la zona se cuadró cuando el capitán retirado Atlee fue colocado en el centro de la rotonda. Harry Rex esperaba allí, ataviado con un elegante traje negro, de pie delante de una larga hilera de adornos florales.

También estaban presentes todos los demás abogados del condado, los cuales, siguiendo las indicaciones de Harry Rex, se habían situado en una zona acordonada especialmente destinada a ellos, cerca del féretro. Asistían al evento todos los representantes del municipio y el condado, los funcionarios del Palacio de Justicia, la policía y los agentes del sheriff. Cuando Harry Rex se adelantó para iniciar su intervención, todo el mundo empujó hacia delante para verlo mejor. Arriba, en el segundo y el tercer piso del Palacio de Justicia, la gente se apoyó en las barandillas de hierro y miró hacia abajo. Ray vestía un flamante traje azul marino adquirido unas horas antes en Pope's, el único sastre de la ciudad. Costaba trescientos diez dólares y era el más caro del establecimiento, pero el señor Pope insistió en hacerle un descuento del diez por ciento sobre el elevado precio. El nuevo traje de Forrest era de color gris oscuro, costaba doscientos ochenta dólares sin el descuento y también lo había pagado Ray. Forrest llevaba veinte años sin ponerse un traje y había jurado que no pensaba ponerse ninguno para el funeral. Sólo una dura reprimenda de Harry Rex consiguió que visitara la tienda de Pope.

Los hijos se situaron en un extremo del féretro y Harry Rex en el otro. Billy Boone, el bedel de edad indefinida del Palacio de Justicia, colocaba cuidadosamente un retrato del juez Atlee en el centro. Lo había pintado diez años atrás un artista del lugar con carácter gratuito y todo el mundo sabía que al Juez no le gustaba demasiado. Lo había colgado detrás de una puerta de su despacho del Palacio de Justicia anexo a la sala donde administraba justicia para que nadie lo viera. Tras su derrota electoral, los personajes del condado lo colgaron en la sala principal, por encima del estrado.

Se habían impreso unos programas para la «Despedida al juez Reuben Atlee». Ray se dedicó a leer el suyo con interés porque no deseaba mirar a su alrededor. Todos los ojos estaban clavados en él y en Forrest. El reverendo Palmer pronunció una pomposa plegaria. Ray había insistido en que la ceremonia fuera breve. Al día siguiente tendría lugar el entierro.

Los boy scouts se adelantaron con la bandera y guiaron a los presentes en el Juramento de Lealtad, después la hermana Oleda Shumpert, de la Iglesia del

Espíritu Santo de Dios en Cristo, se adelantó para entonar una melancólica versión de «Nos reuniremos en el río», sin acompañamiento musical, pues estaba claro que no lo necesitaba para nada. La letra y la música hicieron asomar las lágrimas a los ojos de muchos de los presentes, incluidos los de Forrest, el cual permanecía inmóvil junto a su hermano, con la cabeza inclinada.

De pie junto al féretro mientras la poderosa voz resonaba por toda la rotonda, Ray experimentó por primera vez el peso de la muerte de su padre. Pensó en todo lo que hubieran podido hacer juntos, ahora que ambos eran mayores, en todo lo que no habían hecho cuando él y Forrest eran niños. Pero él había vivido su vida y el Juez había vivido la suya, y a ambos les había parecido bien así.

No era justo recuperar ahora el pasado por el simple hecho de que el viejo hubiera muerto, se repetía hasta la saciedad. Era natural que, en la muerte, deseara haber hecho algo más, pero lo cierto era que el Juez se había pasado muchos años guardándole rencor tras su partida de Clanton. Y, lamentablemente, desde que abandonara el ejercicio de su profesión, su padre se había convertido en un recluso.

Un momento de debilidad, tras el cual Ray volvió a erguir los hombros. No pensaba hacerse ningún reproche por el hecho de haber elegido un camino que no era el que su padre exigía.

Harry Rex dio comienzo a lo que él mismo prometió que iba a ser un breve panegírico.

—Hoy nos hemos reunido aquí para despedir a un viejo amigo —empezó—. Todos sabíamos que este día estaba muy próximo y todos rezábamos para que no llegara jamás.

Enumeró los principales acontecimientos de la carrera del Juez y después se refirió a su primera comparecencia ante el gran hombre treinta años atrás, cuando él acababa de terminar la carrera de Derecho. Se ocupaba del sencillo caso de un divorcio consentido que al final acabó perdiendo.

Todos los abogados habían oído la anécdota centenares de veces, pero aún conseguían reírse en el momento apropiado. Ray los miró y empezó a estudiarlos como grupo. ¿Cómo era posible que en una ciudad tan pequeña hubiera tantos abogados? Conocía a la mitad de ellos. Muchos de los viejos que había conocido en su infancia y en su época de estudiante habían muerto o estaban retirados. A muchos de los más jóvenes jamás los había visto.

Sin embargo, a él lo conocían todos, por supuesto. Era el hijo del juez Atlee.

Ray empezó a comprender que su precipitada marcha de Clanton después del entierro sólo sería provisional. Muy pronto se vería obligado a regresar, para comparecer brevemente ante el juez en compañía de Harry Rex a fin de iniciar la validación, preparar un inventario y cumplir otra media docena de obligaciones en su calidad de albacea del testamento de su padre. Eso sería fácil y rutinario, y sólo le llevaría unos días. No obstante, si intentaba resolver el misterio del dinero, era posible que le esperaran semanas, tal vez meses de trabajo.

¿Sabría algo alguno de los abogados allí presentes? El dinero debía de proceder de algún acuerdo judicial, ya que el Juez no desarrollaba ninguna otra actividad aparte de la ley. Al contemplarlos, Ray no acertó a imaginar ninguna fuente lo bastante rica como para generar la suma que ahora permanecía oculta en el maletero de su pequeño automóvil. Todos ellos eran abogados de poca monta en una pequeña ciudad, que se las veían y deseaban para pagar sus facturas y trataban por todos los medios de ganarle la partida al tipo de la puerta de al lado. Allí no había grandes cantidades de dinero. El bufete Sullivan contaba con ocho o nueve abogados que representaban los intereses de los bancos y las compañías de seguros y ganaban justo lo suficiente para codearse con los médicos en el club de campo.

En todo el condado no había ningún abogado auténticamente adinerado. Irv Chamberlain, el de las gafas de gruesos cristales y el peluquín, poseía varios centenares de hectáreas transmitidas a través de varias generaciones, pero no podía venderlas porque no había compradores. Además, se decía que pasaba muchas horas en los nuevos casinos de Tunica.

Mientras Harry desgranaba su monótono discurso, Ray siguió examinando a los abogados. Alguien compartía el secreto. Alguien estaba al corriente de la existencia del dinero. ¿Sería algún ilustre miembro del colegio de abogados del condado de Ford?

La voz de Harry Rex se quebró y Ray comprendió que había llegado el momento de abandonar sus reflexiones. Harry Rex dio las gracias a todos por su presencia y anunció que la capilla ardiente del Juez permanecería abierta en el Palacio de Justicia hasta las diez de la noche. Acto seguido, dio instrucciones para que la procesión se iniciara en el lugar donde Ray y Forrest se encontraban. Siguiendo sus indicaciones, la gente se dirigió hacia el ala este y se formó una cola que serpeaba hacia la salida.

Por espacio de una hora, Ray se vio obligado a sonreír y a estrechar manos y a dar amablemente las gracias a todos por su presencia. Escuchó docenas de breves comentarios acerca de su padre y de las vidas en las que tanto había influido aquel gran hombre. Abrazó a ancianas que no conocía de nada. La procesión avanzaba lentamente para pasar primero por delante de Ray y Forrest y, a continuación, por delante del féretro, ante el cual cada persona se detenía y contemplaba tristemente el imperfecto retrato del juez para seguir después hacia el ala oeste, donde esperaban los libros de firmas. Harry Rex iba de acá para allá, dirigiendo a la gente como un político.

En determinado momento de aquella dura prueba, Forrest desapareció, murmurando a Harry Rex que se iba a su casa de Memphis y que estaba muerto de cansancio.

Al final, Harry Rex le dijo a Ray en voz baja:

—La cola rodea todo el Palacio de Justicia. Es posible que tengas que pasar aquí toda la noche.

—Sácame de aquí —le contestó Ray, también en voz baja.

—¿Necesitas ir al lavabo? —preguntó Harry Rex, levantando la voz lo suficiente para que lo oyeran los de la cola que estaban más cerca.

—Sí —contestó Ray, y empezó a retirarse.

Ambos se alejaron murmurando como si estuvieran comentando asuntos vitales y entraron en un estrecho pasillo. A los pocos segundos salieron a la parte posterior del Palacio de Justicia.

Se fueron de allí en el automóvil de Ray, naturalmente, rodeando primero la plaza para contemplar el panorama. La bandera de la fachada del Palacio de Justicia ondeaba a media asta. Una multitud aguardaba pacientemente para rendir homenaje al Juez.

10

Ray llevaba veinticuatro horas en Clanton y ya estaba deseando marcharse. Después del velatorio cenó con Harry Rex en el Claude's, el restaurante negro de la parte sur de la plaza cuyo menú especial del lunes consistía en pollo asado y unas judías guisadas con carne tan picante que después servían té helado a litros. Harry Rex estaba exultante por el éxito de su solemne despedida al Juez y, después de la cena, manifestó su deseo de regresar al Palacio de Justicia para controlar el resto del velatorio.

Era evidente que Forrest había abandonado la ciudad. Ray deseaba que estuviera en Memphis, portándose bien, en casa con Ellie, pero sabía que no. ¿Cuántas veces podría caer antes de morir? Harry Rex calculó que había un cincuenta por ciento de probabilidades de que Forrest pudiera asistir al entierro del día siguiente.

En cuanto se quedó solo, Ray salió de Clanton en dirección al oeste sin rumbo fijo. Había nuevos casinos a orillas del río a lo largo de más de cien kilómetros y, cada vez que regresaba a Misisipí, oía crecientes comentarios y chismorreos acerca de la más reciente industria del lugar. El juego legalizado había llegado al estado con la renta per cápita más baja de todo el país.

A una hora y media de distancia de Clanton, se detuvo para echar gasolina. Mientras llenaba el depósito, vio un nuevo motel al otro lado de la carretera. Todo era nuevo en lo que hasta tiempos muy recientes habían sido campos de algodón. Nuevas carreteras, nuevos moteles, restaurantes de comida rápida, gasolineras, vallas publicitarias, todo ello consecuencia y efecto de los casinos situados a dos kilómetros de distancia.

El motel disponía de habitaciones a dos niveles, con unas puertas que se abrían al aparcamiento. Al parecer, la noche no era muy movida. Pagó treinta y nueve dólares con noventa y nueve centavos por una habitación doble de la planta baja, situada en la parte posterior donde no se oía el ruido de automóviles ni camiones. Aparcó el Audi lo más cerca que pudo de su habitación y, en cuestión de segundos, consiguió introducir las bolsas de basura en la habitación.

El dinero cubría toda una cama. No se detuvo para admirarlo porque estaba convencido de que era sucio. Y probablemente estaría marcado de alguna manera. A lo mejor incluso era falso. Fuera lo que fuese, él no se lo podía quedar.

Todos los billetes eran de cien dólares, algunos recién salidos de la fábrica de moneda y otros un poco usados. No había ninguno demasiado gastado y ninguno de ellos estaba fechado antes de 1986 o después de 1994. Aproximadamente la mitad estaban unidos en fajos de dos mil dólares, y Ray decidió contarlos primero: cien mil dólares en billetes de cien dólares medían unos cuarenta centímetros de altura. Contó el dinero desde una cama y después lo colocó en pulcras hileras y secciones en la otra. Lo hizo muy despacio porque le sobraba tiempo. Mientras tocaba el dinero, lo frotaba entre el índice y el pulgar e incluso aspiraba su olor para intentar detectar si era falso. La verdad era que parecía auténtico.

Treinta y una secciones más unas cuantas sobras, 3.118.000 dólares para ser más exactos. Descubiertos como un tesoro enterrado en la casa medio derruida de un hombre que, a lo largo de toda su vida, había ganado menos de la mitad.

Le resultaba imposible no admirar la fortuna que tenía delante. ¿Cuántas veces en su vida tendría ocasión de contemplar tres millones de pavos? ¿A cuántas personas se les ofrecía aquella oportunidad? Ray se sentó en un sillón apoyando la cabeza en las manos, y, mientras contemplaba las pulcras hileras de dinero en efectivo, experimentó una especie de mareo y se preguntó de dónde habría salido y adónde se dirigía.

El sonido de la portezuela de un automóvil al cerrarse en el exterior lo devolvió a la realidad. Aquél era un lugar estupendo para que le robaran a uno. Cuando viajas por ahí con millones de dólares en efectivo, todo el mundo se convierte en un ladrón en potencia.

Volvió a guardarlo todo en las bolsas, volvió a colocarlo en el maletero de su automóvil y se dirigió al casino más próximo.

Su relación con los juegos de azar se limitaba a una juerga de un fin de semana en Atlantic City con otros dos profesores de Derecho, los cuales habían leído un libro acerca de un sistema de ganar a los dados y estaban seguros de que podrían derrotar a la banca. No había sido así. Ray raras veces había jugado a las cartas. Se había instalado en una mesa de blackjack con apuestas de cinco dólares y, tras pasarse dos días en aquella jaula ruidosa, había ganado sesenta dólares y había jurado no regresar jamás. Las pérdidas de sus compañeros jamás se pudieron establecer, pero él sabía que los jugadores suelen mentir acerca de sus éxitos.

Para ser un lunes por la noche había bastante público en el club Santa Fe, un edificio construido a toda prisa de tamaño aproximado al de un campo de fútbol americano. Una torre anexa de diez pisos albergaba a los huéspedes, la mayoría de ellos jubilados del Norte que jamás habían soñado con poner los pies en Misisipí, pero que se habían dejado tentar por las incontables ranuras de las máquinas tragaperras y la ginebra gratuita que les ofrecían mientras jugaban.

Llevaba en el bolsillo cinco billetes sacados de cinco secciones distintas del botín que había contado en la habitación del motel. Se acercó a una mesa vacía de blackjack cuya crupier estaba medio dormida y depositó el primer billete sobre la mesa.

—Juego —dijo.

—Se juega cien —dijo la crupier, volviendo la cabeza hacia un lugar donde no había nadie que la oyera.

Tomó el billete, lo restregó entre los dedos sin demasiado interés y lo puso en juego.

Tiene que ser auténtico, pensó Ray, tranquilizándose un poco. Ella se pasa el día viéndolos. La crupier barajó las cartas, las distribuyó, llegó rápidamente a veinticuatro, tomó el billete del tesoro escondido del juez Atlee y depositó dos fichas negras. Ray decidió jugar las dos, doscientos dólares por apuesta: nervios de acero. La chica barajó rápidamente las cartas: tenía quince y sacó un nueve. Ahora Ray tenía cuatro fichas negras. En menos de un minuto había ganado trescientos dólares.

Haciendo sonar las cuatro fichas negras que guardaba en el bolsillo, empezó a pasear por el casino. Atravesó primero la zona de las máquinas tragaperras, donde los jugadores eran más mayores y no armaban tanto alboroto; casi parecían estar clínicamente muertos mientras permanecían sentados en sus taburetes y empujaban una y otra vez la manivela hacia abajo, contemplando las pantallas con aire de tristeza. En la mesa de los dados, la situación estaba al rojo vivo y un ruidoso grupo de palurdos rugía unas instrucciones que carecían de sentido para él. Contempló un momento la escena, totalmente desconcertado por los dados, las apuestas y el cambio de manos de las fichas.

En otra mesa vacía de blackjack arrojó el segundo billete de cien dólares con aire de jugador avezado. El crupier se lo acercó al rostro, lo sostuvo a contraluz, lo restregó entre las yemas de los dedos y lo acercó al encargado de las mesas, quien desconfió inmediatamente de él. El encargado de las mesas se sacó del bolsillo una lupa, se la acercó al ojo izquierdo y examinó el billete cual si fuera un cirujano. Justo cuando Ray ya se disponía a largarse y huir a toda prisa entre la gente, oyó que uno de ellos decía:

—Es bueno.

No supo cuál de ellos, pues estaba mirando desesperadamente a su alrededor en busca de guardas de seguridad. El crupier regresó a la mesa y colocó el dinero sospechoso delante de Ray.

—Juéguelo —indicó éste.

A los pocos segundos, la reina de corazones y el rey de picas miraron a Ray, que acababa de ganar su tercera mano seguida.

Puesto que el crupier estaba bien despierto y su supervisor había llevado a cabo una concienzuda inspección, Ray decidió dar por zanjado el asunto de una vez por todas. Se sacó del bolsillo los otros tres billetes de cien dólares que le quedaban y los depositó sobre la mesa. El crupier los inspeccionó meticulosamente uno por uno, después se encogió de hombros y preguntó:

—¿Quiere cambio?

—No, juéguelos.

—Se juegan trescientos dólares en efectivo —anunció el crupier en voz alta mientras el supervisor de las mesas se acercaba y se situaba a su espalda.

Ray se plantó con un diez y un seis. El banquero sacó un diez y un cuatro y, al sacar el as de diamantes,

Ray ganó la partida. El dinero desapareció y fue sustituido por seis fichas negras. Ahora Ray tenía diez, es decir, mil dólares, y además había averiguado que los restantes treinta mil billetes ocultos en el maletero de su automóvil no eran falsos. Dejó una ficha de propina y fue a tomarse una cerveza.

El bar se encontraba situado a unos cuantos centímetros por encima de la sala, por lo que uno podía observar toda la actividad de la sala mientras tomaba una copa. También podía ver en cualquiera de las doce pantallas que allí había partidos de béisbol profesional, repeticiones de la Asociación Nacional de Carreras de Vehículos Trucados, partidos de bolos o cualquier otra cosa. Pero aún no se permitía apostar sobre los partidos que se retransmitían.

Era consciente de los peligros que planteaba el casino. Tras comprobar que el dinero era auténtico, lo siguiente era averiguar si estaba marcado de alguna manera. Las sospechas del segundo crupier y de su supervisor tal vez bastarían para que los chicos de arriba examinaran los billetes. Ray estaba seguro de que lo tenían en sus pantallas de vídeo, como a todos los demás clientes. La vigilancia en los casinos era exhaustiva; lo sabía a través de sus listillos compañeros que pretendían hundir la banca en la mesa de los dados.

En caso de que el dinero hiciera saltar las alarmas, podrían encontrarlo fácilmente, ¿verdad?

Pero, ¿en qué otro lugar podría conseguir que examinaran el dinero? ¿Y si entrara en el First National de Clanton y le entregara al cajero unos cuantos billetes? «¿Le importa echarles un vistazo, señor

Dempsey? Quisiera saber si son auténticos.» Ningún cajero de Clanton había visto jamás dinero falso, por lo que, a la hora del almuerzo, toda la ciudad se habría enterado de que el chico del juez Atlee andaba por ahí con los bolsillos llenos de dinero sospechoso.

Había pensado en la posibilidad de esperar hasta que estuviera de nuevo en Virginia. Acudiría a su abogado, quien buscaría a un experto que examinaría con carácter estrictamente confidencial una muestra del dinero. Pero no podía esperar tanto. En caso de que el dinero fuera falso, lo quemaría. Si no era así, no estaba seguro de qué hacer con él.

Se bebió lentamente la cerveza, dándoles tiempo para que pudieran enviar a un par de individuos vestidos de negro, quienes se acercarían a él y le dirían: «¿Tiene un minuto, por favor?». Era consciente de que no podían trabajar tan rápido. Si el dinero estaba marcado, tardarían días en localizar su procedencia. ¿Y si lo sorprendían con el dinero marcado? ¿Cuál sería su delito? Lo había encontrado en la casa de su difunto padre, un lugar que él y su hermano habían heredado según el testamento. Él era el albacea testamentario y no tardaría en asumir la responsabilidad de proteger los bienes. Disponía de unos meses para informar de ello al tribunal de validación y a las autoridades tributarias. En caso de que el Juez hubiera acumulado el dinero por medios ilegales, lo sentiría mucho, pero su padre ya había muerto. Él no había hecho nada malo, al menos de momento.

Se fue con sus ganancias a la primera mesa de blackjack y depositó una apuesta de quinientos dólares.

La crupier llamó por señas a su supervisor, quien se acercó cubriéndose la boca con los nudillos de una mano mientras con el dedo índice de la otra mano se golpeaba una oreja con gesto displicente, como si las apuestas de quinientos dólares en la mesa de black-jack fueran un acontecimiento cotidiano en el club Santa Fe. Le dieron un as y un rey y la crupier empujó hacia él setecientos cincuenta dólares.

—¿Le apetece beber algo? —preguntó el supervisor de las mesas, luciendo una sonrisa repleta de dientes cariados.

—Una cerveza Beck —contestó Ray, e inmediatamente apareció una camarera como llovida del cielo.

Apostó cien dólares en la siguiente mano y perdió. Colocó rápidamente tres fichas para la siguiente mano y ganó. Ganó ocho de las siguientes diez manos, alternando apuestas de cien y de quinientos dólares como si supiera muy bien lo que estaba haciendo. El supervisor de las mesas se situó detrás de la crupier. Presuntamente se enfrentaban a un jugador profesional al que convenía vigilar y filmar. Los demás casinos serían informados.

Si hubiesen sabido la verdad…

Perdió varias apuestas seguidas de doscientos dólares y después, por puro gusto, depositó diez fichas para una audaz y temeraria apuesta de mil dólares. Le quedaban otros tres millones de dólares en el maletero. Aquello era calderilla. Cuando le cayeron dos reinas al lado de las fichas, las contempló con rostro impasible, como si llevara años ganando de aquella manera.

119

—¿Le apetece cenar, señor? —le preguntó el supervisor de las mesas.

—No —contestó Ray.

—¿Podríamos ayudarle en algo?

—Les agradecería una habitación.

—¿Doble o suite?

Un imbécil hubiera contestado: «Una suite, naturalmente», pero Ray se contuvo.

—Cualquier habitación me irá bien.

No había previsto quedarse allí, pero, tras haberse tomado dos cervezas, le pareció más prudente no conducir. ¿Y si un agente rural lo detenía? ¿Qué haría el agente si registraba el maletero?

—No hay problema, señor —dijo el supervisor de las mesas—. Ahora mismo le inscribimos en el registro.

Se pasó una hora igualando las pérdidas con las ganancias. La camarera se acercaba cada cinco minutos ofreciéndole bebidas, pero él conservaba la primera cerveza. Durante una mano contó treinta y nueve fichas negras.

A medianoche empezó a bostezar y recordó lo poco que había dormido la víspera. Guardaba la llave de la habitación en el bolsillo. La mesa tenía un límite de mil dólares por mano; de lo contrario, se lo hubiera jugado todo de golpe y lo hubiera perdido envuelto en un resplandor de gloria. Colocó diez fichas negras en el círculo y, en presencia de un numeroso público, se alzó con la victoria. Otras diez fichas y la banca perdió con veintidós. Ray recogió sus fichas, dejó cuatro para la crupier y se encaminó hacia la caja. Llevaba tres horas en el casino.

Desde su habitación del quinto piso podía vigilar el aparcamiento de abajo y, puesto que su automóvil deportivo estaba a la vista, se sintió obligado a hacerlo. A pesar del cansancio, no podía conciliar el sueño. Acercó un sillón a la ventana y trató de dormir, pero le resultaba imposible dejar de pensar.

¿Acaso el Juez había descubierto los casinos? ¿Y si el origen de su fortuna fuera el juego, un pequeño y lucrativo vicio que había mantenido en secreto?

Cuanto más se repetía que la idea era descabellada, tanto más se convencía Ray de que había descubierto el origen del dinero. Que él supiera, el Juez jamás había invertido en bolsa, pero, en caso de que lo hubiera hecho y hubiera sido otro Warren Buffett, ¿por qué guardar las ganancias en efectivo y ocultarlas debajo de unas estanterías de libros? Además, los correspondientes papeles tendrían que ser muy numerosos.

Si hubiera llevado una doble vida de juez corrupto, sumando todas las listas de causas del rural estado de Misisipí no había ni tres millones de dólares que robar. Y el hecho de aceptar sobornos hubiera requerido la participación de otras muchas personas.

Tenían que haber sido los juegos de azar. Era un asunto de dinero en efectivo. Ray acababa de ganar seis mil dólares en una sola noche. Había sido por pura suerte, pero, ¿acaso no se trataba de eso? A lo mejor, al viejo se le daban bien las cartas o los dados. Tal vez había ganado un premio gordo en las máquinas tragaperras. Vivía solo y no tenía que dar explicaciones a nadie.

Podía haber ganado.

Pero, ¿tres millones de dólares en siete años?

¿Acaso los casinos no exigían papeleo cuando las ganancias eran importantes? ¿Impresos fiscales y cosas por el estilo?

¿Y por qué ocultarlo? ¿Por qué no regalarlo como el resto de su dinero?

Pasadas las tres, Ray abandonó la habitación de cortesía y durmió en el interior de su automóvil hasta el amanecer.

11

La puerta principal estaba ligeramente entornada y, a las ocho de la mañana, en ese lugar deshabitado, la señal era de muy mal agüero. Ray se pasó un minuto largo contemplándola, indeciso, aunque sabía que no tendría más remedio que hacerlo. Empujó la puerta, apretó los puños como si el ladrón aún pudiera estar dentro y respiró hondo. La puerta se abrió con un chirrido y, cuando la luz se posó sobre los montones de cajas del vestíbulo, Ray descubrió unas huellas de barro en el suelo. El asaltante había entrado a través del jardín posterior, donde había mucho barro, y por alguna extraña razón había decidido salir por la puerta principal.

Ray extrajo lentamente la pistola del bolsillo.

Las veintisiete cajas verdes de Blake & Son aparecían diseminadas por todo el estudio del Juez. El sofá estaba volcado. Las puertas del armario situado bajo la estantería de libros permanecían abiertas. Aunque el escritorio de tapa corredera parecía intacto, los papeles del escritorio de caoba se hallaban esparcidos por el suelo.

El intruso había sacado las cajas, las había abierto y, al ver que estaban vacías, las había pisoteado y arrojado por doquier en un arrebato de furia. A pesar del silencio, Ray experimentó los efectos de la violencia y una sensación de debilidad.

Aquel dinero lo podía matar.

Cuando estuvo en condiciones de moverse, levantó el sofá y recogió los papeles. Estaba ordenando las cajas cuando oyó un ruido en el porche principal. Miró a hurtadillas a través de la ventana y vio a una anciana que llamaba a la puerta.

Claudia Gates conocía al Juez mejor que nadie. Había sido su relatora, secretaria, chófer y mucho más, según las habladurías que circulaban por la ciudad desde que Ray era pequeño. Durante casi treinta años, ella y el Juez habían viajado juntos por los seis condados del distrito Veinticinco, saliendo de Clanton a las siete de la mañana y regresando entrada la noche. Cuando no estaban en las salas, ambos compartían el despacho del Juez en el Palacio de Justicia, donde ella mecanografiaba las transcripciones mientras él estudiaba los documentos.

En cierta ocasión, un abogado apellidado Turley los había sorprendido en una situación comprometida durante la pausa del almuerzo en el despacho y había cometido el imperdonable error de contárselo a otros. A partir de aquel momento, perdió todos los juicios en el Tribunal de Equidad y no consiguió ni un solo cliente. El juez Atlee tardó cuatro años en inhabilitarlo.

—Hola, Ray —saludó Claudia a través de la cancela—. ¿Puedo entrar?

—Claro —contestó él, abriendo un poco más la puerta.

Ray y Claudia jamás se habían caído bien. Él siempre había experimentado la sensación de que ella recibía la atención y el afecto que les hubiera correspondido a él y a Forrest. Claudia, por su parte, lo consideraba una amenaza. En lo tocante al juez Atlee, para ella todo el mundo representaba una amenaza.

Tenía pocos amigos y todavía menos admiradores. Se comportaba de forma cruel y descortés porque se pasaba la vida asistiendo a juicios. Y era arrogante porque le hablaba en susurros al gran personaje.

—Lo siento muchísimo.

—Yo también.

Al pasar con ella por delante del estudio, Ray cerró la puerta diciendo:

—No entres aquí.

Claudia no reparó en las huellas del intruso.

—Sé amable conmigo, Ray.

—¿Por qué?

Entraron en la cocina, donde él sirvió café, y ambos se sentaron frente a frente.

—¿Puedo fumar? —preguntó Claudia.

—Como quieras —contestó Ray.

Por mí puedes fumar hasta que te asfixies, tía, pensó. Los trajes negros de su padre siempre estaban impregnados del acre olor de sus cigarrillos. Él le permitía fumar en el interior del automóvil, en su despacho del Palacio de Justicia, en el despacho de su casa y probablemente también en la cama. En cualquier sitio menos en la sala.

La afanosa respiración, la áspera voz, las incontables arrugas que le rodeaban los ojos… ah, los placeres del tabaco.

Había estado llorando, lo cual era un hecho insólito en su vida. Un verano en que trabajó como auxiliar de su padre, Ray había tenido la desgracia de presenciar el juicio de un doloroso caso de abusos sexuales infantiles. La declaración había sido tan triste y conmovedora que todo el mundo, incluidos el Juez y todos los abogados, se emocionaron hasta las lágrimas. Los únicos ojos secos de la sala eran los de la insensible Claudia.

—No puedo creer que haya muerto —dijo ella, arrojando una nube de humo hacia el techo.

—Llevaba cinco años muriéndose, Claudia. No ha sido una sorpresa.

—Aun así, es muy triste.

—Es muy triste, pero sufría mucho. La muerte ha sido una liberación.

—No quería que viniera a verle.

—Mejor no repetir lo de siempre, ¿vale?

La historia, según la versión que uno creyera, había sido la comidilla de Clanton durante casi dos décadas. Pocos años después de la muerte de la madre de Ray, Claudia se divorció de su marido por motivos que jamás se aclararon. Una parte de la ciudad creía que el Juez le había prometido casarse con ella cuando se divorciara. La otra mitad creía que el Juez, un Atlee por encima de todo, nunca había tenido intención de casarse con una plebeya como Claudia, y que ésta se divorció porque el marido la había sorprendido tonteando con otro hombre. Pasaron los años mientras ambos disfrutaban de las ventajas de la vida matrimonial, pero sin papeles y sin cohabitación efectiva. Ella seguía apremiando al Juez para que se casara y él insistía en aplazar la decisión. Era evidente que tenía lo que quería.

Al final, ella le planteó un ultimátum, lo cual resultó ser una estrategia equivocada. Los ultimátums no impresionaban a Reuben Atlee. Un año antes de que lo echaran de su puesto, Claudia se casó con un hombre nueve años más joven que ella. El Juez la despidió de inmediato y en los cafés y los clubs femeninos no se habló de otra cosa. Al cabo de unos cuantos años de inestabilidad, el marido más joven murió. Claudia se quedó tan sola como el Juez. Sin embargo, ella lo había traicionado volviéndose a casar y él jamás se lo había perdonado.

—¿Dónde está Forrest? —preguntó Claudia.

—Supongo que no tardará en venir.

—¿Cómo se encuentra?

—Es el mismo de siempre.

—¿Quieres que me vaya?

—Como prefieras.

—Quisiera hablar contigo, Ray. Necesito hablar con alguien.

—¿No tienes amigos?

—No. Reuben era mi único amigo.

Ray se echó hacia atrás cuando Claudia pronunció el nombre de pila de su padre. Claudia se introdujo el cigarrillo entre los pegajosos labios rojos, un apagado rojo de luto, no el rojo fuego por el que antaño fuera famosa. Debía de tener más de setenta años, pero muy bien llevados. Era esbelta, caminaba muy erguida y lucía un ajustado vestido que ninguna otra mujer de setenta y tantos años del condado de Ford se hubiera podido permitir el lujo de ponerse. Llevaba brillantes en los lóbulos de las orejas y en el dedo, aunque Ray no supo determinar si eran auténticos. También llevaba un bonito colgante de oro y dos pulseras de oro.

Era una furcia que ya iba para vieja, pero todavía tan activa como un volcán. Ray pensó que debía preguntarle a Harry Rex con quién estaba Claudia en aquellos momentos.

Volvió a llenar las tazas de café.

—¿De qué quieres hablar? —dijo.

—De Reuben.

—Mi padre ha muerto. No me interesan tus historias.

—¿No podemos ser amigos?

—No. Siempre nos hemos despreciado. Ahora no nos vamos a besar y abrazar sobre el féretro. ¿Por qué tendríamos que hacerlo?

—Soy muy mayor, Ray.

—Y yo vivo en Virginia. Hoy asistiremos al entierro y después jamás nos volveremos a ver. ¿Qué te parece?

Ella encendió otro cigarrillo y lloró un poco más. Ray estaba pensando en el desorden del estudio y en lo que le diría a Forrest en caso de que éste irrumpiera en aquel momento en la casa y viera las huellas de pisadas y las cajas diseminadas por el suelo. Además, si Forrest veía a Claudia sentada a la mesa, era posible que le saltara al cuello.

A pesar de que no tenían pruebas, Ray y Forrest siempre habían sospechado que el Juez le pagaba una cantidad muy superior al sueldo habitual de los relatores de los tribunales. Un complemento a cambio de los complementos que ella le ofrecía. No resultaba difícil guardarle rencor.

—Me gustaría tener algo que recordar, eso es todo —dijo ella.

—¿Qué puedo ofrecerte yo?

—Tu padre ya no está. ¿A quién más puedo recurrir?

—¿Quieres dinero?

—No.

—¿Estás en la ruina?

—No, tengo la vida asegurada.

—Aquí no hay nada para ti.

—¿Tienes su testamento?

—Sí, y en él no se menciona tu nombre.

Claudia rompió a llorar y Ray empezó a enfurecerse. Ella recibía dinero veinte años atrás, cuando él trabajaba como camarero y se mantenía a base de mantequilla de cacahuete y trataba de sobrevivir otro mes sin que lo echaran del barato apartamento que ocupaba. Ella siempre conducía un Cadillac nuevo cuando él y Forrest utilizaban unos cacharros. A ellos se les exigía vivir como aristócratas venidos a menos mientras que ella tenía un guardarropa y unas joyas sensacionales.

—Siempre prometió cuidar de mí —señaló Claudia.

—Rompió la promesa hace muchos años, Claudia. Déjalo ya.

—No puedo. Lo quería demasiado.

—Lo vuestro era sexo y dinero, no amor. Preferiría no hablar de eso.

—¿Qué hay en la herencia?

—Nada. Lo regaló todo.

—¿Cómo?

—Ya lo has oído. Ya sabes lo mucho que le gustaba extender cheques. La cosa fue a más cuando tú abandonaste el escenario.

—¿Y su pensión?

Ahora Claudia no lloraba: estaba hablando de negocios. Sus ojos verdes estaban secos y un extraño fulgor se había encendido en ellos.

—Lo cobró todo de golpe cuando dejó el cargo. Fue una terrible equivocación económica, pero lo hizo sin que yo lo supiera. Estaba furioso y medio loco de rabia. Cobró el dinero, vivía con parte de él y el resto lo regalaba a los boy scouts, las girl scouts, el Club de los Leones, los Hijos de la Confederación, el Comité para la Conservación de los Campos de Batalla Históricos, todo lo que tú quieras.

Si su padre hubiera sido un juez corrupto, cosa que Ray no quería creer, Claudia habría estado al corriente de la existencia del dinero. Y era evidente que la ignoraba. Ray jamás había pensado que ella supiera algo, pues, de haberlo sabido, el dinero no habría permanecido escondido en el estudio. Si Claudia hubiera birlado una parte de los tres millones de pavos, todo el condado se habría enterado. Si ella tuviera un dólar, se sabría. A pesar de su aspecto, Ray sospechaba que Claudia pasaba estrecheces.

—Pensé que tu segundo marido tenía algo de dinero —le dijo Ray con excesiva crueldad.

—Y yo también —replicó ella, consiguiendo esbozar una sonrisa.

Ray soltó una risita por lo bajo. A continuación, ambos se echaron a reír y entonces el hielo se rompió de golpe. Claudia siempre había sido célebre por su franqueza.

—Jamás sacaste nada, ¿verdad?

—Ni un céntimo. Era un tipo muy guapo, varios años más joven que yo, ya sabes…

—Lo recuerdo muy bien. Menudo escándalo.

—Tenía cincuenta y un años y un pico de oro, me hablaba siempre del dinero que podríamos ganar con el petróleo. Nos pasamos cuatro años perforando como locos y yo acabé sin un centavo.

Ray se rió de buena gana. No recordaba haber hablado jamás de sexo y dinero con una septuagenaria. Imaginaba que Claudia le habría podido contar un montón de historias. Sus grandes éxitos.

—Tienes muy buen aspecto, Claudia, aún te queda tiempo para otro.

—Estoy cansada, Ray. Me siento vieja y cansada. Lo tendría que adiestrar y todo eso. No merece la pena.

—¿Qué ocurrió con el segundo?

—La palmó de un infarto y yo no recibí ni mil dólares —contestó Claudia.

—Pues el viejo ha dejado seis mil.

—¿Eso es todo? —preguntó ella con incredulidad.

—Ni acciones, ni bonos, ni cuentas pendientes, sólo una vieja casa y seis mil dólares en el banco.

Claudia bajó la mirada, meneó la cabeza y se creyó todo lo que Ray le estaba diciendo. Ignoraba la existencia del dinero en efectivo.

—¿Qué pensáis hacer con la casa?

—Forrest la quiere incendiar y cobrar el seguro.

—No es mala idea.

—La venderemos.

Se oyó un ruido en el porche y, a continuación, una llamada. El reverendo Palmer quería comentar los detalles del funeral que había de celebrar en cuestión de dos horas. Claudia abrazó a Ray mientras ambos se encaminaban hacia su automóvil. Entonces lo volvió a abrazar y se despidió de él.

—Siento no haber sido más amable contigo —murmuró mientras él le abría la portezuela del automóvil.

—Adiós, Claudia. Te veré en la iglesia.

—Jamás me perdonó, Ray.

—Yo te perdono.

—¿Lo dices en serio?

—Sí. Estás perdonada. Ahora somos amigos.

—Te lo agradezco de todo corazón. —Claudia lo abrazó por tercera vez y se echó a llorar. Él la ayudó a subir al vehículo, un Cadillac, como siempre. Justo antes de arrancar, Claudia añadió—: ¿Y a ti te perdonó, Ray?

—Creo que no.

—Yo tampoco lo creo.

—Pero eso ahora no importa. Vamos a enterrarlo.

—Podía llegar a ser un hijo de puta de mucho cuidado, ¿verdad? —dijo Claudia, sonriendo entre lágrimas.

Ray no pudo por menos de echarse a reír. La antigua amante septuagenaria de su difunto padre acababa de llamar hijo de puta al gran hombre.

—Sí —convino con ella—. Vaya si podía.

12

Empujaron el precioso féretro del juez Atlee por el pasillo central y lo dejaron junto al altar, delante del púlpito donde el reverendo Palmer lo aguardaba, ataviado con una túnica negra. No se levantó la tapa del féretro para gran decepción de los presentes, la mayoría de los cuales seguía aferrada al antiguo ritual sureño de contemplar al difunto por última vez, en un extraño intento de intensificar al máximo el dolor.

—De eso ni hablar —contestó cortésmente Ray cuando el señor Magargel le preguntó si quería que levantaran la tapa del féretro. Cuando todo estuvo en su sitio, Palmer extendió lentamente los brazos, después los bajó y los presentes se sentaron.

En el primer banco a su derecha estaban los dos hijos. Ray se había puesto su traje nuevo y parecía muy cansado. Forrest, vestido con unos pantalones vaqueros y una chaqueta de ante negro, se mostraba extremadamente sereno. A su espalda se encontraban Harry Rex y los demás portadores del féretro y, detrás de ellos, una triste serie de antiguos jueces ya también con un pie en el sepulcro. En el primer banco a su izquierda se sentaban dignatarios, políticos, un antiguo gobernador del estado, un par de jueces del Tribunal Supremo de Misisipí. Clanton jamás había visto tanto poder reunido.

La iglesia estaba abarrotada y había personas de pie junto a las paredes, bajo las vidrieras de colores. El triforio de arriba también estaba lleno. En el auditorio del sótano se apretujaban más amigos y admiradores que seguirían la ceremonia a través de un sistema de altavoces.

A Ray le impresionó la cantidad de gente. Forrest ya estaba consultando su reloj. Había llegado hacía quince minutos y el que le pegó la bronca fue Harry Rex, no Ray. El traje nuevo estaba sucio, explicó. Además, Ellie le había comprado la chaqueta de ante negro años atrás y le había dicho que sería muy adecuada para la ocasión.

Con ciento treinta kilos, no salía de casa y Ray y Harry Rex se lo agradecían. Había conseguido en cierto modo que Forrest se mantuviera apartado de sus adicciones, pero no tardaría en tener el mono. Por mil razones, Ray estaba deseando regresar a Virginia.

El reverendo rezó, pronunciando un breve y elocuente mensaje de gratitud por la vida de aquel gran hombre. Después presentó a un coro juvenil que había ganado premios nacionales en un concurso de música en Nueva York. El juez Atlee les había donado tres mil dólares para el viaje, según Palmer. Entonaron dos canciones que Ray jamás había oído y que le parecieron preciosas.

El primer elogio —sólo habría dos muy breves, siguiendo las instrucciones de Ray— estuvo a cargo de un anciano que a duras penas consiguió llegar al púlpito, pero, una vez allí, sorprendió a los presentes con su poderosa y bien modulada voz. Había estudiado Derecho con Reuben cien años atrás. Contó dos anécdotas sin ninguna gracia y después la poderosa voz empezó a debilitarse.

El reverendo leyó algunos pasajes de las Sagradas Escrituras y, a continuación, pronunció unas palabras de consuelo por la pérdida de un ser querido, aunque éste ya fuera viejo y hubiera vivido una existencia en toda su plenitud.

El segundo elogio lo pronunció un joven negro llamado Nakita Poole, una especie de leyenda en Clanton. Poole pertenecía a una familia muy violenta del sur de la ciudad y, de no haber sido por un profesor de Química del instituto, habría abandonado los estudios a los quince años y se habría convertido en un número más en las estadísticas. El Juez lo conoció en el transcurso de una desagradable disputa familiar ante los tribunales y se interesó por el chico. Poole tenía una asombrosa capacidad para las ciencias y las matemáticas. Terminó siendo el primero de su clase, presentó solicitudes de admisión en los mejores colegios universitarios y fue aceptado en todas partes. El Juez escribió entusiastas cartas de recomendación y echó mano de todas sus influencias. Nakita eligió Yale, pero su asignación económica lo cubría todo menos el dinero de bolsillo. El juez Atlee se pasó cuatro años escribiéndole una carta semanal, cada una de las cuales iba acompañada de un cheque por valor de veinticinco dólares.

—Yo no era el único que recibía cartas y cheques —les dijo a los presentes que lo escuchaban en silencio—. Éramos muchos.

Ahora Nakita era médico y estaba a punto de trasladarse a África, donde trabajaría como voluntario durante dos años.

—Echaré de menos sus cartas —y las damas presentes en la iglesia se echaron a llorar.

El forense Thurber Foreman fue el siguiente. Llevaba muchos años siendo un elemento habitual en todos los funerales del condado de Ford y el Juez había expresado el deseo de que tocara su mandolina y entonara el himno *Un poco más cerca de Ti*. Su canto fue muy hermoso, y logró terminarlo a pesar del llanto.

Al final, Forrest empezó a enjugarse las lágrimas. En cambio, Ray se limitó a contemplar fijamente el féretro, preguntándose de dónde habría salido el dinero. ¿Qué habría hecho el viejo? ¿Qué pensaba exactamente que iba a ocurrir con el dinero cuando él muriera?

Tras un breve mensaje del reverendo, los portadores del féretro empujaron el catafalco del juez Atlee hacia la salida de la iglesia. El señor Magargel acompañó a Ray y a Forrest por el pasillo y bajó con ellos los peldaños hasta la limusina que esperaba detrás del coche fúnebre.

Como en todas las ciudades pequeñas, en Clanton se observaba una gran afición por las procesiones fúnebres. Todo el tráfico se detenía. Los que no formaban parte del cortejo permanecían de pie en las aceras, contemplando con tristeza el paso del vehículo mortuorio y el interminable desfile de automóviles que lo seguía. Todos los agentes a tiempo parcial se enfundaban en sus uniformes y bloqueaban algo, una calle, un callejón o los espacios de aparcamiento.

El coche fúnebre rodeó el Palacio de Justicia, donde la bandera ondeaba a media asta y los funcionarios del condado ocupaban la acera con aire compungido. Los comerciantes de la plaza salieron para despedir al juez Atlee.

Lo enterraron en la parcela de los Atlee, junto a su esposa largo tiempo olvidada y entre los antepasados a los que tanto veneraba. Sería el último Atlee que recibiera sepultura en el condado de Ford, pero eso nadie lo sabía. En realidad, a nadie le importaba. Ray sería incinerado y sus cenizas se esparcirían sobre las montañas del Blue Ridge. Forrest comprendía que estaba más cerca de la muerte que su hermano mayor, pero aún no había decidido los detalles finales. Sólo sabía que no deseaba ser enterrado en Clanton. Ray era partidario de la incineración. A Ellie le gustaba la idea de un panteón. Forrest prefería no plantear el tema.

Los asistentes al funeral se apretujaron debajo y alrededor de una carpa carmesí de la Funeraria Magargel, demasiado pequeña para acogerlos a todos. La carpa cubría la tumba y cuatro hileras de sillas plegables. En realidad se habrían necesitado mil asientos.

Ray y Forrest se sentaron tan cerca del féretro que casi lo rozaban con las rodillas y escucharon las palabras de despedida del reverendo Palmer. Sentado en una silla plegable junto al borde de la tumba abierta de su padre, Ray se sorprendió de sus propios pensamientos. Quería irse a casa. Echaba de menos su aula y a sus alumnos. Echaba de menos sus vuelos y el panorama del valle de Shenandoah desde mil quinientos metros de altura. Estaba cansado e irritable y no quería pasarse otras dos horas en el cementerio, manteniendo charlas intrascendentes con personas que recordaban el día de su nacimiento.

La mujer de un predicador pentecostalista pronunció las palabras finales. Entonó el himno *Asombrosa gracia* y, durante cinco minutos, el tiempo se quedó en suspenso. Su hermosa voz de soprano resonó por todas las suaves lomas del cementerio, consolando a los muertos y dando esperanza a los vivos. Hasta los pájaros interrumpieron sus vuelos.

Un muchacho del Ejército interpretó a la trompeta el toque de silencio y todo el mundo se deshizo en lágrimas. Doblaron la bandera y se la entregaron a Forrest, quien sollozaba y sudaba bajo la maldita chaqueta de ante. Mientras las últimas notas se perdían en el bosque, Harry Rex rompió a llorar a su espalda. Ray se inclinó y tocó el féretro. Pronunció una silenciosa despedida y después apoyó los codos sobre las rodillas y ocultó el rostro en las manos.

La ceremonia del entierro terminó rápidamente. Era la hora del almuerzo. Ray pensó que, si permaneciera allí sentado contemplando el féretro, la gente lo dejaría en paz. Forrest le rodeó los hombros con su poderoso brazo y ambos dieron la impresión de que pensaban quedarse allí hasta que oscureciera. Harry Rex recuperó la compostura y asumió el papel de portavoz de la familia. De pie en el exterior de la carpa, dio las gracias a las autoridades por su presencia, felicitó a Palmer por la espléndida ceremonia, alabó a la esposa del predicador por su hermosa versión del himno, le dijo a Claudia que no podía sentarse con los chicos y que tenía que circular, y añadió otras muchas cosas. Los sepultureros esperaban junto a un árbol de las inmediaciones con las palas en la mano.

Cuando todos se hubieron retirado, incluido el señor Magargel y su equipo de colaboradores, Harry Rex se sentó en la silla del otro lado de Forrest y, durante un buen rato, los tres permanecieron sentados allí, contemplando fijamente el ataúd incapaces de marcharse. El único sonido que se oía era el de una excavadora que esperaba a lo lejos. Pero a ellos les daba igual. ¿Cuantas veces entierra uno a su padre?

¿Y qué importancia tiene el tiempo para un sepulturero?

—Un funeral espléndido —comentó finalmente Harry Rex, que era un experto en semejantes cuestiones.

—Él hubiera estado orgulloso —dijo Forrest.

—Le encantaban los buenos funerales —añadió Ray—. En cambio, aborrecía las bodas.

—Pues a mí me encantan las bodas —dijo Harry Rex.

—¿Van cuatro o cinco? —preguntó Forrest.

—De momento, cuatro.

Un hombre vestido con un uniforme de trabajo del ayuntamiento se acercó a ellos y les preguntó en voz baja:

—¿Desean que lo bajemos ahora?

Ni Ray ni Forrest supieron qué responder. Harry Rex no dudó ni un instante.

—Sí, por favor —contestó.

El hombre accionó una manivela por debajo de una tabla encajada bajo el reborde de la tumba. Muy lentamente, el féretro descendió. Ellos lo contemplaron hasta que tocó el fondo de tierra.

El hombre retiró las cuerdas, la tabla y la manivela, y se marchó.

—Creo que todo ha terminado ya —dijo Forrest.

El almuerzo consistió en unos tamales y unas sodas en un restaurante con servicio para automovilistas situado en las afueras de la ciudad, lejos de los lugares abarrotados en los que seguramente alguien los habría interrumpido para hacer algún comentario amable sobre el Juez. Se sentaron a una mesa de madera bajo una enorme sombrilla y contemplaron el paso de los automóviles.

—¿Cuándo os vais? —preguntó Harry Rex.

—Mañana a primera hora —contestó Ray—. Nos quedan algunos asuntos pendientes.

—Lo sé. Lo haremos esta tarde.

—¿Qué clase de asuntos? —preguntó Forrest.

—Cuestiones relacionadas con la validación —contestó Harry Rex—. Dentro de un par de semanas abriremos el testamento, cuando Ray pueda regresar. Ahora tenemos que examinar los documentos del Juez y ver el trabajo que hay que hacer.

—Eso parece asunto del albacea.

—Pero tú puedes ayudar.

Mientras comía, Ray no podía dejar de pensar en su automóvil, aparcado en una transitada calle cerca de la iglesia presbiteriana. Allí estaría seguro.

—Anoche estuve en el casino —anunció con la boca llena.

—¿En cuál de ellos? —preguntó Harry Rex.

—El Santa Fe o no sé qué, el primero que encontré. ¿Has estado allí?

—He estado en todos —contestó Harry Rex, con expresión de no sentir el menor deseo de regresar.

Exceptuando las drogas ilegales, Harry Rex había explorado todos los vicios.

—Yo también —dijo Forrest, un hombre para quien las excepciones no existían—. ¿Qué tal te fue? —le preguntó a su hermano.

—Gané dos mil en el blackjack. Me ofrecieron una habitación.

—Yo he pagado esa maldita habitación —dijo Harry Rex—. Y probablemente todo el piso.

—Me encantan las copas gratis que te ofrecen —intervino Forrest—. Veinte pavos el refresco.

Ray tragó saliva y decidió echar el anzuelo.

—Encontré unas cerillas del Santa Fe en el escritorio del viejo. ¿Acaso visitaba el casino en secreto?

—Pues claro —contestó Harry Rex—. Él y yo solíamos ir una vez a la semana. Le encantaban los dados.

—¿El viejo? —preguntó Forrest—. ¿Le gustaban los juegos de azar?

—Pues sí.

—O sea que ahí fue a parar el resto de mi herencia. Lo que no donaba a obras benéficas, lo perdía en el juego.

—No, en realidad, era bastante buen jugador.

Ray simuló sorprenderse tanto como Forrest, pero se alegró de haber dado con una primera pista, por insignificante que fuera. Le parecía casi imposible que el Juez hubiera amasado semejante fortuna jugando a los dados una vez a la semana.

Él y Harry Rex seguirían con la cuestión más adelante.

13

A medida que se acercaba el final, el Juez se había dedicado a organizar sus asuntos con diligencia. Los datos más importantes estaban en su estudio, al alcance de la mano.

Primero examinaron el escritorio de caoba. Un cajón contenía extractos bancarios correspondientes a diez años, todos pulcramente colocados en orden cronológico. Sus declaraciones de la renta estaban en otro. Había cinco gruesos libros mayores llenos de apuntes relativos a las donaciones que había hecho a todo aquel que se lo pedía. El cajón más grande estaba lleno de docenas de carpetas de cartulina tamaño carta. Carpetas de impuestos sobre el patrimonio, historiales médicos, antiguas escrituras y títulos de propiedad, facturas pendientes, cartas de sus médicos, su fondo de pensión. Ray examinó las carpetas sin abrirlas, exceptuando las correspondientes a las facturas pendientes. Había una por valor de trece dólares con ochenta centavos a la empresa de jardinería Wayne's Lawnmower Repair, fechada una semana atrás.

—Siempre resulta un poco extraño examinar los papeles de alguien que acaba de morir —observó Harry Rex—. Me siento como un espía.

—Más bien como un investigador en busca de pistas —adujo Ray.

Estaba sentado a un lado del escritorio y Harry Rex al otro, ambos con las mangas de la camisa remangadas y sin corbata, delante de montones de pruebas. Forrest se mostraba tan servicial como de costumbre. Había apurado tres cervezas a modo de postre y ahora estaba durmiendo como un tronco en el columpio del porche de la entrada.

Pero por lo menos estaba allí, en lugar de haberse ido de juerga, como habría hecho en otros tiempos. Había desaparecido muchas veces a lo largo de los años. Si no hubiera asistido al funeral de su padre, nadie en Clanton se hubiera sorprendido. Otra lacra en el historial de aquel insensato chico de Atlee, otra anécdota que contar.

En el último cajón encontraron toda suerte de objetos personales: plumas, pipas, fotografías del Juez con sus compañeros en reuniones organizadas por el Colegio de Abogados, unas cuantas fotografías de Ray y Forrest tomadas unos años atrás, su licencia de matrimonio, el certificado de defunción de su mujer. En un viejo sobre sin abrir estaba la nota necrológica recortada del *Clanton Chronicle*, fechada el 12 de octubre de 1969, junto con una fotografía. Ray la leyó y se la pasó a Harry Rex.

—¿La recuerdas? —le preguntó Ray.

—Sí, fui a su entierro —contestó Harry, mirándola—. Era una bella dama sin demasiados amigos.

—¿Por qué no los tenía?

—Era del delta y casi toda esa gente tiene una buena dosis de sangre azul. Eso es lo que el Juez quería en una esposa, pero aquí la cosa no dio muy buen resultado. Ella creyó que se casaba con un hombre acaudalado. Por aquel entonces los jueces no ganaban gran cosa, por lo que ella tuvo que hacer un gran esfuerzo para ser mejor que nadie.

—A ti no te caía muy bien.

—No mucho. Ella me consideraba muy basto.

—Ya me lo imagino.

—Yo quería mucho a tu padre, Ray, pero no se derramaron muchas lágrimas en el funeral de tu madre.

—Mejor que examinemos los funerales de uno en uno.

—Perdón.

—¿Qué decía el testamento que le preparaste? Me refiero al último.

Harry Rex dejó la nota necrológica sobre el escritorio y se reclinó en su asiento. Miró al infinito a través de la ventana y después habló en voz baja.

—El Juez quería crear un fondo para que, cuando se vendiera esta casa, el dinero fuera a parar allí. Yo hubiera sido el fideicomisario y, como tal, hubiera tenido el placer de entregaros el dinero a ti y a él. —Señaló con la cabeza hacia el porche—. Pero los primeros cien mil dólares tendrían que ir a parar al estado. Y eso es lo que el Juez calculaba que le debía Forrest.

—Qué desastre.

—Traté de disuadirle.

—Gracias a Dios que lo quemó.

146

—Pues la verdad es que sí. Él era consciente de que la idea no era muy buena, pero quería proteger a Forrest de sí mismo.

—Es lo que hemos estado intentando hacer durante veinte años.

—Pensó en todo. Quería dejártelo todo a ti, excluirle a él por completo, pero comprendió que eso sólo serviría para provocar enfrentamientos. Además, estaba furioso porque sabía que ninguno de vosotros querría vivir aquí y por eso me pidió que redactara un testamento en el que se cediera la casa a la Iglesia. Jamás llegó a firmarlo, después Palmer lo hizo enfadar a propósito de la pena de muerte y acabó abandonando la idea, diciendo que mandaría venderla a su muerte para entregar el dinero a obras de caridad. —Harry Rex estiró los brazos hacia arriba hasta sentir el crujido de la columna vertebral. Lo habían operado un par de veces de la espalda y jamás se sentía cómodo. Luego añadió—: Supongo que si os convocó a ti y a Forrest fue para decidir entre los tres qué hacer con la herencia.

—Entonces, ¿por qué hizo otro testamento en el último minuto?

—Eso nunca lo sabremos, ¿no crees? A lo mejor, se cansó del dolor. Sospecho que se había habituado a la morfina, tal como le ocurre a casi todo el mundo hacia el final. Quizá comprendió que se estaba muriendo.

Ray contempló los ojos del general Nathan Bedford Forrest, que llevaba casi un siglo vigilando severamente el estudio del Juez desde aquel lugar. Ray estaba seguro de que su padre habría deseado morir en el sofá para que el general le ayudara a superar aquel trance. El general lo sabía. Sabía cómo y cuándo había muerto el Juez. Sabía de dónde procedía el dinero. Sabía quién había allanado la casa y había revuelto el despacho la víspera.

—¿Incluyó alguna vez a Claudia? —preguntó Ray.

—Jamás. Era muy rencoroso, como bien sabes.

—Ella ha venido esta mañana.

—¿Qué quería?

—Creo que buscaba dinero. Dijo que el Juez siempre le había prometido que cuidaría de ella y preguntó qué ponía en el testamento.

—¿Y tú se lo has revelado?

—Con sumo placer.

—Está muy bien situada, no te preocupes por esa mujer. ¿Recuerdas al viejo Walter Sturgis el de Karraway, un contratista de obras tremendamente tacaño?

Harry Rex conocía a todos y cada uno de los treinta mil habitantes del condado, negros, blancos y, ahora, mexicanos.

—Creo que no.

—Corren rumores de que tiene medio millón de dólares en efectivo y Claudia va tras ellos. Ha conseguido que el tío se ponga camisas de golf y coma en el club de campo. El hombre les ha dicho a sus amiguetes que toma Viagra cada día.

—Buen chico.

—Claudia acabará con él.

Forrest se agitó en el columpio del porche y las cadenas chirriaron. Esperaron un momento hasta que se hizo de nuevo el silencio. Harry Rex abrió una carpeta.

—Aquí está la tasación —dijo—. Se la encargamos el año pasado a un tío de Tupelo, probablemente el mejor tasador del norte de Misisipí.

—¿Cuánto?

—Cuatrocientos mil.

—Vendida.

—A mí me pareció un precio muy alto. Pero, como es natural, el Juez creía que la casa valía un millón de dólares.

—Claro.

—Creo que el precio real podría rondar los trescientos mil dólares.

—No sacaremos ni la mitad. ¿En qué se basa la tasación?

—Aquí lo tenemos. Metros cuadrados de la vivienda, superficie del terreno, vista, comparaciones, lo de siempre.

—Dame una comparación.

Harry Rex pasó las páginas de la tasación.

—Aquí hay una. Una casa de la misma época y la misma superficie, con quince hectáreas de terreno, en las afueras de Holly Springs, se vendió hace un par de años por ochocientos de los grandes.

—Pero esto no es Holly Springs.

—Más bien no.

—Ésta es una ciudad de antes de la guerra de Secesión, con montones de casas antiguas.

—¿Quieres que denuncie al tasador?

—Sí, vamos a por él. ¿Tú qué pagarías por esta casa?

—Nada. ¿Quieres una cerveza?

—No.

Harry Rex se dirigió a la cocina arrastrando los pies y regresó con una lata de Pabst Blue Ribbon.

—No sé por qué compra esta marca —murmuró, bebiéndose una cuarta parte de la misma.

—Por costumbre.

Harry Rex miró a través de las persianas y sólo vio los pies de Forrest, colgando del columpio.

—No creo que esté demasiado interesado en la herencia de su padre.

—Es como Claudia: sólo quiere un cheque.

—El dinero sería su perdición.

Resultaba tranquilizador saber que Harry Rex compartía su opinión. Ray esperó a que éste regresara al escritorio porque quería verle bien los ojos.

—El Juez ganó menos de cuatro mil dólares el año pasado —declaró Ray, estudiando la declaración de la renta.

—Estaba enfermo —asintió Harry Rex, estirando la poderosa espalda y efectuando un movimiento de torsión antes de volver a sentarse—. Estuvo viendo casos hasta hace un par de años.

—¿Qué clase de casos?

—De todo tipo. Hace unos años tuvimos a un gobernador derechista de inclinaciones nazis...

—Lo recuerdo.

—Le gustaba soltar sermones cuando hacía campaña, los valores familiares, era contrario a todo menos a las armas. Resultó que le gustaban las señoras, su mujer lo sorprendió, se armó un gran escándalo. Los jueces de Jackson no quisieron saber nada del caso por razones obvias y entonces le pidieron al Juez que interviniera como árbitro.

—¿El asunto acabó en juicio?

—Pues sí, un juicio muy sonado, por cierto. La mujer se quedó con todos los bienes del gobernador, quien pensó que podría amedrentar al Juez. Ella se quedó con la mansión y con casi todo su dinero. Según las últimas noticias que he recibido, está viviendo encima del garaje de su hermano, pero con guardaespaldas, naturalmente.

—¿Viste alguna vez al Juez amedrentado?

—Nunca, ni una sola vez en treinta años.

Harry Rex tomó otro trago de cerveza mientras Ray examinaba otra declaración de la renta. Todo estaba en silencio. En cuanto volvió a oír los ronquidos de Forrest, Ray dijo:

—He encontrado dinero, Harry Rex.

Los ojos de Harry Rex no revelaron ninguna emoción. Ni complot, ni asombro, ni alivio. No parpadearon ni miraron fijamente. Harry Rex esperó y, finalmente, se encogió de hombros y preguntó:

—¿Cuánto?

—Toda una caja llena.

Seguirían otras preguntas a las que Ray ya había intentado adelantarse.

Una vez más, Harry Rex esperó un poco y después volvió a encogerse inocentemente de hombros.

—¿Dónde?

—Allí, en el armario que hay detrás del sofá. Dinero en efectivo en una caja, más de noventa mil dólares.

Hasta aquel momento, no había dicho ninguna mentira. No había contado toda la verdad, pero no había mentido. Todavía no.

—¿Noventa mil dólares? —preguntó Harry Rex, en voz demasiado alta.

Ray asintió, mirando hacia el porche.

—Sí, en billetes de cien dólares —respondió, bajando un poco la voz—. ¿Tienes alguna idea acerca de su procedencia?

Harry Rex tomó otro trago de cerveza, contempló la pared con los ojos entornados y, al final, contestó:

—Pues no.

—¿Tal vez el juego? Has dicho que jugaba a los dados.

Otro trago.

—Sí, puede ser. Los casinos se inauguraron hace seis o siete años, y él y yo íbamos una vez por semana, sobre todo al principio.

—¿Lo dejaste?

—Ojalá. En confianza: iba constantemente. Jugaba tanto que no quería que el Juez lo supiera; por consiguiente, cuando iba con él, siempre jugaba poco. A la noche siguiente, regresaba y me jugaba hasta la camisa.

—¿Cuánto perdiste?

—Hablemos del Juez.

—De acuerdo, ¿ganaba en el juego?

—Por regla general, sí. En una buena noche ganaba unos dos mil.

—¿Y en una mala?

—Quinientos, era su límite. Si perdía, sabía cuándo detenerse. Éste es el secreto del juego: es preciso saber dejarlo y hay que tener el valor de largarse. Y él lo hacía. Yo, en cambio, no.

—¿Iba sin ti?

—Sí, le vi una vez. Una noche salí y me fui a un nuevo casino, madre mía, ahora tenemos quince. Mientras jugaba al blackjack, las cosas se animaron en una mesa de dados muy cerca de allí. En medio de todo el revuelo, vi al juez Atlee con una gorra de béisbol para que nadie lo reconociera. Sus disfraces no siempre daban resultado porque yo oía comentarios en la ciudad. Mucha gente va a los casinos y ve cosas.

—¿Con cuánta frecuencia iba?

—Cualquiera sabe. No tenía que dar explicaciones a nadie. Uno de mis clientes, uno de esos chicos Higginbotham que vendían automóviles usados, me dijo una vez que había visto al juez Atlee en la mesa de los dados a las tres de la madrugada en Treasure Island. Entonces pensé que el Juez visitaba los casinos a altas horas de la madrugada para que la gente no le viera.

Ray efectuó unos rápidos cálculos mentales. Si el Juez hubiera jugado tres veces por semana durante cinco años y hubiera ganado dos mil dólares cada vez, sus ganancias habrían rondado el millón y medio de dólares.

—¿Pudo haber ocultado noventa mil dólares? —preguntó Ray.

Parecía una cantidad ridícula.

—Todo es posible, pero, ¿por qué ocultarlos?

—Dímelo tú.

Ambos se pasaron un rato meditando la cuestión. Harry Rex apuró la cerveza y encendió un cigarro. Un lento ventilador de techo colgado sobre el escritorio esparcía el humo por la estancia. Harry Rex lanzó una nube de humo hacia el ventilador y dijo:

—Hay que pagar impuestos sobre las ganancias y, puesto que él no quería que nadie supiera que jugaba, es posible que prefiriera guardar discretamente el dinero.

—Pero, ¿en los casinos no hay que rellenar impresos si ganas una cierta cantidad?

—Yo jamás he visto un puñetero impreso.

—Pero, ¿y si hubieras ganado?

—Sí, hay que rellenarlos. Yo tenía un cliente que ganó once mil dólares en las máquinas tragaperras de cinco dólares. Le entregaron un impreso diez noventa y nueve, una notificación a Hacienda.

—¿Y en los dados?

—Si ganas más de diez mil dólares en fichas de una sola vez, hay que rellenar impresos. Por debajo de diez mil, no es preciso rellenar nada. Lo mismo que las transacciones en efectivo en un banco.

—Dudo que el Juez quisiera documentos.

—En efecto.

—¿Jamás habló de cantidades en efectivo cuando preparabais los testamentos?

—Jamás. El dinero es un secreto, Ray. No me lo puedo explicar. No sé qué pensaba. Estoy seguro de que sabía que acabarían encontrándolo.

—Exacto, pero ahora la cuestión es qué hacer con él.

Harry Rex asintió y se introdujo el cigarro entre los labios. Ray se reclinó en su asiento y contempló el ventilador del techo. Durante un buen rato ambos meditaron qué hacer con el dinero. Ninguno de los dos se atrevía a sugerir la posibilidad de seguir ocultándolo sin más. Harry Rex decidió tomarse otra cerveza y Ray dijo que él también se tomaría una. A medida que pasaban los minutos, estuvo claro que no volverían a hablar del dinero, por lo menos aquel día. En cuestión de unas semanas, cuando se abriera el testamento y se llevara a cabo un inventario de los bienes, tendrían ocasión de volver sobre el asunto. O tal vez no lo hicieran.

Ray se había pasado dos días calculando si debía revelar a Harry Rex lo del dinero; no toda la fortuna, sino tan sólo una parte de ella. Tras haberlo hecho, había más preguntas que respuestas.

Apenas se había arrojado luz sobre el misterio. El Juez era aficionado a los dados y los juegos de azar se le daban bien, pero no parecía probable que hubiera ganado tres millones en siete años. Y haberlo hecho sin dar lugar a ningún papeleo ni haber dejado el menor rastro parecía imposible.

Ray regresó a las declaraciones de renta mientras Harry Rex examinaba los libros de las donaciones benéficas.

—¿A qué contable vas a recurrir? —preguntó Ray tras un prolongado silencio.

—Hay varios.

—Pero no de aquí.

—No, me mantengo apartado de ellos. Ésta es una ciudad pequeña.

—Me parece que todos los papeles están en regla —dijo Ray, cerrando un cajón.

—Será fácil, exceptuando lo de la casa.

—Cuanto antes la pongamos en venta, mejor. La transacción no será rápida.

—¿Qué cantidad podemos pedir?

—Empecemos con trescientos mil.

—¿Pensáis arreglarla?

—No hay dinero, Harry Rex.

Poco antes de que se hiciera de noche, Forrest anunció que estaba cansado de Clanton, cansado de la muerte, cansado de permanecer en una vieja y deprimente casa en la que nunca se había sentido a gusto, cansado de Harry Rex y de Ray, y que se iba a Memphis, donde lo esperaban las mujeres y las fiestas.

—¿Cuándo volverás? —le preguntó a Ray.

—Dentro de dos o tres semanas.

—¿Para la validación del testamento?

—Sí —contestó Harry Rex—. Haremos una breve comparecencia ante el juez. Si tú vienes, mejor, pero no es necesario.

—Ni hablar. Ya he visitado demasiados tribunales en mi vida.

Los hermanos bajaron por el camino particular de la casa hasta el automóvil de Forrest.

—¿Qué tal te encuentras? —preguntó Ray, pero sólo porque se sintió obligado a mostrar interés.

—Muy bien. Nos vemos, hermano —dijo Forrest, deseoso de marcharse antes de que su hermano le soltara alguna estupidez—. Llámame cuando vuelvas —añadió.

Puso el automóvil en marcha y se alejó. Ray sabía que se detendría en algún lugar situado entre Clanton y Memphis, en algún tugurio con bar y mesa de billar, o bien simplemente en un almacén de cerveza para comprarse una caja entera e írsela bebiendo por el camino. Forrest había sobrevivido admirablemente bien al entierro de su padre, pero la procesión iba por dentro. La fusión atómica no sería agradable.

Harry Rex tenía apetito, como de costumbre, y le preguntó a Ray si le apetecía comer bagre frito.

—No demasiado.

—Bien, hay un nuevo restaurante a la orilla del lago.

—¿Cómo se llama?

—La Choza del Bagre de Jeter.

—Estás de guasa.

—No, es exquisito.

Cenaron en una plataforma vacía que se proyectaba sobre un pantano en las rebalsas del lago. Harry Rex comía bagre dos veces a la semana; Ray una vez cada cinco años. El cocinero había sido muy generoso con la masa de rebozar y el aceite de cacahuete y Ray comprendió que pasaría una mala noche por varios motivos.

Se acostó con un arma cargada en la cama de su antigua habitación del piso de arriba, con las puertas

157

y las ventanas cerradas y las tres bolsas de basura llenas de dinero a sus pies. En semejante situación, le resultaba muy difícil mirar a su alrededor en la oscuridad y evocar los gratos recuerdos de su infancia que en otras circunstancias hubieran estado a flor de piel. La casa estaba entonces muy fría y oscura, sobre todo después de la muerte de su madre.

En lugar de recordar, trató de dormir contando redondas fichas negras, por valor de cien mil dólares cada una, arrastradas por el Juez desde las mesas hasta las cajas. Contó con gran imaginación y ambición y no logró acercarse ni de lejos a la fortuna que había encontrado.

14

En la plaza de Clanton había tres cafés, dos para los blancos y uno para los negros. El Tea Shoppe solían frecuentarlo los banqueros, los abogados y los comerciantes, y su zona más animada correspondía a la parte que ocupaban los burócratas que hablaban de la bolsa, la política y el golf. El Claude's, el restaurante de los negros, llevaba cuarenta años en la brecha y servía la mejor comida.

El Coffee Shop era el local de los granjeros, los policías y los obreros de las fábricas que hablaban de fútbol y de caza. Harry Rex lo prefería a los otros, al igual que algunos abogados que gustaban de comer con la gente a la que representaban. Abría a las cinco de la mañana, excepto los domingos, y a las seis ya estaba abarrotado. Ray aparcó en la plaza muy cerca de él y cerró su automóvil. El sol asomaba por encima de las colinas hacia el este. Conduciría aproximadamente quince horas y esperaba llegar a casa más o menos a medianoche.

Harry Rex estaba sentado a una mesa junto a la ventana, hojeando un periódico de Jackson con unas páginas tan dobladas y desordenadas que nadie más hubiera sido capaz de leerlo.

—¿Alguna noticia interesante? —preguntó Ray. En Maple Run no había televisión.

—Nada en absoluto —rezongó Harry Rex, sin apartar la vista de los editoriales—. Te enviaré todas las notas necrológicas. —Deslizó sobre la mesa una arrugada sección del periódico del tamaño de un libro de bolsillo—. ¿Quieres leer todo eso?

—No, tengo que irme.

—¿Pero comerás primero?

—Sí.

—¡Oye, Dell! —gritó Harry Rex hacia el otro extremo del café.

La barra, los reservados y las demás mesas estaban llenos de clientes, exclusivamente hombres, todos ellos hablando y comiendo.

—¿Dell aún sigue aquí? —preguntó Ray.

—Ella no envejece —contestó Harry Rex, haciendo una señal con la mano—. Su madre tiene ochenta años y su abuela cien. Seguirá aquí mucho después de que nos hayan enterrado a todos.

A Dell no le gustaba que la llamaran a gritos. Se acercó a ellos con una cafetera, y su expresión ofendida desapareció en cuanto reconoció a Ray, a quien abrazó.

—Llevaba veinte años sin verte —comentó.

Después se sentó, le agarró el brazo y le dio el pésame.

—Fue un funeral espléndido, ¿verdad? —dijo Harry Rex.

—No recuerdo otro mejor —contestó ella, como si eso tuviera que consolar e impresionar a Ray.

—Gracias —dijo él con los ojos llorosos, no a causa de la tristeza sino por la mezcla de perfumes baratos que se arremolinaba alrededor de Dell.

De pronto, Dell se levantó de un salto.

—¿Qué vais a comer? —preguntó—. Invita la casa.

Harry Rex eligió crepes y salchicha para los dos. Dell se retiró, dejando tras ella una espesa nube de fragancias.

—Te espera un largo viaje. Las crepes se te quedarán pegadas a las costillas.

Tras pasarse tres días en Clanton, todo se le estaba pegando a las costillas. Estaba deseando dar largos paseos por la campiña de los alrededores de Charlottesville y comer platos mucho más ligeros.

Para su gran alivio, nadie lo reconoció. A aquella hora no había ningún otro abogado en el Coffee Shop ni gente que hubiera conocido lo suficiente al Juez como para asistir a su funeral. Los policías y los mecánicos no miraban a su alrededor, pues estaban demasiado ocupados contando chistes y chismorreos. Curiosamente, Dell mantenía la boca cerrada. Después de la primera taza de café, Ray se relajó y empezó a disfrutar de las oleadas de conversación y las risas que lo rodeaban.

Dell regresó a la mesa con comida suficiente para ocho; un montón muy alto de gruesas crepes para Harry Rex y un montón más bajo para Ray, una salchicha tan grande que debía de contener un cerdo entero, una bandeja de panecillos con un cuenco de mantequilla, galletas y un tarro de mermelada casera. ¿Qué falta hacían los panecillos habiendo crepes? Dell apoyó la mano en el hombro de Ray.

—Era un hombre encantador —dijo antes de retirarse.

—Tu padre era muchas cosas —comentó Harry Rex, untando sus crepes calientes con por lo menos un kilo de mermelada casera—. Pero desde luego no era encantador.

—Más bien no —convino Ray—. ¿Había venido aquí alguna vez?

—Que yo recuerde, no. No desayunaba, no le gustaban las multitudes, aborrecía las charlas intrascendentes y prefería levantarse lo más tarde posible. No creo que éste fuera su local. A lo largo de los últimos nueve años, apenas se le vio por la plaza.

—¿Y ella de qué lo conocía?

—De la sala de justicia. Una de sus hijas tuvo un bebé. El padre ya tenía familia. Un auténtico desastre.

Harry consiguió introducirse en la boca una ración de crepes capaz de atragantar a un caballo. Y, a continuación, un trozo de salchicha.

—Y tú estuviste metido en ello, claro.

—Claro. El Juez la trató muy bien —respondió con la boca llena.

Ray se sintió obligado a tomar un buen bocado de su comida. Con la mermelada derramándose por todas partes, se inclinó hacia delante y se acercó a la boca un tenedor lleno.

—El Juez era una leyenda, Ray, y tú lo sabes. La gente de aquí lo estimaba. Jamás había obtenido menos del ochenta por ciento de los votos en el condado de Ford.

Ray asintió con un gesto mientras se iba comiendo las crepes. Estaban calientes y jugosas, pero no sabían muy bien.

—Si nos gastamos cinco mil pavos en la casa —dijo Harry Rex sin introducirse más comida en la boca—, obtendremos mucho más por la venta. Es una buena inversión.

—Cinco mil dólares, ¿para qué?

Ray se limpió la boca con un solo y prolongado movimiento.

—Primero hay que limpiarlo todo. Rociarlo con aerosol, lavarlo, fumigarlo, limpiar los suelos, las paredes y los muebles para que huela mejor. Después pintar el exterior y la planta baja. Arreglar el tejado para que los techos no se manchen. Cortar la hierba, arrancar la maleza, darle un buen baldeo. Puedo encontrar gente por ahí que lo haga.

Harry Rex se introdujo otra ración en la boca y esperó la respuesta de Ray.

—Sólo hay seis mil dólares en el banco —señaló éste.

Dell pasó velozmente por su lado y consiguió volver a llenarles a ambos la taza de café y darle a Ray una palmada en el hombro sin perder el ritmo de sus pasos.

—Tienes más en la caja que has encontrado —replicó Harry Rex, al tiempo que cortaba otro trozo de crepe.

—¿Crees que debemos gastarlo?

—He estado pensando en ello —contestó Harry Rex, tomando un sorbo de café—. La verdad es que me he pasado toda la noche pensando en ello.

—¿Y qué?

—Hay dos cuestiones, una es importante y la otra no. —Un rápido bocado de modestas proporciones que le permitiera hablar—. La primera, ¿de dónde procede? Eso es lo que queremos saber, aunque en realidad carece de importancia. Si atracó un banco, ahora ya ha muerto. Si lo ganó en los casinos y no pagó impuestos, ya ha muerto. Si le gustaba simplemente el olor del dinero y se pasó muchos años ahorrando, ya ha muerto. ¿Me sigues?

Ray asintió con la cabeza y dijo:

—Muy bien. Lo tenía escondido.

Estaba oyendo el chirrido de las ventanas. Estaba viendo las cajas de Blake & Son esparcidas y pisoteadas por el suelo.

No pudo evitar contemplar a través de la luna del local su coche lleno hasta los topes y listo para huir.

—Si incluyes este dinero en el testamento, la mitad irá a parar a Hacienda.

—Ya lo sé, Harry Rex. ¿Tú qué harías?

—No soy la persona más indicada para responder a esta pregunta. Me he pasado dieciocho años en guerra con el fisco y ya te puedes imaginar quién está ganando. Yo no. Que se vayan a la mierda.

—¿Éste es tu consejo como abogado?

—No, como amigo. Si quieres un consejo legal, te diré que es preciso reunir e inventariar todos los bienes según la legislación del estado de Misisipí, con sus corrrespondientes anotaciones y enmiendas.

—Gracias.

—Yo tomaría unos veinte mil, los colocaría en el testamento para hacer frente a los pagos por adelantado, después esperaría un largo período y entregaría a Forrest la mitad del resto.

—Eso es lo que yo llamo un consejo legal.

—No, es de simple sentido común.

El misterio de los panecillos se resolvió cuando Harry Rex los atacó.

—¿Qué tal un panecillo? —preguntó a pesar de que Ray los tenía más al alcance de la mano.

—No, gracias.

Harry Rex partió dos de ellos por la mitad, los untó con mantequilla y les añadió una gruesa capa de mermelada.

—¿Seguro que no?

—Sí, seguro. ¿Crees que el dinero podría estar marcado de alguna manera?

—Sólo si procediera de un rescate o del tráfico de droga. No irás a pensar que Reuben Atlee estaba metido en estos chanchullos, ¿verdad?

—De acuerdo. Gástate cinco mil.

—Te alegrarás de haberlo hecho.

Un hombrecillo vestido con pantalones y camisa caqui a juego se detuvo junto a la mesa.

—Perdona, Ray, soy Loyd Darling —dijo, con una cordial sonrisa en los labios. Tendió la mano mientras hablaba—. Tengo una granja justo al este de la ciudad.

Ray le estrechó la mano y se levantó un poco. El señor Loyd Darling era el principal propietario de tierras del condado de Ford. En otros tiempos había sido profesor de Ray en la escuela dominical.

—Me alegro mucho de verle.

—No te levantes —dijo Darling, apoyando la mano en el hombro de Ray—. Sólo quería decirte que siento mucho lo del Juez.

—Gracias, señor Darling.

—No había hombre que superara en nobleza a Reuben Atlee. Te acompaño en el sentimiento.

Ray se limitó a inclinar la cabeza. Harry Rex había dejado de comer y parecía al borde de las lágrimas. Loyd se retiró y el almuerzo se reanudó. Harry Rex inició el relato de una de sus hazañas bélicas contra los abusos del fisco. Tras tomarse uno o dos bocados más, Ray se sintió atiborrado de comida y, mientras fingía escuchar, pensó en la gran cantidad de personas intachables que tanto admiraban a su padre, en todos los Loyd Darling que veneraban al viejo. ¿Y si el dinero no procediera de los casinos? ¿Y si se hubiera cometido algún crimen, alguna horrible y secreta estafa perpetrada por el Juez? Sentado allí entre la gente del Coffee Shop, contemplando a Harry Rex sin prestarle atención, Ray Atlee tomó una decisión. Se juró a sí mismo que, si alguna vez descubría que la suma guardada en el maletero de su automóvil procedía de una actividad en cierto modo ilícita, nadie lo sabría jamás. Él no mancillaría la reputación del juez Reuben Atlee.

Firmó un contrato consigo mismo, se estrechó la mano, hizo un juramento de sangre y juró ante Dios. Nunca lo revelaría.

Se despidieron en la acera delante de uno de los numerosos bufetes de abogados. Harry Rex lo abrazó como un oso y Ray trató de devolverle el abrazo, pero estaba inmovilizado.

—No puedo creer que haya muerto —dijo Harry Rex con los ojos nuevamente empañados.

—Lo sé, lo sé.

El hombre se alejó sacudiendo la cabeza y reprimiendo las lágrimas. Ray saltó al interior de su Audi y abandonó la plaza sin volver la cabeza hacia atrás. A los pocos minutos llegó a las afueras de la ciudad y pasó por delante del cine al aire libre en el que se había introducido el porno en la ciudad. Luego circuló ante la fábrica de zapatos, en una de cuyas huelgas había mediado el Juez. Pasó por delante de todo hasta que, al final, se encontró en la campiña, lejos del tráfico y lejos de la leyenda. Echó un vistazo al cuentakilómetros y advirtió que estaba conduciendo a casi ciento cincuenta kilómetros por hora.

Tenía que evitar a la policía y también las colisiones por detrás. El viaje era largo, pero la hora de llegada a Charlottesville revestiría una importancia decisiva. Si llegaba demasiado temprano, habría mucho tráfico peatonal en su céntrica calle. Si era demasiado tarde, la patrulla nocturna tal vez lo viera y le hiciera preguntas.

Una vez traspasada la frontera de Tennessee, se detuvo para echar gasolina e ir al lavabo. Había tomado demasiado café. Y demasiada comida. Intentó llamar a Forrest a través del móvil, pero no hubo respuesta. Lo consideró una noticia ni buena ni mala; con Forrest nada era previsible.

Se puso nuevamente en marcha manteniendo una velocidad de noventa por hora, y el tiempo empezó a transcurrir. El condado de Ford se fue desvaneciendo en otra vida. Todo el mundo tenía que ser de algún sitio y Clanton no era un mal lugar para que uno lo considerara su casa. Pese a ello, si jamás volvía a verlo, tampoco lo lamentaría.

Los exámenes se iniciarían en cuestión de una semana, luego se celebraría la graduación, y después empezaría la pausa estival. Se suponía que él estaba investigando y escribiendo, de manera que en los tres meses siguientes no estaría obligado a dar clase. Eso significaba que tendría muy pocas cosas que hacer.

Regresaría a Clanton y pronunciaría el juramento como albacea del testamento de su padre. Tomaría todas las decisiones que Harry Rex le pidiera que tomara. Y trataría de resolver el misterio del dinero.

15

Después de haber planeado sus movimientos con tanto detalle, no le extrañó que todo le saliera mal. La hora de la llegada fue adecuada, las once y veinte de la noche del miércoles, 10 de mayo. Esperaba poder dejar el coche sobre el bordillo, a dos pasos de la puerta de la planta baja de su apartamento, pero a otros conductores se les había ocurrido la misma idea. La acera jamás había estado tan bloqueada por una hilera ininterrumpida de automóviles, pero, para su atribulada satisfacción, todos ellos tenían una notificación de multa bajo el parabrisas.

Podía aparcar en la calle y efectuar varios viajes de ida y vuelta, pero semejante proceder hubiera podido provocar problemas. El pequeño aparcamiento situado en la parte posterior de su edificio tenía cuatro plazas, una reservada para él, pero cerraban la verja a las once.

Así pues, se vio obligado a utilizar un oscuro garaje prácticamente abandonado que se encontraba a tres manzanas de distancia, un enorme espacio de varios niveles que de día estaba siempre ocupado, pero de noche se quedaba siniestramente vacío.

Había considerado esa posibilidad a lo largo de muchas horas mientras circulaba en dirección nordeste planeando la ofensiva, y le había parecido la menos atractiva de todas las opciones. Era el plan D o E, situado en los últimos lugares de la lista. Aparcó en el primer nivel, bajó con su maleta de fin de semana, cerró las portezuelas del vehículo y se fue, presa de una gran inquietud. Se alejó corriendo mientras sus ojos escudriñaban rápidamente en todas direcciones, como si unas bandas armadas lo estuvieran vigilando y esperando. Se notaba las piernas y la espalda entumecidas a causa del viaje, pero tenía cosas que hacer.

El apartamento ofrecía exactamente el mismo aspecto que tenía cuando lo había dejado, lo cual constituyó para él un extraño alivio. Lo esperaban treinta y cuatro mensajes, seguramente de compañeros y amigos que deseaban expresarle sus condolencias. Los escucharía más tarde. En lo más hondo de un diminuto armario del pasillo, debajo de una manta y un poncho y de toda una serie de cachivaches que había arrojado allí sin orden ni concierto en lugar de colocarlos y guardarlos como es debido, encontró una bolsa de tenis Wimbledon de color rojo que llevaba por lo menos dos años sin tocar. Aparte de las maletas que, a su juicio, resultarían demasiado sospechosas, era la bolsa más grande que se le ocurría.

Si hubiera tenido un arma, se la habría guardado en el bolsillo. Pero Charlottesville no era una ciudad peligrosa y prefería vivir sin armas. Tras el episodio del domingo en Clanton, las pistolas y las armas en general le infundían más terror que nunca. Había dejado la pistola del Juez escondida en un armario de Maple Run.

Con la bolsa colgada del hombro, cerró la puerta de la calle y echó a andar con la mayor indiferencia de que fue capaz por la céntrica vía. La calle estaba bien iluminada, siempre había uno o dos policías vigilando, y los peatones de aquella hora solían ser muchachos rebeldes con el pelo teñido de verde, algún que otro borrachín y unos pocos rezagados que regresaban lentamente a casa. Charlottesville era una ciudad tranquila pasada la medianoche. Había caído un aguacero acompañado de truenos poco antes de su llegada, por lo que el pavimento estaba mojado y soplaban fuertes ráfagas de viento. Se cruzó con una joven pareja que caminaba tomada de la mano, pero no vio a nadie más por el camino.

Había pensado en la posibilidad de echarse al hombro las bolsas de basura como si fuera Papá Noel, apurando el paso desde dondequiera que hubiera aparcado hasta su apartamento. Hubiera podido acarrear el dinero en tres viajes y reducir su permanencia en la calle. Pero dos factores le impidieron hacerlo. Primero, ¿y si una de las bolsas se rompía y un millón de dólares quedaba diseminado por la acera? Todos los ladronzuelos y los borrachines de la ciudad saldrían de los callejones, atraídos como tiburones por la sangre. Segundo, el espectáculo de alguien arrastrando unas bolsas que parecían de basura hacia al interior de un apartamento en lugar de sacarlas a la calle sería lo bastante sospechoso como para llamar la atención de la policía.

171

«¿Qué lleva usted en la bolsa, señor?», podría preguntarle un agente.

«Nada. Basura. Un millón de dólares.» Ninguna de las respuestas le parecía correcta.

Por consiguiente, el plan consistiría en armarse de paciencia, tomarse todo el tiempo que fuera necesario, acarrear el botín en pequeñas cantidades y no preocuparse por los muchos viajes que tuviera que realizar, pues el factor menos importante sería su cansancio. Ya descansaría después.

Lo más terrorífico sería trasladar el dinero de una bolsa a otra, permaneciendo inclinado sobre su maletero, sin llamar la atención. Afortunadamente, el garaje estaba vacío. Introdujo billetes en la bolsa de tenis hasta que casi no pudo cerrar la cremallera, miró a su alrededor como si acabara de asesinar a alguien, y se fue.

Llevaba más o menos un tercio de una bolsa de basura... trescientos mil dólares. Más que suficiente para que lo detuvieran o lo acuchillaran. En ese momento lo que más necesitaba era conservar la sangre fría, pero sus andares y movimientos distaban mucho de parecer naturales. Sus ojos miraban directamente hacia delante, reprimiendo el deseo de volver la vista arriba y abajo, a derecha e izquierda, para que no se les escapara ningún detalle. Un temible adolescente con *piercings* en la nariz pasó dando trompicones por su lado, bastante colocado.

Ray apuró un poco más el paso, sin estar muy seguro de si tendría el valor de hacer ocho o nueve viajes más al garaje.

Un borracho sentado en un oscuro banco le gritó algo indescifrable. Avanzó tambaleándose, se detuvo y se alegró de no ir armado. En aquellos momentos, hubiera podido disparar contra cualquier cosa que se moviera. El dinero le resultaba cada vez más pesado a medida que recorría las manzanas, pero consiguió llegar a casa sin el menor contratiempo. Derramó el dinero sobre la cama, cerró todas las puertas posibles y efectuó otro viaje hasta su automóvil.

En su quinto viaje, se tropezó con un loco que emergió de las sombras y le preguntó:

—¿Qué demonios estás haciendo?

Sostenía un objeto oscuro en la mano. Ray sospechó que era un arma, con la cual lo quería matar.

—Apártate de mi camino —le dijo con la mayor grosería posible, pero se notaba la boca seca.

—No haces más que ir y venir —le gritó el viejo.

Despedía un pestazo insoportable y le ardían los ojos como si fuera un demonio.

—Ocúpate de tus asuntos —le contestó Ray sin interrumpir la marcha.

El viejo pegó un brinco y se situó delante de él. El tonto del pueblo.

—¿Qué ocurre? —preguntó una voz clara y cortante a su espalda.

Ray se detuvo y vio acercarse a un policía con la porra en la mano.

Ray se deshizo en sonrisas.

—Buenas noches, agente.

Respiraba afanosamente y tenía el rostro empapado en sudor.

173

—¡Éste se lleva algo entre manos! —gritó el viejo—. No hace más que ir y venir, ir y venir. Cuando va, lleva la bolsa vacía. A la vuelta, la bolsa está llena.

—Tranquilo, Gilly —dijo el agente, y Ray respiró un poco más hondo.

Le horrorizó descubrir que alguien lo había estado observando, pero se tranquilizó por el hecho de que este alguien fuera del jaez de Gilly.

—¿Qué lleva en la bolsa? —preguntó el agente.

Era una pregunta sin trascendencia que entraba de lleno en terreno peligroso, por lo que, durante una décima de segundo, Ray, el profesor de Derecho, estuvo a punto de soltar un sermón acerca de detenciones, registros, arrestos e interrogatorios policiales permisibles. Finalmente lo dejó correr y, en su lugar, soltó tranquilamente la frase que tenía preparada.

—Esta noche he jugado al tenis en el Boar's Head. He sufrido una lesión en el tendón y ahora voy a pie para que se me alivie. Vivo allí —añadió, señalando hacia su apartamento situado dos manzanas más abajo.

El agente se volvió hacia Gilly diciendo:

—No puedes andar por ahí gritando a la gente, Gilly, ya te lo he dicho. ¿Sabe Ted que estás en la calle?

—Lleva algo en la bolsa —insistió Gilly en voz baja, mientras el policía se lo llevaba de allí.

—Sí, hombre, es dinero —dijo el agente—. Estoy seguro de que este tipo ha atracado un banco y tú lo has descubierto. Buen trabajo.

—Pero primero está vacía y después está llena.

—Buenas noches, señor —dijo el agente, volviendo la cabeza.

—Buenas noches.

Ray, el jugador de tenis lesionado, caminó media manzana renqueando para que lo vieran otros personajes que tal vez estarían acechando en la oscuridad. Cuando arrojó la quinta carga sobre la cama, sacó una botella de whisky del pequeño bar y se sirvió un buen trago.

Esperó un par de horas, tiempo suficiente para que Gilly regresara junto a Ted, quien cabía esperar que le administrara un medicamento y lo mantuviera encerrado el resto de la noche, y tiempo suficiente tal vez para que se produjera un cambio de turno y hubiera otro agente efectuando la ronda. Dos horas muy largas en cuyo transcurso imaginó toda suerte de guiones protagonizados por su automóvil en el garaje. Robo, actos de vandalismo, incendio, retirada del vehículo por equivocación por parte de alguna empresa de grúas, cualquier cosa que cupiera imaginar.

A las tres de la madrugada salió de su apartamento vestido con pantalones vaqueros, botas de excursionista y una sudadera de la Armada con la palabra VIRGINIA sobre el pecho. Había abandonado la bolsa roja de tenis y la había sustituido por una vieja cartera de cuero que no podría contener tanto dinero, pero que tampoco llamaría la atención de ningún agente de policía. Iba armado con un cuchillo de cortar carne que había introducido en la parte interior del cinturón bajo la sudadera, listo para extraerlo en un santiamén y utilizarlo contra los sujetos como Gilly o cualquier otro asaltante. Era una locura y lo sabía, pero tampoco él estaba en su sano juicio en aquellos momentos y lo sabía muy bien. Se encontraba muerto de cansancio, llevaba tres noches sin dormir, estaba un poco achispado por efecto de los tres whiskis, firmemente decidido a poner el dinero a buen recaudo y temía que volvieran a detenerlo por el camino.

Hasta los borrachines se habían esfumado a las tres de la madrugada. Las calles del centro aparecían desiertas. Sin embargo, al entrar en el garaje, vio algo que lo aterrorizó. Al final de la calle, a la luz de una farola, un grupo de cinco o seis adolescentes negros caminaba muy despacio más o menos en la dirección en la que él se encontraba, profiriendo gritos, hablando en voz alta y buscando camorra.

Sería imposible hacer media docena más de viajes sin tropezarse con ellos. El plan final se elaboró en el acto.

Ray puso en marcha el Audi y abandonó el garaje. Dio la vuelta y se detuvo en la calle, junto a los vehículos aparcados en la acera, cerca de la puerta de su apartamento. Apagó el motor y las luces, abrió el maletero y tomó el dinero. A los cinco minutos, toda la fortuna estaba arriba, donde tenía que estar.

A las nueve de la mañana lo despertó el teléfono. Era Harry Rex.

—Despierta, muchacho —rezongó éste—. ¿Qué tal fue el viaje?

Ray se acercó al borde de la cama y trató de abrir los ojos.

—De maravilla —contestó con un gruñido.

—Ayer hablé con una agencia inmobiliaria, Baxter Redd, una de las mejores de la ciudad. Visitamos la casa, nos lo pateamos todo. Menudo desastre. Bueno, la cuestión es que él quiere basarse en el valor de la tasación, cuatrocientos de los grandes, y cree que podemos sacar por lo menos doscientos cincuenta mil. Él cobrará el habitual seis por ciento. ¿Estás ahí?

—Sí.

—Pues entonces di algo, hombre.

—Sigue adelante.

—Cree que tenemos que gastarnos un poco de pasta para arreglarla, un poco de pintura, un poco de cera para el suelo y una buena hoguera tampoco estaría de más. Me ha recomendado un servicio de limpieza. ¿Estás ahí?

—Sí.

Harry Rex llevaba varias horas levantado, fortalecido sin duda gracias a un nuevo festín a base de crepes, panecillos y salchicha.

—Bueno pues, ya he contratado a un pintor y a un techador. Muy pronto necesitaremos una inyección de capital.

—Volveré dentro de un par de semanas, Harry Rex, ¿no crees que podría esperar?

—Por supuesto que sí. ¿Tienes resaca?

—No, sólo estoy cansado.

—Bueno pues, espabila, aquí ya son más de las nueve.

—Gracias.

—Hablando de resacas —añadió Harry Rex, bajando súbitamente la voz y suavizando el tono—. Anoche me llamó Forrest.

Ray se incorporó y arqueó la espalda.

—Eso no puede ser nada bueno —suspiró.

—No, no lo es. Estaba colocado, no sé si de droga o de alcohol, probablemente de ambas cosas. En cualquier caso, está metido en ello hasta las cejas. Parecía medio borracho y a punto de quedarse dormido, pero, de pronto, se puso hecho una furia y me pegó una bronca.

—¿Qué quería?

—Dinero. No ahora mismo, dice, asegura que no está sin blanca, pero le preocupa la casa y el testamento, y quiere asegurarse de que tú no lo estafes.

—¿Que yo no lo estafe?

—Estaba muy colocado, Ray, no se lo tengas en cuenta. No obstante, dijo cosas muy graves.

—Te escucho.

—Te lo digo para que lo sepas, pero, por favor, no te enfades. Dudo mucho que esta mañana recuerde lo que dijo anoche.

—Adelante, Harry Rex.

—Dijo que el Juez siempre te había dispensado un trato de favor y que por eso te nombró albacea de su testamento, que tú siempre le sacaste más al viejo y que mi obligación es vigilarte y proteger sus intereses en la testamentaría porque tú intentarás estafarle el dinero, etcétera.

—No ha tardado mucho que digamos, ¿eh? Acabamos de enterrarlo.

—Pues sí.

—No me extraña.

—Mejor que te prepares. Va muy colocado y es posible que te llame y te suelte las mismas estupideces.

—Ya las he oído otras veces, Harry Rex. Él nunca es culpable de sus problemas. Siempre hay alguien que quiere fastidiarle. Es típico de los adictos.

—Cree que la casa vale un millón de dólares y que mi obligación es obtener por ella esta cantidad. De lo contrario, podría contratar a otro abogado, bla, bla, bla. No me preocupa porque, tal como ya te he dicho, llevaba una tajada descomunal.

—Es de pena.

—Pues sí, pero tocará fondo y volverá a estar sereno dentro de una semana, más o menos. Entonces la bronca se la echaré yo a él. No ocurrirá nada.

—Lo siento, Harry Rex.

—Forma parte de mi trabajo. Uno de los placeres del ejercicio de la abogacía.

Ray se preparó una cafetera con una fuerte mezcla italiana que le encantaba y que había echado enormemente de menos en Clanton. Ya casi se había terminado la primera taza cuando se le despertó el cerebro.

Las dificultades que pudiera haber con Forrest seguirían su curso. A pesar de sus muchos problemas, su hermano era fundamentalmente inofensivo. Harry Rex se encargaría de llevar todos los asuntos de la testamentaría y se haría un reparto equitativo de todo lo que quedara. En cuestión de un año, Forrest recibiría un cheque con más dinero del que jamás hubiera visto en su vida.

La imagen de los empleados del servicio de limpieza sueltos por Maple Run lo preocupaba un poco. Ya estaba viendo a docenas de mujeres recorriendo la casa como hormigas, contentas de tener tantas cosas que limpiar. ¿Y si tropezaran con otro tesoro diabólicamente dejado por el Juez? ¿Colchones llenos de billetes? ¿Armarios repletos de pasta? Eso era imposible. Él había examinado la casa centímetro a centímetro. Cuando encuentras tres millones de dólares escondidos, sientes el impulso de levantar las tablas del suelo. Incluso se había abierto camino entre las arañas del sótano, una mazmorra que ninguna mujer de la limpieza se atrevía a pisar.

Se llenó otra taza de café muy cargado y se dirigió a su dormitorio, donde se sentó en una silla y contempló los montones de billetes. Y ahora, ¿qué?

En medio de la borrosa confusión de los últimos cuatro días, sólo se había concentrado en trasladar el dinero al lugar donde ahora se encontraba. Debía programar el siguiente paso, y se le ocurrían muy pocas ideas. Lo único evidente era que debía ocultar y proteger el dinero.

16

Había un enorme centro de flores sobre su escritorio, con una tarjeta firmada por los alumnos de su clase sobre la legislación antimonopolio. Cada uno de ellos había escrito una breve frase de condolencia y él las leyó todas. Junto al centro de flores se amontonaban las tarjetas de sus compañeros de la facultad.

Enseguida se supo que había regresado y, a lo largo de toda la mañana, aquellos mismos compañeros pasaron por allí para saludarle, darle la bienvenida y darle el pésame. Casi todos los profesores formaban un grupo cerrado. Podían discutir entre sí acerca de cuestiones intrascendentes relacionadas con la política del campus, pero, en momentos de necesidad, se apresuraban a cerrar filas. Ray se alegró mucho de verlos. La mujer de Alex Duffman le envió una bandeja de sus infames pastelillos de chocolate y nueces, cada uno de los cuales pesaba por lo menos cuatrocientos gramos y engordaban un kilo, concentrado sobre todo en la cintura. Naomi Kraig le entregó un ramo de rosas de su jardín.

A última hora de la mañana apareció Carl Mirk y cerró la puerta a su espalda. Era el amigo más íntimo de Ray en la facultad y sus respectivas carreras profesionales habían seguido caminos sorprendentemente parecidos. Ambos tenían la misma edad y sus progenitores eran jueces en unas pequeñas localidades y habían dirigido la vida de sus pequeños condados durante varias décadas. El padre de Carl seguía administrando justicia y estaba dolido con su hijo porque éste no había regresado para ejercer la profesión en el bufete de la familia. Pero, al parecer, su rencor se estaba esfumando con el paso de los años, mientras que el juez Atlee se había llevado el suyo a la tumba.

—Cuéntame qué ha ocurrido —dijo Carl, que no tardaría en hacer el mismo viaje a su ciudad natal del norte de Ohio.

Ray le habló de la silenciosa casa, demasiado silenciosa, recordó ahora, y le describió la escena del hallazgo del Juez.

—¿Lo encontraste muerto? —preguntó Carl.

El relato de los acontecimientos prosiguió hasta que Carl preguntó:

—¿Crees que aceleró un poco los acontecimientos?

—Así lo espero. Sufría mucho.

—Dios mío.

Ray reveló todos los detalles y recordó cosas en las cuales no había vuelto a pensar desde el domingo anterior. Las palabras brotaban sin esfuerzo y el relato iba ejerciendo un efecto terapéutico. Carl sabía escuchar.

Ray le describió a Forrest y a Harry Rex con toda precisión.

—En Ohio no tenemos personajes así —dijo Carl.

Cuando ambos contaban historias acerca de sus pequeñas localidades de origen, por regla general a sus compañeros de la ciudad, solían exagerar los hechos y adornar a los personajes con rasgos inexistentes para conferirles mayor fuerza. Con Forrest y Harry Rex no era necesario. La verdad ya era suficientemente pintoresca de por sí.

El velatorio, el funeral, el entierro. Cuando Ray se refirió finalmente al toque de silencio y al descenso del féretro, ambos tenían los ojos empañados. Carl se levantó de un salto.

—Qué manera tan impresionante de morir —dijo—. Lo siento en el alma.

—Yo me alegro de que todo haya terminado.

—Bienvenido y feliz regreso. A ver si mañana almorzamos juntos.

—¿Qué día es mañana?

—Viernes.

—Pues vamos a almorzar.

Para su clase sobre antimonopolio del mediodía, Ray pidió unas pizzas y se las comió en el patio con sus alumnos. Trece o catorce de ellos estaban presentes. Ocho de ellos se graduarían en cuestión de dos semanas. Pero los alumnos estaban más preocupados por Ray y por la muerte de su padre que por sus exámenes finales. Ray sabía que la situación no tardaría en cambiar.

Cuando se terminaron la pizza, los despidió y ellos se dispersaron. Kaley se quedó un poco rezagada, tal como llevaba haciendo en los últimos meses. Existía una rígida distancia entre el profesorado y los alumnos, y Ray Atlee no estaba dispuesto a transgredirla.

Le gustaba demasiado su trabajo como para ponerlo en peligro tonteando con una alumna. Sin embargo, en cuestión de dos semanas, Kaley dejaría de ser una alumna, se convertiría en una graduada y dichas normas ya no tendrían validez. El coqueteo se había intensificado un poco: una pregunta importante después de clase, una visita a su despacho para que le indicara una tarea que le faltaba, y siempre aquella sonrisa y aquella mirada que se prolongaba justo un segundo más de lo debido.

Era una chica corriente con un rostro encantador y un trasero como para detener el tráfico. En Brown había jugado al hockey sobre hierba y al *lacrosse*, y conservaba una atlética y esbelta figura. Contaba veintiocho años, era viuda sin hijos y tenía un montón de dinero que le había pagado la empresa fabricante del planeador en el que su marido había sufrido un accidente a escasos kilómetros de la costa en Cape Cod. Lo encontraron a una profundidad de dieciocho metros, todavía con el cinturón de seguridad abrochado y con las alas del aparato partidas en dos mitades. Ray había examinado el informe del accidente en Internet. También había encontrado los archivos judiciales en Rhode Island, donde Kaley había presentado la demanda. Se había llegado a un acuerdo por el cual ella recibiría un anticipo de cuatro millones de dólares y quinientos dólares anuales durante los siguientes veinte años. Ray se había guardado la información para él solo.

Tras haberse pasado los dos primeros años de carrera persiguiendo a los chicos, ahora Kaley perseguía a los hombres. Ray conocía por lo menos a otros dos profesores de la facultad que estaban recibiendo las mismas atenciones que él. Uno estaba casualmente casado. Era evidente que todos se mostraban tan cautos como Ray.

Ambos se dirigieron a la entrada de la Facultad de Derecho conversando tranquilamente acerca del examen final. Ella coqueteaba cada vez con más audacia, animándose por momentos, pues era la única que sabía adónde podía ir a parar con todo aquello.

—Algún día me gustaría volar —anunció.

Cualquier cosa menos volar. Ray pensó en su joven esposo y en su horrible muerte y, por unos instantes, no supo qué decir.

—Cómprese un billete —le dijo al final con una sonrisa en los labios.

—No, no, con usted en un pequeño aparato. Volemos a algún sitio.

—¿Algún lugar en particular?

—Simplemente me gustaría dar una vuelta por ahí. Estoy pensando en matricularme en algún curso.

—Pues yo pensaba en algo más tradicional, tal vez un almuerzo o una cena cuando usted se haya graduado.

Ella se le acercó un poco más, de tal forma que cualquiera que hubiera pasado por allí en aquel momento no hubiera tenido la menor duda de que ambos, alumna y profesor, estaban comentando alguna actividad ilícita.

—Faltan diecisiete días —dijo ella, como si no pudiera esperar tanto para acostarse con él.

—Pues entonces, la invitaré a cenar dentro de dieciocho días.

—No, rompamos las reglas ahora que todavía soy estudiante. Vamos a cenar antes de mi graduación.

Ray estuvo a punto de aceptar.

—Me temo que no será posible. La ley es la ley. Y nosotros estamos aquí porque la respetamos.

—Por supuesto, pero es tan fácil olvidarla… Entonces, ¿tenemos una cita?

—No, tendremos una cita.

Ella le dedicó otra radiante sonrisa de las suyas y se alejó. Ray trató por todos los medios de no admirarla mientras se iba, pero le fue imposible.

El camión de alquiler pertenecía a una empresa de mudanzas del norte de la ciudad que cobraba sesenta dólares al día. Ray trató de negociar una tarifa de media jornada, pues sólo necesitaría el vehículo unas cuantas horas, pero tuvo que aceptar el precio estipulado. Recorrió exactamente quinientos metros y se detuvo en Chaney's Self-Storage, un enorme almacén y guardamuebles recién construido, rodeado por una valla de tela metálica tachonada de relucientes pinchos. Unas videocámaras montadas sobre postes de alumbrado vigilaron todos sus movimientos mientras aparcaba y se acercaba a pie al despacho.

Había mucho espacio disponible. Una nave de tres por tres metros valía cuarenta y ocho dólares mensuales, sin calefacción ni aire acondicionado, una puerta metálica y luz en abundancia.

—¿Es a prueba de incendios? —preguntó Ray.

—Totalmente —contestó la señora Chaney, apartando con la mano el humo de su propio cigarrillo mientras rellenaba los impresos—. Aquí todo está hecho de bloques de hormigón.

En Chaney's todo era seguro. Contaban con vigilancia electrónica, explicó la mujer, señalando los cuatro monitores colocados sobre un estante a su izquierda. En el estante situado a su derecha había un pequeño televisor, en el que la gente gritaba y se peleaba en una especie de tertulia que ahora ya se había convertido en una auténtica trifulca. Ray adivinó qué estante era objeto de más atención.

—Guardias las veinticuatro horas del día —añadió la señora Chaney mientras seguía rellenando los papeles—. Verja cerrada en todo momento. Jamás se ha producido un robo y, si alguna vez ocurriera algo, tenemos toda clase de seguros. Firme aquí mismo. Catorce B.

Una póliza de seguros para tres millones de dólares, pensó Ray mientras garabateaba su nombre. Pagó en efectivo el alquiler de seis meses y tomó las llaves de la 14B.

Regresó dos horas después con seis cajas de almacenamiento nuevas, un montón de ropa usada y un par de muebles sin ningún valor que había adquirido en un mercadillo del centro de la ciudad para que todo tuviera más autenticidad. Aparcó en el pasadizo delante de la 14B y descargó y almacenó rápidamente los trastos.

El dinero estaba guardado en unas bolsas isotérmicas herméticamente cerradas para impedir la entrada de aire y de agua, cincuenta y tres en total. Había colocado las bolsas isotérmicas en la parte inferior de las seis cajas de almacenamiento y las había cubierto cuidadosamente con papeles, carpetas y notas de investigación que había considerado útiles hasta hacía muy poco tiempo. Ahora sus pulcras carpetas tenían un destino mucho más importante. Había añadido unos cuantos libros de bolsillo usados para más seguridad.

Si un ladrón entrara por casualidad en la 14B, lo más probable era que se largara tras echar un vistazo a las cajas. El dinero estaba muy bien escondido y protegido. Exceptuando una caja de seguridad en un banco, a Ray no se le ocurría ningún lugar mejor para guardar su dinero.

Lo que sucedería en último extremo con los millones era un misterio cada vez más profundo. El hecho de que ahora la suma estuviera a salvo en Virginia no constituía ningún consuelo, contrariamente a lo que él había esperado.

Se pasó un buen rato contemplando las cajas y los demás trastos sin experimentar el deseo de marcharse. Se juró a sí mismo no pasarse cada día por allí para echar un vistazo, pero, en cuanto hubo pronunciado el juramento, empezó a ponerlo en duda.

Cerró la puerta metálica con un candado nuevo. Cuando se alejó en su vehículo, el guardia estaba despierto y las videocámaras controlaban la verja cerrada.

Fog Newton estaba preocupado por el tiempo. Uno de sus alumnos estaba efectuando un vuelo de ida y vuelta a Lynchburg y, según el radar, las tormentas se acercaban rápidamente. Durante la breve sesión de instrucciones al alumno antes del vuelo, no se esperaban nubes y no se habían hecho previsiones meteorológicas.

—¿Cuántas horas de vuelo tiene? —preguntó Ray.

—Treinta y una —contestó Fog gravemente.

No había ningún aeropuerto entre Charlottesville y Lynchburg, sólo montañas.

—Tú no vas a volar, ¿verdad?

—Me gustaría.

—Olvídalo. Esta tormenta se está formando con mucha rapidez. Vamos a verla.

Nada atemorizaba más a un instructor que un alumno en el aire en medio del mal tiempo. Todos los vuelos de instrucción se tenían que planificar cuidadosamente: ruta, tiempo, combustible, situación meteorológica, aeródromos secundarios y actuación de emergencia. Y cada vuelo tenía que contar con la autorización por escrito del instructor. En una ocasión, Fog había prohibido volar a Ray porque había una ligera posibilidad de hielo a mil seiscientos metros de altura en un día absolutamente despejado.

Cruzaron el hangar hasta la rampa donde un Lear estaba aparcando y apagando los motores. Al oeste, más allá de las estribaciones de la montaña, se distinguía el primer atisbo de nubes. El viento había adquirido una considerable fuerza.

—De diez a quince nudos, con ráfagas —calculó Fog—. Un viento claramente de costado.

Ray no hubiera intentado un aterrizaje en semejantes condiciones.

Detrás del Lear, un Bonanza estaba rodando hacia la rampa; cuando el aparato estuvo más cerca, Ray observó que era el que él llevaba dos meses codiciando.

—Ahí va tu avión —señaló Fog.

—Ojalá —contestó Ray.

El Bonanza aparcó y apagó los motores muy cerca de ellos y, cuando la rampa volvió a quedarse tranquila, Fog añadió:

—Tengo entendido que ha bajado el precio.

—¿A cuánto?

—Sobre los cuatrocientos veinticinco. Cuatrocientos cincuenta era un poco exagerado.

El propietario, que viajaba solo, descendió y sacó las maletas de la parte de atrás. Fog seguía escudriñando el cielo y consultando su reloj. Ray mantenía los ojos clavados en el Bonanza, cuyo propietario estaba cerrando la portezuela para marcharse.

—Vamos a tomarlo para dar una vuelta —dijo Ray.

—¿El Bonanza?

—Pues claro. ¿Cuánto cobra de alquiler?

—Es negociable. Conozco bien a este tío.

—Vamos a alquilarlo por un día y efectuar un vuelo de ida y vuelta a Atlantic City.

Fog se olvidó de las nubes que se estaban acercando y del alumno novato para mirar a Ray.

—¿Lo dices en serio?

—¿Por qué no? Podría ser divertido.

Aparte de los vuelos y el póquer, Fog apenas tenía otros intereses.

—¿Cuándo?

—El sábado. Pasado mañana. Salimos temprano y regresamos tarde.

Fog se sumió súbitamente en una profunda reflexión. Consultó su reloj, miró una vez más hacia el oeste y después hacia el sur. Dick Docker gritó desde una ventana:

—*Yankee Tango* está a algo más de un kilómetro y medio.

—Gracias a Dios —murmuró Fog para sus adentros, relajándose visiblemente. Él y Ray se acercaron un poco más al Bonanza para examinarlo con más detenimiento—. El sábado, ¿eh?

—Sí, todo el día.

—Me pondré en contacto con el propietario. Estoy seguro de que podremos llegar a un acuerdo.

Los vientos amainaron un momento y *Yankee Tango* tomó tierra casi sin el menor esfuerzo. Fog se relajó todavía más y consiguió sonreír.

—No sabía que te gustara el juego —dijo mientras ambos cruzaban la rampa.

—Sólo un poco de blackjack, nada serio —dijo Ray.

17

El solitario silencio de un viernes a última hora de la mañana fue interrumpido por el timbre de la puerta. Ray había estado durmiendo hasta muy tarde y aún intentaba quitarse de encima el cansancio del viaje de regreso a casa. Tres periódicos y cuatro tazas de café después, ya estaba casi completamente despejado.

Era una caja de Harry Rex enviada por correo urgente, llena de cartas de admiradores y de recortes de periódicos. Ray lo extendió todo sobre la mesa del comedor y empezó con los artículos. El *Clanton Chronicle* del miércoles había publicado un reportaje en primera plana con una impresionante fotografía de Reuben Atlee, con toga y martillo incluidos. La fotografía tenía veinte años de antigüedad por lo menos. En ella aparecía el Juez con el cabello más tupido y oscuro y un cuerpo que llenaba mejor la toga. El titular rezaba: «Muere el juez Atlee a los 79 años». En la primera plana figuraban tres artículos. Uno de ellos era una retórica nota necrológica. Otro era una serie de comentarios de sus amigos. El tercero era un homenaje al Juez y a su sorprendente generosidad.

El *Ford County Times* también publicaba una fotografía de unos cuantos años atrás. En ella el juez Atlee aparecía sentado en el porche de su casa con una pipa en la mano y parecía mucho más viejo, pero esbozaba una insólita sonrisa. Llevaba puesto un jersey y tenía pinta de abuelo. El reportero lo había engatusado para que aceptara el reportaje con la excusa de la guerra de Secesión y de Nathan Bedford Forrest y se apuntaba la posibilidad de publicación de un libro acerca del general y de los hombres del condado de Ford que habían combatido con él.

En los reportajes apenas se mencionaba a los hijos de Atlee. El hecho de referirse a uno hubiera entrañado la necesidad de referirse al otro, y en Clanton la gente prefería evitar el tema de Forrest. Resultaba dolorosamente evidente que los hijos no formaban parte de la vida de su padre.

«Pero hubiéramos podido formar parte de ella», pensó Ray. Había sido el padre quien había optado desde el principio por mantener una relación limitada con los hijos, y no al revés. Aquel hombre tan maravilloso que había regalado tanto a tantos, había dedicado muy poco tiempo a su propia familia.

Los reportajes y las fotografías lo llenaron de tristeza, lo cual le resultaba un poco molesto, pues no tenía intención de estar triste aquel viernes. Había resistido bastante bien desde que descubriera el cadáver de su padre cinco días atrás. En momentos de dolor y tristeza, había echado mano de sus propios recursos interiores y había encontrado la fuerza necesaria para morderse el labio y seguir adelante sin venirse abajo. El paso del tiempo y la distancia que lo separaba de Clanton le habían sido inmensamente útiles y ahora, de una manera inesperada, había tropezado con los recordatorios más tristes.

Las cartas las había recogido Harry Rex en el apartado de correos del Juez en Clanton, en el Palacio de Justicia y en el buzón de las cartas de Maple Run. Algunas estaban dirigidas a Ray y Forrest, otras a la familia del juez Atlee. Había prolijas cartas de abogados que habían actuado en presencia del gran hombre y habían admirado su dedicación a la ley. Había tarjetas de pésame de personas que, por alguna razón, habían comparecido ante el juez Atlee en algún juicio por divorcio, una adopción o alguna cuestión de delincuencia juvenil, y cuyas vidas habían cambiado gracias a su imparcialidad. Había notas de amigos de todo el estado... jueces en activo, antiguos compañeros de la universidad, políticos a quienes el Juez había ayudado a lo largo de los años y amigos que deseaban presentar sus condolencias y evocar gratos recuerdos.

La mayor parte correspondía a los que habían sido favorecidos por la generosidad del Juez. Las cartas eran largas y sinceras y muy parecidas entre sí. El juez Atlee había enviado con discreción un dinero desesperadamente necesario y, en muchos casos, ello había dado lugar a un cambio trascendental en la vida de alguien.

¿Cómo era posible que un hombre tan generoso hubiera muerto con más de tres millones de dólares escondidos debajo de unas estanterías de libros?

Estaba claro que había guardado más de lo que había donado. A lo mejor, el Alzheimer había penetrado subrepticiamemte en su vida, o era posible que el Juez padeciera alguna otra dolencia no diagnosticada. ¿Y si se hubiera estado deslizando hacia la demencia? La respuesta más fácil hubiera sido la de que el Juez se había vuelto loco, pero, ¿cuántos locos habrían sido capaces de reunir semejante cantidad de dinero?

Tras haber leído unas veinte cartas y tarjetas, Ray se tomó un respiro. Se acercó al pequeño balcón que daba a la calle y contempló a los peatones de abajo. Su padre jamás había visto Charlottesville y, aunque Ray estaba seguro de que alguna vez le había pedido que fuera a visitarlo, no recordaba haberle hecho una invitación concreta. Habrían podido hacer muchas cosas juntos. Jamás habían viajado a ninguna parte, a pesar de que ambos vivían solos y no tenían dificultades económicas.

El Juez comentaba a menudo su deseo de visitar Gettysburg, Antietam, Bull Run, Chancellorsville y Appomatox, y así lo hubiera hecho a poco interés que Ray hubiera mostrado. Pero a Ray no le interesaba volver a combatir una antigua guerra y siempre cambiaba de tema.

El remordimiento lo azotó con fuerza y no consiguió quitárselo de encima. Se había comportado como un egoísta.

Había una encantadora tarjeta de Claudia, en la que ésta le daba las gracias por haber hablado con ella y haberla perdonado. Había amado a su padre durante muchos años y se llevaría su dolor hasta la tumba. «Llámame, por favor», le suplicaba, y después firmaba enviándole besos y abrazos. Y ahora su actual novio toma Viagra, según Harry Rex, pensó Ray.

El nostálgico viaje a casa quedó bruscamente interrumpido por una sencilla tarjeta anónima que le congeló los latidos del corazón y le puso la piel de gallina.

El único sobre de color de rosa de todo el montón contenía una tarjeta que rezaba: «Con todo el afecto.» Dentro había un pequeño papel con un mensaje mecanografiado que decía: «Sería un error gastar el dinero. Hacienda está a una llamada telefónica de distancia.» El sobre se había echado al correo en Clanton el miércoles, al día siguiente del funeral, y estaba dirigido a la familia del juez Atlee en Maple Run.

Ray lo apartó a un lado mientras examinaba las demás tarjetas y cartas. En aquel momento, todas le parecieron iguales y pensó que ya había leído suficiente. El sobre rosado aguardaba como un arma cargada, a la espera de que él volviera a dedicarle su atención.

Releyó la amenaza en el balcón, agarrado a la barandilla, y trató de analizar las cosas. Murmuró las palabras en la cocina mientras se preparaba un poco más de café. Había dejado la nota encima de la mesa para poder verla desde cualquier lugar de su caótico apartamento.

Volvió a salir al balcón y contempló cómo aumentaba el tráfico de peatones en la calle a medida que se acercaba el mediodía, pensando que cualquiera que levantara los ojos hacia él podía ser la persona que tal vez estuviera al corriente de la existencia del dinero. Si entierras una fortuna y te enteras de que se la estás escamoteando a alguien, puedes volverte loco.

El dinero no le pertenecía; eso bastaba para que le siguieran los pasos, lo vigilaran, lo denunciaran e incluso le hicieran daño.

Después se burló de su propia paranoia. No quiero vivir así, pensó, y se dispuso a tomar una ducha.

Quienquiera que fuera, sabía exactamente dónde guardaba el Juez el dinero. Haz una lista, se dijo, sentado desnudo en el borde de la cama mientras el agua chorreaba hasta el suelo. El delincuente que cortaba el césped una vez a la semana. A lo mejor, tenía mucha labia, se había hecho amigo del Juez y pasaba algún rato en la casa. Entrar en ella era muy fácil. A lo mejor, cuando el Juez se iba en secreto a los casinos, el tipo que cortaba el césped se introducía en la casa y robaba lo que podía.

Claudia tendría que figurar en el primer lugar de la lista. Ray podía imaginársela sin ningún esfuerzo entrando en Maple Run siempre que el Juez la llamaba. No se acuesta uno con una mujer durante veinte años y después se aparta de ella sin sustituirla por otra. Las vidas de ambos habían estado tan unidas que resultaba fácil suponer que el idilio continuaba. Nadie había estado más cerca de Reuben Atlee que Claudia. Si alguien conocía la procedencia del dinero, tenía que ser ella.

Si hubiera querido tener la llave de la casa, la hubiera tenido, por más que no se precisaba ninguna llave. Su visita la mañana del funeral pudo haber obedecido a la vigilancia y no al afecto, aunque había interpretado muy bien su papel. Dura, inteligente, lista, insensible y vieja, pero no tanto. Se pasó quince minutos pensando en Claudia y llegó al convencimiento de que ella era la persona que seguía la pista del dinero.

Le vinieron a la mente otros dos nombres, pero no pudo añadirlos a la lista. El primero era Harry Rex, pero en cuanto musitó su nombre, se avergonzó. El otro era Forrest, aunque la idea también era ridícula. Forrest llevaba nueve años sin poner los pies en la casa. Suponiendo por pura hipótesis que de alguna manera se hubiera enterado de la existencia del dinero, jamás lo hubiera abandonado. Si Forrest tuviera tres millones de dólares en efectivo, se causaría graves daños a sí mismo y a quienes lo rodearan.

La elaboración de la lista le supuso un gran esfuerzo, pero no lo condujo a ninguna parte. Quería darse prisa, pero, en su lugar, introdujo unas cuantas prendas viejas en dos fundas de almohada y se dirigió a Chaney's, donde las descargó en la 14B. Nadie había tocado nada, las cajas estaban justo en el mismo sitio donde él las había dejado la víspera. El dinero seguía tan bien guardado como al principio. Mientras permanecía allí dentro sin querer marcharse hasta el último momento, pensó que a lo mejor estaba dejando un rastro. Estaba claro que alguien se había enterado de que había sacado el dinero del estudio del Juez. Por una cantidad de dinero tan elevada, cualquiera hubiera podido contratar a unos investigadores privados para que lo siguieran.

Tal vez lo habían seguido desde Clanton a Charlottesville y desde su apartamento al Chaney's Self-Storage.

Se maldijo a sí mismo por ser tan negligente. ¡Piensa un poco, hombre! ¡El dinero no te pertenece!

Cerró la 14B todo lo herméticamente que pudo. Mientras cruzaba la ciudad para ir a almorzar con Carl, miró a través de los espejos retrovisores y observó a los demás conductores, pero, a los cinco minutos, se burló de sí mismo y se hizo la promesa de no vivir como un animal acosado.

¡Que se queden con el maldito dinero! Un problema menos. Que entren en la 14B y se lo lleven. Su vida no se vería afectada en absoluto. No, señor.

18

La duración estimada del vuelo a Atlantic City en el Bonanza era de ochenta y cinco minutos, exactamente treinta y cinco minutos más rápido que con el Cessna que Ray había alquilado hasta entonces. A primera hora de la mañana del sábado, él y Fog llevaron a cabo una exhaustiva revisión bajo la a menudo molesta supervisión de Dick Docker y Charlie Yates, que se paseaban por el interior del Bonanza con sus altos vasos de plástico llenos de un café malísimo como si, en lugar de simplemente observar, los que tuvieran que volar fueran ellos. Aquella mañana no tenían alumnos, pero en el aeródromo ya se había corrido la voz de que Ray iba a comprar el Bonanza y querían ver las cosas por sí mismos. Los rumores del hangar eran tan fidedignos como los chismorreos de cafetería.

—¿Cuánto pide ahora? —preguntó Docker, dirigiéndose más o menos a Fog Newton, quien estaba agachado bajo un ala del aparato vaciando un cárter de combustible y comprobando la posible existencia de agua o polvo en los depósitos.

—Ha bajado a cuatrocientos diez —contestó Fog, dándose importancia porque él estaría a cargo de aquel vuelo.

—Sigue siendo un precio muy alto —comentó Yates.

—¿Vas a presentar una oferta? —le preguntó Docker a Ray.

—Ocúpate de tus asuntos —replicó Ray sin mirarle.

Estaba examinando el aceite del motor.

—Éstos son nuestros asuntos —terció Yates, y todos se echaron a reír.

A pesar de la ayuda no solicitada, la revisión del aparato se completó sin problemas. Fog subió primero y se ajustó el cinturón de seguridad en el asiento de la izquierda. Ray se acomodó en el de la derecha y, en cuanto cerró la portezuela con fuerza, la aseguró y se colocó los auriculares, comprendió que había encontrado la máquina perfecta. El motor de doscientos caballos de potencia se puso en marcha con gran suavidad. Fog repasó lentamente los indicadores, los instrumentos y las radios y, cuando ambos hubieron terminado la lista de verificación previa al despegue, se puso en contacto con la torre. Se elevaría y le pasaría los mandos a Ray.

El viento era muy ligero y las nubes estaban muy altas y eran dispersas: un día casi perfecto para volar. Se separaron de la pista a ciento veinte kilómetros por hora, replegaron el tren de aterrizaje y subieron a doscientos cuarenta metros por minuto hasta que alcanzaron la prevista altitud de crucero de dos mil metros de altura. Para entonces, Ray ya estaba al mando del aparato y Fog explicaba los detalles del piloto automático, el tiempo de radar y el sistema de evitación de colisiones.

—Tiene de todo —ponderó Fog más de una vez.

Fog había hecho toda su carrera como piloto de la Armada, pero en los últimos diez años se había limitado a pilotar los pequeños Cessna, con los que había enseñado a volar a Ray y a otro millar de alumnos más. Un Bonanza era el Porsche de los monomotores y Fog estaba encantado de tener la insólita oportunidad de volar en uno de ellos. La ruta que les había asignado el tráfico aéreo los llevó justo al sur y al este de Washington, lejos del concurrido espacio aéreo que rodeaba el Aeropuerto Internacional Dulles y el Aeropuerto Nacional Reagan. Unos cincuenta kilómetros más allá y a más de mil quinientos metros de altura, distinguieron la cúpula del Capitolio y enseguida sobrevolaron la Chesapeake con el perfil de Baltimore a lo lejos. La bahía estaba preciosa, pero el interior del aparato resultaba mucho más interesante. Ray lo manejaba personalmente sin la ayuda del piloto automático. Mantuvo el rumbo y la altura asignada, habló con el control de Washington mientras escuchaba el incesante parloteo de Fog acerca de las prestaciones y las características del Bonanza.

Ambos pilotos hubieran deseado que el vuelo se prolongara varias horas, pero Atlantic City ya estaba muy cerca. Ray descendió a mil trescientos metros y después pasó a la frecuencia de aproximación. Con la pista de aterrizaje a la vista, Fog se puso nuevamente al mando del aparato y éste se deslizó hasta tocar tierra con suavidad. Rodando hacia la rampa general de aviación, pasaron por delante de dos hileras de pequeños Cessna y Ray no pudo por menos de pensar que aquellos días ya habían quedado atrás. Los pilotos siempre andaban buscando su siguiente aparato, y Ray ya había encontrado el suyo.

El casino preferido de Fog era el Rio, el que había en el paseo marítimo junto a otros varios. Acordaron reunirse a almorzar en una cafetería de la segunda sala y después cada cual se fue rápidamente por su camino. Ambos querían mantener en secreto su juego. Ray empezó a pasear entre las máquinas tragaperras y echó un vistazo a las mesas. Era sábado y el Rio estaba lleno de gente. Dio una vuelta y se acercó a las mesas de póquer. Fog estaba en medio de un grupo alrededor de una mesa, enfrascado en sus cartas y con un montón de fichas bajo las manos.

Ray tenía cinco mil dólares en el bolsillo, cincuenta de los billetes de cien dólares elegidos al azar de entre el tesoro escondido que había acarreado desde Clanton. Su único objetivo aquel día era el de soltar el dinero en dos casinos del paseo marítimo y comprobar que no era falso, ni estaba marcado ni era posible seguir su pista de ninguna manera. Tras su visita a Tunica la noche del lunes anterior, estaba casi seguro de que el dinero era auténtico.

Ahora casi deseaba que estuviera marcado. Si así fuera, era posible que el FBI lo localizara y le dijera de dónde procedían los millones. Él no había hecho nada malo. La parte culpable había muerto. Que interviniera la policía federal.

Encontró una silla vacía junto a una mesa de blackjack y depositó cinco billetes para que le dieran las fichas.

—Verdes —dijo como si fuera un veterano jugador.

—Cambiando quinientos —dijo el crupier sin apenas levantar la mirada.

—Cambie —fue la respuesta de un supervisor.

Las mesas estaban muy animadas. Se oía en segundo plano el rumor de las máquinas tragaperras. A lo lejos, una partida de dados estaba al rojo vivo y los hombres anunciaban a voz en grito los puntos de los dados.

El crupier tomó los billetes mientras Ray se quedaba momentáneamente petrificado. Los demás jugadores lo observaron con indiferente admiración. Todos ellos estaban jugando con fichas de cinco y diez dólares. Aficionados.

El crupier introdujo los billetes del Juez, todos perfectamente válidos, en la caja del dinero y contó veinte fichas verdes de veinticinco dólares para Ray, quien perdió la mitad de ellas durante los primeros quince minutos y se fue a tomar un helado. Le quedaban doscientos cincuenta dólares y no estaba preocupado en absoluto.

Se acercó a las mesas de los dados y contempló el bullicio y la confusión que reinaban en ellas. No podía creer que su padre hubiera llegado a dominar un juego tan complicado. ¿Dónde aprendía uno a tirar los dados en el condado de Ford, Misisipí?

Según la pequeña guía de juegos de azar que había adquirido en una librería, la apuesta básica era como un tanteo, por lo que, en cuanto se armó de valor, se situó entre otros dos jugadores y depositó las diez fichas que le quedaban en la línea de apuestas. Se arrojaron los dados, salieron doce puntos y la banca se llevó el dinero; Ray abandonó el Rio para visitar el Princess, en la puerta de al lado.

Por dentro todos los casinos eran iguales. Los vejetes contemplaban inútilmente las ranuras de las máquinas tragaperras. En las bandejas se iban depositando las suficientes monedas como para mantenerlos enganchados. Las mesas de blackjack estaban rodeadas de tranquilos jugadores que bebían sin cesar las cervezas y el whisky que la casa les regalaba. Unos jugadores muy serios rodeaban las mesas de los dados, pegando gritos. Unos cuantos asiáticos jugaban a la ruleta. Unas camareras enfundadas en unos uniformes ridículos enseñaban su cuerpo y servían bebidas.

Eligió una mesa de blackjack y repitió su actuación. Sus siguientes cinco billetes superaron la inspección del crupier. Apostó cien dólares en la primera mano, pero, en lugar de perder rápidamente el dinero, empezó a ganar.

Tenía en el bolsillo demasiado dinero que examinar como para perder el tiempo acumulando fichas, por lo que, cuando hubo duplicado la cantidad, sacó otros diez billetes y pidió fichas de cien dólares. El crupier lo comunicó al supervisor de las mesas, quien sonrió de oreja a oreja.

—Buena suerte —le deseó.

Una hora después se retiró de la mesa con veintidós fichas.

El siguiente casino de su recorrido fue el Forum, un establecimiento de aspecto más antiguo, en el que el olor a humo rancio de tabaco quedaba parcialmente camuflado por el de un desinfectante barato. La clientela también era más vieja porque, tal como no tardó en descubrir, la especialidad del Forum eran las máquinas tragaperras de un cuarto de dólar, y los mayores de sesenta y cinco años podían disfrutar de desayuno, almuerzo o cena gratis, lo que uno prefiriera. Las camareras rondaban los cincuenta y habían abandonado la idea de enseñar su cuerpo. Iban de un lado para otro, enfundadas en una especie de chándal con zapatillas deportivas a juego.

El límite en el blackjack eran diez dólares por mano. El crupier vaciló al ver el dinero de Ray sobre la mesa y sostuvo el primer billete a contraluz, como si finalmente hubiera descubierto a un falsificador. El supervisor de las mesas también examinó el billete mientras Ray ensayaba una excusa cualquiera: que le habían entregado aquel billete en el Rio, unas puertas más abajo.

—Tómelo —dijo el supervisor de las mesas, y pasó el momento de peligro. Había perdido trescientos dólares en una hora.

Fog aseguró que estaba haciendo saltar el casino cuando ambos se reunieron para tomar rápidamente un bocadillo juntos. Ray sólo tenía cien dólares, pero, como todos los jugadores, mintió, diciendo que estaba ganando un poco. Acordaron salir de allí a las cinco de la tarde para emprender el vuelo de regreso a Charlottesville.

El último dinero en efectivo que le quedaba a Ray se convirtió en fichas en una mesa de cincuenta dólares del Canyon Casino, el más nuevo del paseo marítimo. Se pasó un rato jugando, pero no tardó en cansarse de las cartas y se dirigió a la barra de la zona deportiva, donde se tomó un refresco mientras contemplaba un combate de boxeo retransmitido desde Las Vegas. Los cinco mil dólares que se había llevado a Atlantic City habían superado la prueba. Se iría de allí con cuatro mil setecientos dólares y dejaría un buen rastro. Lo habían filmado y fotografiado en siete casinos. En dos de ellos había rellenado unos impresos al cobrar el importe de las fichas en la caja. En otros dos había utilizado las tarjetas de crédito para retirar pequeñas cantidades con el fin de dejar más pruebas.

Si se pudiera localizar el origen del dinero del Juez, ya sabrían quién era él y dónde encontrarle.

Fog se mostró muy taciturno durante el trayecto de vuelta al aeropuerto. Su suerte había cambiado por la tarde.

—He perdido doscientos —reconoció al final, pero su actitud revelaba que había perdido mucho más—. ¿Y tú? —preguntó.

—He tenido una buena tarde —contestó Ray—. He ganado suficiente para pagar el alquiler del aparato.

—No está mal.

—¿Crees que podría pagarlo en efectivo?

—Pagar en efectivo sigue siendo legal —contesto Fog, animándose un poco.

—Pues pagaré en efectivo.

Durante la revisión previa al vuelo, Fog le preguntó a Ray si quería volar en el asiento de la izquierda.

—Lo consideraremos una clase —asintió.

La perspectiva de una transacción en efectivo le había elevado el ánimo.

Detrás de dos vuelos de abono, Ray rodó para situar el Bonanza en posición y esperó a que el tráfico se despejara un poco. Bajo la estrecha vigilancia de Fog, inició la maniobra de despegue, aceleró a ciento veinte kilómetros por hora y se elevó en el aire. El motor turboalimentado parecía dos veces más potente que el del Cessna. Ascendieron sin el menor esfuerzo hasta dos mil quinientos metros de altura y enseguida se sintieron los amos del mundo.

Dick Docker estaba dormitando en la Carlinga cuando entraron Ray y Fog para registrar los detalles del viaje y entregar los auriculares. Adoptó posición de firmes y se acercó al mostrador.

—No os esperaba tan pronto —musitó medio dormido mientras sacaba unos impresos de un cajón.

—Hemos hecho saltar la banca del casino —dijo Ray.

Fog había desaparecido en la sala de estudios de la academia de aviación.

—Qué barbaridad, en mi vida lo había oído.

Ray estaba pasando las hojas del cuaderno de bitácora.

—¿Vas a pagar ahora? —preguntó Dick, garabateando unos números en el papel.

—Sí, y quiero que me hagáis el descuento por pago en efectivo.

—No sabía que lo practicáramos.

—Pues ahora ya lo sabes. Es el diez por ciento.

—Se puede hacer. Sí, es el descuento de siempre. —Dick volvió a calcular la cantidad y dijo—: Total, mil trescientos veinte dólares.

Ray sacó un fajo de billetes y empezó a contar.

—No llevo de veinte. Aquí tienes mil trescientos.

Mientras contaba a su vez el dinero, Dick le dijo:

—Hoy ha venido un tipo, dijo que quería recibir unas clases y, no sé cómo, mencionó tu nombre.

—¿Quién era?

—Jamás le había visto.

—¿Y por qué mencionó mi nombre?

—Fue una cosa un poco rara. Le estaba hablando de los gastos y demás y, de pronto, preguntó si eras propietario de un avión. Comentó que te conocía de no sé dónde.

Ray mantenía ambas manos apoyadas en el mostrador.

—¿Te dijo cómo se llamaba?

—Se lo pregunté. Dolph no sé qué, no lo entendí muy bien. Empezó a comportarse de una manera un poco sospechosa y, al final, se fue. Yo lo observé y vi que se detenía a la altura de tu automóvil en el aparcamiento y que lo rodeaba como si fuera a robar o algo por el estilo, y después se fue. ¿Conoces a Dolph?

—Jamás he conocido a ningún Dolph.

—Yo tampoco. Jamás había oído hablar de un tal Dolph. Tal como te digo, todo fue un poco raro.

—¿Qué pinta tenía?

—Unos cincuenta y tantos años, bajito, delgado, con el cabello totalmente gris peinado hacia atrás, ojos oscuros como si fuera griego o algo así, parecía un vendedor de automóviles usados, botas de puntera puntiaguda.

Ray meneó la cabeza. No tenía ni idea.

—¿Y por qué no le pegaste un tiro? —preguntó Ray.

—Pensé que era un cliente.

—¿Y desde cuándo eres amable con los clientes?

—¿Vas a comprar el Bonanza?

—No. Era sólo un sueño.

Fog regresó y ambos se felicitaron mutuamente por el maravilloso viaje y prometieron repetirlo, como de costumbre. Mientras se alejaba en su automóvil, Ray vigiló todos los vehículos y todas las salidas.

Lo estaban siguiendo.

19

Transcurrió una semana sin que los agentes del FBI o los inspectores de Hacienda llamaran a su puerta con sus placas de identificación para formularle preguntas acerca de un dinero ilegal localizado en Atlantic City, una semana sin el menor rastro de Dolph o de cualquier otra persona que lo siguiera, una semana en la que no alteró su costumbre de correr ocho kilómetros por la mañana antes de trasladarse a la Facultad de Derecho para impartir sus clases.

Voló tres veces con el Bonanza, cada una de ellas teniendo a Fog sentado junto a su codo derecho como profesor, y pagando cada clase de inmediato con dinero en efectivo.

—Dinero del casino —decía sonriendo, y no era mentira.

Fog estaba deseando regresar a Atlantic City para recuperar el dinero perdido. Ray no tenía demasiado interés en ello, pero no era mala idea. Podría jactarse de haber tenido otro día de suerte en las mesas y seguir pagando las clases de vuelo con dinero en efectivo.

Los millones estaban ahora en la nave 37F; la 14B seguía alquilada a nombre de Ray Atlee y todavía contenía la ropa vieja y los muebles baratos; ahora la 37F estaba alquilada a nombre de NDY Ventures en honor de los tres instructores de Docker's. El nombre de Ray no figuraba en ninguno de los documentos de la 37F. Lo había alquilado para tres meses, pagando en efectivo.

—Quiero que tenga carácter confidencial —indicó a la señora Chaney.

—Aquí todo es confidencial. Viene toda clase de gente.

La mujer le dirigió una mirada de complicidad como diciendo: «Me importa un bledo lo que escondas. Tú págame y no te preocupes».

Había trasladado las cajas de una en una, arrastrándolas por el suelo, al amparo de la oscuridad de la noche, mientras un guardia de seguridad lo observaba desde lejos. El espacio de la 37F era idéntico al de la 14B y, una vez colocadas las cajas, Ray se juró una vez más dejarlas allí y no pasar cada día para echarles un vistazo. Jamás hubiera podido imaginar que acarrear tres millones de dólares de un lado para otro pudiera ser una tarea tan complicada.

Harry Rex no había llamado. Le había enviado otro paquete urgente con más cartas y tarjetas de condolencia. Ray se vio obligado a leerlas todas o, por lo menos, a echarles un vistazo, por si hubiera entre ellas alguna nota críptica. No halló nada.

Los exámenes llegaron y terminaron, y después de la graduación la Facultad de Derecho se quedó vacía para iniciar su período de descanso estival. Ray se despidió de todos sus alumnos menos de Kaley, quien, al término de su último examen, comunicó a Ray que había decidido quedarse a pasar el verano en Charlottesville. Insistió una vez más en reunirse con él antes de la graduación. Por simple gusto.

—Vamos a esperar a que ya no sea usted una estudiante —contestó Ray, manteniéndose firme a pesar de la tentación.

Ambos se encontraban en su despacho con la puerta abierta.

—Faltan seis días —comentó ella.

—Pues sí.

—Entonces, vamos a concertar una cita.

—No, primero quiero que se gradúe y después concertaremos una cita.

Ella se retiró con la misma sonrisa y la misma mirada insinuante, y Ray comprendió que le crearía problemas. Carl Mirk lo sorprendió contemplando el pasillo mientras ella se alejaba con sus ajustados vaqueros.

—No está nada mal —comentó Carl.

Ray se avergonzó un poco, pero siguió mirando.

—Se me ha insinuado —dijo.

—No eres el único. Ten cuidado.

Ambos se encontraban de pie en el pasillo junto a la puerta del despacho de Ray. Carl le entregó un sobre un poco raro diciendo:

—He pensado que te haría gracia.

—¿Qué es?

—Una invitación al Baile del Buitre.

—¿El qué?

—El primero y probablemente el último Baile del Buitre. Es un baile de gala a beneficio de la conservación de la fauna ornitológica de Piedmont. Fíjate en los anfitriones.

Ray leyó muy despacio.

—«Vicki y Lew Rodowski tienen el honor de invitarle...»

—Ahora el Liquidador se dedica a salvar las aves. Conmovedor, ¿verdad?

—¡Cinco mil dólares por pareja!

—Creo que eso es todo un récord en Charlottesville. Se la enviaron al decano. Él figura en la lista A, nosotros no. Hasta su mujer se pegó un susto al ver el precio.

—Y eso que Suzie está hecha a prueba de sustos, ¿verdad?

—Eso creía yo. Quieren que asistan doscientas parejas. Reunirán aproximadamente un millón de dólares y les enseñarán a todos cómo se hace. Éste es el plan, por lo menos. Suzie dice que podrán considerarse afortunados si asisten treinta parejas.

—¿Ella no irá?

—No, y el decano estará sumamente encantado. Le parece que será la primera fiesta de gala que se pierden en los últimos diez años.

—¿Música de los Drifters? —dijo Ray, echando un vistazo al resto de la invitación.

—Eso le costará cinco de los grandes.

—Menudo idiota.

—Así es Charlottesville. Un payaso deja Wall Street, adquiere una nueva esposa, compra una inmensa granja y empieza a derramar dinero a su alrededor para convertirse en el gran hombre de una pequeña ciudad.

—Bueno, pues yo no pienso ir.

—No estabas invitado. Guárdala.

Cuando Carl se fue, Ray regresó a su escritorio con la invitación en la mano. Apoyó los pies en el escritorio, cerró los ojos y empezó a soñar despierto. Se imaginó a Kaley con un provocador vestido negro sin espalda, unos cortes laterales hasta los muslos, un pronunciado escote en V, guapa a rabiar, trece años más joven que Vicki y mil veces más en forma que ésta, saliendo a la pista para bailar con él, que tampoco era un mal bailarín, moviéndose al compás de los sincopados ritmos Motown de los Drifters mientras todo el mundo los miraba y se preguntaba: «Y ésos, ¿quiénes son?».

Entonces, como respuesta, Vicki se vería obligada a arrastrar al viejo Lew a la pista, al pobre Lew, cuyo esmoquin no podría ocultar su redonda barriguita; el pobre Lew, con sus mechoncitos de cabello gris por encima de las orejas; Lew, el viejo chivo, tratando de ganarse el respeto público con sus esfuerzos por salvar a unos pájaros de la extinción; Lew, el de la espalda artrítica, que arrastra los pies y se mueve como un camión de la basura; Lew, tan orgulloso de haber ganado el trofeo de aquella esposa, ataviada con su vestido de un millón de dólares que dejaba al descubierto una parte excesiva de sus huesos espléndidamente escuálidos.

Él y Kaley estarían mucho más guapos y bailarían mucho mejor, pero, ¿qué iban a demostrar con ello?

Sería divertido, pero mejor dejarlo correr. Ahora que tenía dinero, no pensaba perder el tiempo con semejantes bobadas.

El viaje por carretera a Washington duraba dos horas y buena parte del mismo resultaba muy pintoresco y agradable. Sin embargo, ahora su sistema preferido de viaje había cambiado. Él y Fog volaron durante treinta y ocho minutos en el Bonanza hasta el Aeropuerto Nacional Reagan, donde los autorizaron a regañadientes a tomar tierra a pesar de la previa reserva de espacio. Ray tomó un taxi y, en quince minutos, se plantó en el Departamento del Tesoro de la avenida Pensilvania.

Un compañero suyo de la Facultad de Derecho tenía un cuñado con cierta influencia en el Departamento del Tesoro. Se habían efectuado unas cuantas llamadas, por lo que el señor Oliver Talbert recibió al profesor Atlee en su cómodo despacho de la OPI, la Oficina de Planchas e Impresiones. El profesor estaba llevando a cabo unas investigaciones acerca de un proyecto un tanto impreciso y necesitaba que alguien le dedicara menos de una hora. Talbert no era el cuñado, pero le habían pedido que lo sustituyera.

Empezaron con el tema de las falsificaciones y Talbert le explicó a grandes rasgos los problemas que se planteaban en aquellos momentos, casi todos ellos relacionados con la tecnología… sobre todo con las impresoras de inyección de tinta y la moneda falsa creada por ordenador. Él tenía allí unas muestras de las mejores imitaciones. Con una lupa, le indicó los defectos, la falta de detalle en la frente de Benjamin Franklin, la ausencia de unas finas líneas en el fondo del dibujo, la tinta corrida en los números de serie.

—Esto es un producto muy bueno —dijo—. Y los falsificadores cada vez se superan.

—¿Éstos dónde los encontraron? —preguntó Ray, a pesar de que la cuestión carecía de la menor importancia.

Tag estudió la etiqueta de la parte posterior de la tabla de muestra.

—En México —respondió sin añadir nada más.

Para adelantarse a los falsificadores, el Departamento del Tesoro invertía grandes sumas en el desarrollo de su propia tecnología. Impresoras que conferían a los billetes un efecto casi holográfico, filigranas, tintas tornasoladas, configuración de impresión de trazo fino, retratos ampliados descentrados y escáneres capaces de detectar una falsificación en menos de un segundo. El método más eficaz hasta la fecha era uno que todavía no se había utilizado. Cambiar simplemente el color del dinero. Pasar de verde a azul, de azul a amarillo y de éste a rosa. Retirar el antiguo e inundar los bancos con los nuevos billetes; de esta manera, los falsificadores no podrían seguir el ritmo, al menos ésa era la teoría de Talbert.

—Pero eso el Congreso no lo permitiría —concluyó éste, meneando la cabeza.

La principal preocupación de Ray era la localización del origen del dinero auténtico, cosa que, al final, consiguió plantear. El dinero no está marcado por obvias razones, le explicó Talbert. Si el estafador viera las señales en los billetes, el timo se vendría abajo. Marcar los billetes significaba simplemente registrar los números de serie, una tarea antaño muy pesada, pues se hacía manualmente. Talbert le contó a Ray la historia de un secuestro y un rescate. El dinero se recibió minutos antes de que se decidiera el lugar de la entrega. Dos docenas de agentes del FBI trabajaron desesperadamente para anotar los números de serie de los billetes de cien dólares. Cada número de serie tenía once dígitos.

—El rescate ascendía a un millón de dólares —dijo— y se les acabó el tiempo. Registraron unos ochenta mil, pero no todos. Atraparon a los secuestradores un mes después con algunos billetes marcados y así terminó el caso.

Pero ahora un nuevo escáner había facilitado mucho la tarea. Fotografiaba diez billetes a la vez, cien en cuarenta segundos.

—Y, una vez grabados los números de serie, ¿cómo encuentran ustedes el dinero? —preguntó Ray, haciendo anotaciones en un cuaderno de apuntes.

¿Acaso Talbert esperaba otra cosa?

—De dos maneras. Primero, si se localiza al estafador con el dinero, simplemente se atan cabos y se procede a su detención. Así atrapan la DEA, el Departamento de Lucha contra la Droga, y el FBI a los narcotraficantes. Se detiene a un camello, se cierra un trato con él, se le entregan veinte mil dólares en billetes marcados para que le compre coca a su proveedor y entonces se atrapa a los peces más gordos que tienen en su poder el dinero del estado.

—¿Y si no se atrapa al estafador? —preguntó Ray, quien no pudo evitar pensar en su difunto padre.

—Entonces se echa mano del segundo sistema, mucho más complicado. En cuanto la Reserva Federal retira el dinero, se escanea una muestra aleatoria del mismo. Si se encuentra un billete marcado, es posible llegar hasta el banco que lo facilitó. Pero entonces ya es demasiado tarde. De vez en cuando, una persona con dinero marcado lo utiliza durante algún tiempo en una zona determinada, y de esta manera hemos atrapado a algunos estafadores.

—Parece bastante difícil.

—Mucho —reconoció Talbert.

—Hace unos años leí la historia de unos cazadores de patos que se tropezaron con los restos de un avión que había sufrido un accidente —dijo Ray en tono indiferente. El relato había sido cuidadosamente ensayado—. A bordo encontraron una cantidad de dinero en efectivo, al parecer casi un millón de dólares. Pensaron que era dinero procedente del narcotráfico y se quedaron con él. Resultó que tenían razón: el dinero estaba marcado y no tardó en ser localizado en la pequeña ciudad donde ellos vivían.

—Creo que recuerdo el caso —dijo Talbert.

Debo de estar haciéndolo muy bien, pensó Ray.

—Mi pregunta es: ¿hubieran podido esas personas o quienquiera que hubiera encontrado el dinero, mostrarlo simplemente a la DEA o el FBI o el Tesoro para ver si estaba marcado y, en caso afirmativo, averiguar su procedencia?

Talbert se rascó la mejilla con un huesudo dedo, reflexionó acerca de la pregunta y se encogió de hombros.

—No veo por qué razón no hubieran podido hacerlo —contestó—. Pero el problema es obvio. Habrían corrido el peligro de perder el dinero.

—Estoy seguro de que semejante situación no debe de producirse muy a menudo —dijo Ray, y ambos se echaron a reír.

Talbert le contó la historia de un juez de Chicago que les sacaba a los abogados pequeñas sumas, quinientos y mil dólares cada vez, para agilizar los casos y dictar sentencias favorables. Llevaba muchos años haciéndolo cuando alguien dio el chivatazo al FBI. Se pusieron en contacto con algunos abogados y los convencieron de que colaboraran. Se registraron los números de serie de los billetes y, durante los dos años de vigilancia, trescientos cincuenta mil dólares pasaron a escondidas a través del tribunal a los pegajosos dedos del juez. Cuando procedieron a su detención, el dinero había desaparecido. Alguien había advertido en secreto al funcionario corrupto. Al final, el FBI encontró el dinero en el garaje del hermano del juez en Arizona y todo el mundo acabó en la cárcel.

Ray no pudo evitar removerse en su asiento. ¿Habría sido una casualidad o acaso Talbert estaba intentando decirle algo? Sin embargo, a medida que el relato se iba desarrollando, se tranquilizó y procuró disfrutar de él, a pesar de la coincidencia. Talbert no sabía nada acerca de su padre.

Mientras regresaba en taxi al aeropuerto, Ray efectuó unos cálculos en su cuaderno de apuntes. Un juez como el de Chicago, robando a razón de ciento setenta y cinco mil dólares al año, hubiera tardado veintiséis años en acumular tres millones. Y aquello era Chicago, con cientos de salas de justicia y miles de prósperos abogados que manejaban casos mucho más importantes que los del norte de Misisipí. El sistema judicial de allí era una industria en la que las cosas se podían agilizar, algunas personas podían cerrar los ojos y se podían pagar sobornos. En el mundo del juez Atlee, un puñado de personas se encargaba de todo y, en caso de que se hubiera entregado o recibido dinero, la gente se habría enterado. Era imposible sacar tres millones de dólares del distrito Veinticinco de Equidad por la sencilla razón de que allí no había semejante cantidad de dinero.

Llegó a la conclusión de que tendría que efectuar un nuevo viaje a Atlantic City. Se llevaría más dinero para someterlo a una prueba final. Tenía que averiguar si el dinero del Juez estaba marcado.

Fog estaría encantado.

20

Cuando Vicki se marchó para irse a vivir con el Liquidador, un profesor amigo de Ray le recomendó al abogado Axel Sullivan, especialista en divorcios. Axel demostró ser un abogado excelente, pero poco pudo hacer desde el punto de vista legal. Vicki se había ido, no regresaría y no quería nada de Ray. Axel examinó todos los papeles, recomendó los servicios de un buen psiquiatra y le ayudó a superar la penosa experiencia. Según Axel, el mejor investigador privado de la ciudad era Corey Crawford, un ex policía negro que había cumplido condena por propinar una paliza a un detenido. El despacho de Crawford estaba situado encima de un bar que tenía su hermano cerca del campus. Era un local muy agradable, con un buen menú y ventanas sin pintar, música en vivo los fines de semana y ninguna actividad ilícita, aparte de un corredor profesional de apuestas que trabajaba en el ámbito universitario. Aun así, Ray aparcó a tres manzanas de distancia. No quería que le vieran entrar en el local. Un rótulo que decía INVESTIGACIONES CRAWFORD indicaba una escalera a un lado del edificio.

No había ninguna secretaria o, por lo menos, no estaba presente en aquel momento. Llegó diez minutos antes de lo previsto, pero Crawford ya le esperaba. Rondaba los cuarenta años, llevaba la cabeza rapada y en su atractivo rostro no se observaba el menor atisbo de sonrisa. Era alto y delgado y las costosas prendas que lucía le sentaban muy bien. De la cintura le colgaba una pistola negra de gran tamaño protegida por una funda de cuero negro.

—Creo que me siguen —empezó Ray.

—¿No se trata de un divorcio?

Estaban sentados frente a frente ante una mesita del pequeño despacho que daba a la calle.

—No.

—¿Por qué cree que le siguen?

Había ensayado una historia acerca de unos problemas familiares en Misisipí, unos celos entre hermanos, una herencia que tal vez se recibiera o tal vez no, una historia un tanto confusa que Crawford pareció no tragarse. Antes de que éste llegara a formularle alguna pregunta, Ray le habló de Dolph, el misterioso visitante del aeródromo, y le facilitó su descripción.

—Me parece que debe de ser Rusty Wattle —dijo Crawford.

—¿Y ése quién es?

—Un detective de Richmond, no demasiado bueno. Trabaja un poco por aquí. Basándome en lo que acaba de decirme, no creo que su familia contratara los servicios de alguien de Charlottesville. Es una ciudad muy pequeña.

El nombre de Rusty Wattle quedó debidamente grabado y archivado para siempre en la memoria de Ray.

—¿Hay alguna posibilidad de que esos chicos malos de Misisipí quieran que usted se dé cuenta de que lo siguen? —preguntó Crawford.

Al ver que Ray lo miraba desconcertado, Crawford añadió:

—A veces nos contratan para que intimidemos y asustemos a la gente. Me da la impresión de que Wattle, o quienquiera que sea, quiso que sus amigos del aeródromo le facilitaran una buena descripción. Puede que dejara un rastro.

—Es posible.

—¿Qué quiere que haga?

—Averiguar si alguien me está siguiendo. Y, en caso afirmativo, quién es y quién le paga.

—Las dos primeras exigencias tal vez sean fáciles. La tercera podría ser imposible.

—Lo intentaremos.

Crawford abrió una carpeta.

—Yo cobro cien dólares la hora —dijo mirando fijamente a Ray en busca de alguna muestra de indecisión—. Gastos aparte. Y un anticipo de dos mil sobre los honorarios.

—Preferiría pagarle en efectivo —declaró Ray, devolviéndole la mirada—. Si a usted le parece bien.

En el rostro de Crawford apareció un primer atisbo de sonrisa.

—En mi trabajo, siempre se prefiere el dinero en efectivo.

Crawford rellenó unos espacios en blanco de un contrato.

—¿Y si me han intervenido los teléfonos? —preguntó Ray.

—Lo investigaremos todo. Cómprese otro móvil digital y no lo registre a su nombre. Casi todos nuestros contactos serán a través del móvil.

—De acuerdo —murmuró Ray, quien tomó el contrato, lo estudió y lo firmó.

Crawford volvió a guardar el documento en la carpeta y regresó a su cuaderno de notas.

—Durante la primera semana, estableceremos todos sus movimientos. Todo se planificará. Siga sus costumbres de siempre, pero comuníquenoslo para que podamos colocar gente en el puesto.

«Va a haber un embotellamiento de tráfico a mi espalda», pensó Ray.

—Es una vida bastante aburrida —dijo—. Salgo a correr, acudo a mi trabajo, a veces vuelo en un aparato, regreso a casa solo, no tengo familia.

—¿Otros lugares?

—A veces me preparo el almuerzo o la cena, pero no el desayuno.

—Qué aburrimiento —dijo Crawford casi sonriendo—. ¿Mujeres?

—Ojalá. Podría haber algo en perspectiva, pero nada serio. Si sabe de alguna, dígame su nombre.

—Esos chicos malos de Misisipí buscan alguna cosa. ¿Qué es?

—La nuestra es una antigua familia con montones de objetos transmitidos de generación en generación. Joyas, libros raros, plata y cristal.

Sonaba natural y esta vez Crawford se lo tragó.

—Ahora ya nos vamos aclarando. ¿Y usted está en posesión de las reliquias de la familia?

—Exactamente.

—¿Las tiene aquí?

—Las guardo en Chaney's Self-Storage de Berkshire Road.

—¿En cuánto están valoradas?

—En mucho menos de lo que cree mi familia.

—Déme una idea.

—Medio millón tirando muy largo.

—¿Y usted tiene derecho legal a ellas?

—Digamos que sí. De lo contrario, me vería obligado a contarle la historia familiar, cosa que podría llevarme ocho horas y causarnos a los dos una buena jaqueca.

—Muy bien —asintió Crawford, dispuesto a dar por terminada la entrevista—. ¿Cuándo podrá tener el nuevo móvil?

—Ahora mismo.

—Estupendo. ¿Y cuándo podemos examinar su apartamento?

—Cuando quieran.

Tres horas más tarde, Crawford y un compañero de trabajo a quien aquél llamaba Booty finalizaron la primera parte de su tarea. Los teléfonos de Ray no estaban pinchados y no había dispositivos de escucha ni micrófonos ocultos. Los filtros de aire no ocultaban cámaras secretas. En la desordenada buhardilla no encontraron receptores ni monitores escondidos detrás de las cajas.

—Está todo limpio —anunció Crawford al salir.

226

Pero Ray no se sintió muy limpio cuando se sentó en su balcón. Si abres tu vida a unos desconocidos, aunque tú mismo los elijas y les pagues, te sientes atado.

El teléfono estaba sonando.

Forrest parecía sereno... su voz era fuerte y sus palabras sonaban con toda claridad. En cuanto dijo: «Hola, hermano», Ray prestó atención para comprobar en qué estado se encontraba. Era algo instintivo después de tantos años de llamadas telefónicas a todas horas y desde todos los lugares, muchos de los cuales el propio Forrest ni siquiera recordaba. Dijo que estaba bien, lo cual significaba que no había tomado drogas ni alcohol, aunque no aclaró por cuánto tiempo. Ray no pensaba preguntárselo.

Antes de que uno de ellos pudiera hablar del Juez, del testamento, de la casa o de Harry Rex, Forrest anunció:

—Tengo un nuevo negocio.

—Cuéntame —dijo Ray, acomodándose en su mecedora. La voz del otro extremo de la línea rebosaba de entusiasmo. Ray disponía de tiempo de sobra para escuchar.

—¿Has oído hablar alguna vez de Benalatofix?

—No.

—Yo tampoco. El apodo es Skinny Ben. ¿Te suena?

—Pues no, lo siento.

—Es una píldora adelgazante que ha lanzado una empresa de California llamada Luray Products, un negocio privado del que nadie ha oído hablar jamás. Los médicos llevan cinco años recetando como locos las píldoras Skinny Ben porque resulta que la sustancia funciona. No es para la mujer que necesita adelgazar unos diez kilitos, pero obra maravillas en las auténticamente obesas que tienen pinta de defensas de fútbol. ¿Estás ahí?

—Te escucho.

—Lo malo es que, al cabo de uno o dos años, a estas pobres mujeres se les han debilitado las válvulas cardíacas. Decenas de miles de ellas han sido tratadas con el producto y a Luray le están lloviendo las demandas en Florida y California. Hace ocho meses intervino la FDA y el mes pasado Luray retiró Skinny Ben del mercado.

—¿Y tú qué pintas exactamente en todo eso, Forrest?

—Soy seleccionador médico.

—¿Y qué es lo que hace un seleccionador médico?

—Gracias por preguntarlo. Hoy, por ejemplo, yo estaba en una suite de un hotel de Dyersburg, Tennessee, ayudando a estas pobres gordinflonas en la rutina de siempre. Los médicos, pagados por los abogados que me pagan a mí, comprueban el estado de su corazón y, si no es perfecto, ¿sabes qué ocurre?

—Que tienes una nueva cliente.

—Exactamente. Hoy he conseguido cuarenta.

—¿Qué vale por término medio cada caso?

—Unos diez mil dólares. Los abogados con quienes trabajo tienen actualmente ochocientos casos, es decir, ocho millones de pavos. Los abogados se quedan con la mitad y a las mujeres las vuelven a joder. Bienvenido al mundo de los agravios masivos.

—¿Y tú qué sacas de todo eso?

—Un salario base, una bonificación por cada nueva cliente y una parte de los beneficios finales. Puede haber medio millón de casos por ahí. Nuestro objetivo es localizarlos a todos.

—Eso serían cinco mil millones de dólares en demandas.

—Luray cuenta con ocho mil en dinero contante y sonante. Todos los abogados querellantes del país hablan del asunto.

—¿Y no se plantea ningún problema ético?

—La ética ya no existe, hermano. Tú vives en otro mundo. La ética es sólo para que personas como tú se la enseñen a unos alumnos que jamás la utilizarán. Siento tener que ser yo quien te lo revele.

—Ya me lo han dicho otras veces.

—La cuestión es que me voy a hacer de oro. Quería que lo supieras.

—Me alegro mucho.

—¿Hay alguien por aquí que esté tomando Skinny Ben?

—Que yo sepa, no.

—Mantén los ojos bien abiertos. Los abogados se están asociando con otros abogados de todo el país. Por lo visto, así es como funciona este asunto de los agravios masivos. Cuantos más casos consigues, mayor es la indemnización.

—Ya preguntaré por ahí.

—Nos vemos, hermano.

—Ten cuidado, Forrest.

La siguiente llamada se produjo pasadas las dos de la madrugada y, como en todas las llamadas a semejante hora, el teléfono pareció sonar eternamente, tanto durante el sueño como después. Al final, Ray consiguió descolgar el aparato y encender la luz.

—Ray, soy Harry Rex, siento llamarte a esta hora.

—¿Qué ocurre? —preguntó Ray, sabiendo muy bien que no sería nada bueno.

—Forrest. Acabo de pasarme una hora hablando con él y con una enfermera del Hospital Baptista de Memphis. Lo tienen ingresado allí, creo que con la nariz rota.

—Cuéntamelo todo, Harry Rex.

—Entró en un bar, bebió más de la cuenta y se produjo una pelea, como de costumbre. Al parecer, eligió al tipo que no debía y ahora le están cosiendo la cara. Quieren que permanezca ingresado allí esta noche. He tenido que hablar con el personal del hospital y garantizarles el pago de los gastos. Les he pedido que no le administren analgésicos ni sustancias químicas. No tienen ni idea de lo que tienen entre manos.

—Siento que te hayas visto mezclado en todo esto, Harry Rex.

—Ya ha ocurrido otras veces y no me importa. Pero está loco, Ray. Volvió a comentar el tema del testamento y dijo que le están escamoteando la parte que le corresponde, las tonterías de siempre. Ya sé que está bebido, pero siempre insiste en lo mismo.

—Yo hablé con él hace unas cinco horas. Estaba bien.

—Pues habrá sido poco antes de irse al bar. Al final, le tuvieron que administrar un sedante para reducirle la fractura de la nariz, de lo contrario, hubiera sido imposible. Me preocupan todas esas drogas y medicamentos. Menudo desastre.

—Lo siento, Harry Rex —repitió Ray a falta de otra cosa mejor que decir. Se produjo una pausa en cuyo transcurso Ray trató de ordenar sus pensamientos—. Estaba bien hace unas cuantas horas, limpio de drogas y sereno, o eso me pareció a mí por lo menos.

—¿Te llamó él? —preguntó Harry Rex.

—Sí, estaba muy contento con el nuevo trabajo que había encontrado.

—¿Esta bobada de Skinny Ben?

—Sí, ¿es un trabajo en serio?

—Creo que sí, allá abajo hay un grupo de abogados a la caza de estos casos. Y contratan a tipos como Forrest para que se los localicen.

—Tendrían que retirarles la licencia.

—Ya, como a la mitad de todos nosotros. Deberías volver a casa. Cuanto antes abramos el testamento, antes podremos tranquilizar a Forrest. Aborrezco estas acusaciones.

—¿Tienes alguna fecha en el juzgado?

—Podríamos hacerlo el miércoles de la semana que viene. Creo que tendrías que quedarte unos cuantos días aquí.

—Pensaba hacerlo. Reserva la fecha y allí estaré.

—Se lo diré a Forrest dentro de un par de días, a ver si lo pillo sereno.

—Lo siento, Harry Rex.

Como era de esperar, Ray no pudo dormir. Estaba leyendo una biografía cuando sonó su nuevo móvil. Alguien se habría equivocado de número.

—¿Diga? —contestó en tono receloso.

—¿Por qué está despierto? —le preguntó la profunda voz de Corey Crawford.

—Porque mi teléfono no para de sonar. ¿Y usted por qué lo está?

—Porque estamos vigilando. ¿Se encuentra bien?

—Sí. Son casi las cuatro de la madrugada. ¿Acaso ustedes no duermen nunca?

—Hacemos muchas siestas. Yo que usted apagaría la luz.

—Gracias. ¿Alguien más vigila mi luz?

—Todavía no.

—Eso es bueno.

—Acabamos de empezar.

Ray apagó la luz de la parte anterior de su apartamento y se fue a su dormitorio, donde se puso a leer con la ayuda de una lamparilla. El hecho de saber que le estaban cobrando cien dólares la hora durante la noche le dificultó todavía más la tarea de conciliar el sueño.

Es una buena inversión, se repetía una y otra vez.

A las cinco en punto de la mañana, bajó disimuladamente por el pasillo como si alguien pudiera verle desde abajo y se preparó un café en medio de la oscuridad. Mientras aguardaba su primera taza, llamó a Crawford, cuya voz sonaba soprendentemente soño-lienta.

—Estoy preparando el café, ¿le apetece una taza? —preguntó Ray.

—No es una buena idea, pero gracias.

—Mire, esta tarde volaré a Atlantic City. ¿Tiene un bolígrafo?

—Sí, dígame.

—Saldré de la zona de aviación general en un Beech Bonanza de color blanco, número de cola ocho-uno-cinco-R, a las tres de la tarde, con un instructor de vuelo llamado Fog Newton. Nos quedaremos esta noche en el Canyon Casino y regresaremos hacia el mediodía de mañana. Dejaré mi automóvil en el aeropuerto, cerrado como de costumbre. ¿Alguna cosa más?

—¿Quiere que vayamos a Atlantic City?

—No, no será necesario. Me moveré mucho por allí y procuraré estar alerta.

21

El consorcio lo había creado uno de los amigos de la academia de aviación de Dick Docker. Se había construido alrededor de dos oftalmólogos locales que tenían clínicas en Virginia Occidental. Ambos acababan de aprender a volar y necesitaban ir y venir con más rapidez. El amigo de Docker era un asesor de planes de pensiones que necesitaba el Bonanza unas doce horas al mes. Un cuarto socio sería el encargado de poner en marcha el proyecto. Cada uno de ellos aportaría cincuenta mil dólares correspondientes a una participación del veinticinco por ciento, y después firmaría un préstamo bancario para equilibrar el precio de compra que ahora estaba en trescientos noventa mil dólares y no era probable que bajara. El pagaré se extendería a más de seis años y le costaría a cada socio ochocientos noventa dólares mensuales.

Ello equivalía a diez horas en un Cessna para el piloto Atlee.

Existía una parte positiva: la amortización y el posible negocio con vuelos chárter cuando los socios no utilizaran el aparato. La parte negativa serían las tarifas del hangar, el combustible, el mantenimiento y una lista que parecía interminable. Lo que no había mencionado el amigo de Dick Docker, un punto también muy negativo, era el peligro que entrañaba hacer negocio con tres desconocidos, dos de los cuales eran médicos.

Pero Ray tenía los cincuenta mil dólares, podía soltar ochocientos noventa dólares mensuales y estaba deseando ser propietario de un aparato con el que ya había volado nueve horas y consideraba suyo en su fuero interno.

Los Bonanza conservaban su valor según el convincente informe que se adjuntaba a la propuesta. En el mercado de aparatos de segunda mano la demanda seguía siendo muy alta. El récord de seguridad del Beech ocupaba el segundo lugar después del Cessna y era prácticamente tan fuerte como éste. Ray llevó consigo durante dos días la propuesta del consorcio y la leía en su despacho y en el apartamento, y también durante el almuerzo. Los otros tres socios estaban de acuerdo. Sólo faltaba que él estampara su firma en cuatro documentos para que el Bonanza fuera suyo.

La víspera de su partida hacia Misisipí, estudió la propuesta por última vez, mandó mentalmente al infierno todo lo demás y firmó los papeles.

Si los chicos malos lo estaban vigilando, sabían disimular muy bien sus huellas. Tras haberse pasado seis días intentando descubrir la vigilancia, Corey

Crawford opinaba que nadie le estaba siguiendo. Ray le pagó tres mil ochocientos dólares en efectivo y prometió llamarle en caso de que volviera a tener sospechas.

Bajo el pretexto de tener que almacenar más trastos, iba cada día a Chaney's Self-Storage para vigilar el dinero, acarreando cajas con cualquier cosa que pudiera encontrar en el apartamento. Tanto la 14B como la 37F estaban adquiriendo poco a poco el aspecto de una vieja buhardilla.

La víspera de su partida, acudió al despacho de la empresa y le preguntó a la señora Chaney si alguien había dejado libre la 18R. Sí, dos días atrás.

—Quisiera alquilarla —dijo.

—Ya van tres —dijo ella.

—Necesitaré más espacio.

—¿Y por qué no alquila una de nuestras unidades más grandes?

—Puede que lo haga más adelante. De momento, utilizaré las tres más pequeñas.

A ella le daba igual. Ray alquiló la 18R a nombre de Newton Aviation y pagó en efectivo el alquiler de seis meses. Cuando estuvo seguro de que nadie lo vigilaba, trasladó el dinero de la 37F a la 18R, donde lo esperaban tres cajas nuevas. Estaban hechas de vinilo revestido de aluminio y eran antiinflamables hasta una temperatura de cien grados centígrados. Eran también impermeables y disponían de cierre hermético. El dinero cupo en cinco de ellas. Para más seguridad, Ray las cubrió con varias colchas, mantas viejas y ropa usada para que todo ofreciera un aspecto más normal. No sabía muy bien a quién pretendía engañar con el desorden de su pequeño cuarto, pero se sentía mejor cuando éste ofrecía un aspecto descuidado.

Buena parte de lo que estaba haciendo aquellos días estaba destinado a otras personas. Un camino distinto desde su apartamento a la facultad. Un nuevo trayecto cuando salía a correr. Otra cafetería. Una nueva librería del centro para hojear libros. Y siempre con la vista puesta en lo inesperado, en el espejo retrovisor, un rápido vistazo por encima del hombro cuando paseaba o corría, un vistazo furtivo a través de las estanterías cuando entraba en una tienda. Alguien lo seguía, estaba seguro.

Había decidido ir a cenar con Kaley antes de irse a pasar unos días al Sur y antes de que ella se convirtiera técnicamente en una ex alumna. Los exámenes ya habían terminado, ¿qué mal podía haber en ello? Kaley se quedaría a pasar el verano allí y él estaba dispuesto a aceptar sus insinuaciones, pero con mucho recelo. Recelo, porque eso era lo que todas las mujeres recibían de él. Recelo, porque en ésta creía ver algunas posibilidades.

Sin embargo, la primera llamada telefónica que le hizo fue un desastre. Contestó una voz masculina, una voz más joven que la suya, o al menos eso le pareció a Ray, y quienquiera que fuera no pareció alegrarse demasiado de la llamada. Cuando Kaley se puso al teléfono, se mostró más bien brusca. Ray le preguntó si prefería que la llamara en otro momento y ella le contestó que no, que ya lo llamaría ella.

Esperó tres días y después la borró de la lista, algo tan fácil como pasar una hoja del calendario.

Se fue de Charlottesville sin dejar nada pendiente. Con la compañía de Fog en el Bonanza, en cuatro horas de vuelo se plantó en Memphis, donde alquiló un automóvil y fue en busca de Forrest.

Su primera y única visita a la casa de Ellie Crum había tenido la misma finalidad que la presente. Forrest se había derrumbado y había desaparecido, y su familia sentía curiosidad por saber si estaba muerto o encerrado en la cárcel de algún sitio. Por aquel entonces, el Juez seguía en activo y la vida era normal, incluyendo la búsqueda de Forrest. Por supuesto, el Juez estaba demasiado ocupado para buscar a su hijo menor. Además, ¿por qué iba a molestarse, pudiendo encargarse Ray?

La casa era un antiguo edificio de estilo victoriano situada en el centro de Memphis, un legado del padre de Ellie que en otros tiempos había sido un hombre muy próspero. Ellie no había heredado prácticamente nada más. Forrest se había sentido atraído por la idea de unos fondos de fideicomiso y por el presunto dinero de la familia, pero, al cabo de quince años, ya había perdido todas las esperanzas. En los primeros tiempos del acuerdo, había ocupado el dormitorio principal. Ahora vivía en el sótano. Otras personas habitaban también la casa; según los rumores, artistas que intentaban abrirse camino y necesitaban cobijo.

Ray aparcó en la acera. Los arbustos se hubieran tenido que podar y el tejado no estaba en muy buenas condiciones, pero la casa estaba envejeciendo muy bien. Forrest la pintaba cada mes de octubre, siempre en un deslumbrante color acerca del cual él y Ellie se pasaban todo un año discutiendo. Ahora estaba pintada de azul claro con adornos en colores rojos y anaranjados.

Una chica de cabello negro y piel más blanca que la nieve le abrió la puerta.

—¿Sí? —le dijo en tono malhumorado.

Ray la miró a través de la cancela. A su espalda, la casa estaba tan misteriosamente oscura como la última vez.

—¿Está Ellie? —preguntó Ray con la mayor brusquedad posible.

—Está ocupada. ¿Quién pregunta por ella?

—Soy Ray Atlee, el hermano de Forrest.

—¿De quién?

—Forrest, el que vive en el sótano.

La chica desapareció y Ray oyó unas voces procedentes de la parte posterior de la casa.

Iba envuelta en una sábana con trazos y manchas blancas de arcilla y agua, y unos cortes para sacar la cabeza y los brazos. Se estaba secando las manos con un sucio paño de cocina y daba la impresión de estar molesta por el hecho de que alguien hubiera interrumpido su tarea.

—Hola, Ray —saludó, abriéndole la puerta como si se tratara de un viejo amigo.

—Hola, Ellie —contestó Ray, cruzando el vestíbulo con ella hasta llegar al salón.

—Trudy, tráenos un poco de té, ¿quieres? —gritó ella.

Quienquiera que fuera la tal Trudy, no contestó. Las paredes de la casa estaban cubiertas por toda una serie de los más absurdos cacharros y jarrones que Ray hubiera visto en su vida. Según Forrest, Ellie se pasaba diez horas al día esculpiendo y no quería desprenderse de nada de lo que hacía.

—Siento lo de vuestro padre —dijo Ellie.

Estaban sentados cara a cara en torno a una mesita auxiliar con superficie de cristal. La mesita estaba inestablemente montada sobre tres cilindros fálicos, cada uno de ellos de un matiz distinto de azul. Ray no se atrevía ni a tocarla.

—Gracias —dijo secamente Ray.

Ni llamadas, ni tarjetas, ni cartas, ni flores, ni una sola palabra de afecto hasta aquel momento, en aquel encuentro casual. Se oía música de ópera al fondo.

—Supongo que buscas a Forrest —dijo ella.

—Sí.

—No le he visto últimamente. Vive en el sótano, ¿sabes?; entra y sale como un viejo gato. Mandé a una chica esta mañana para que echara un vistazo... por lo visto lleva más de una semana fuera. La cama no se ha hecho en cinco años.

—Es más de lo que quería saber.

—Y no ha llamado.

Entró Trudy con la bandeja del té, otra de las horrendas creaciones de Ellie. Las tazas eran unos pequeños cuencos desparejados con unas asas enormes.

240

—¿Leche y azúcar? —preguntó Ellie, llenando los cuencos y removiéndolos con una cucharilla.

—Sólo azúcar.

Le entregó el cuenco y él lo tomó con ambas manos. Como se le cayera, le machacaría el pie.

—¿Cómo está? —preguntó Ray en cuanto Trudy se retiró.

—Está bebido, está sereno, es el Forrest de siempre.

—¿Drogas?

—Mejor no hablar. Ni te lo imaginas.

—Tienes razón —dijo Ray, tratando de beberse la infusión. Era algo aromatizado con melocotón, y una gota fue suficiente—. La otra noche tuvo una pelea, ¿no lo sabías? Creo que se ha roto la nariz.

—No es la primera vez que se la rompe. ¿Por qué será que cuando los hombres se emborrachan les da por pelearse?

Era una estupenda pregunta para la cual Ray no tenía respuesta. Ella se bebió su té y cerró los ojos para saborearlo. Muchos años atrás, Ellie Crum había sido una mujer encantadora. Pero ahora que rondaba los cincuenta había desistido de intentarlo.

—Tú no lo aprecias, ¿verdad? —le preguntó Ray.

—Pues claro que sí.

—No, dime la verdad.

—¿Es importante?

—Es mi hermano. Nadie más se preocupa por él.

—Tuvimos unas relaciones sexuales muy satisfactorias durante los primeros años, pero después perdimos el interés. Yo engordé como una vaca y ahora estoy demasiado ocupada con mi trabajo.

Ray miró a su alrededor.

—Y, además, aquí siempre hay sexo —añadió Ellie señalando con la cabeza hacia la puerta por la que Trudy había entrado y salido—. Forrest es un amigo, Ray, y supongo que, en cierto modo, le quiero. Pero es también un adicto que, al parecer, ha decidido seguir siéndolo. Al cabo de algún tiempo, una se cansa.

—Lo sé. Lo sé muy bien, puedes creerme.

—Y creo que es uno de los pocos que hay. Tiene la suficiente fuerza como para recuperarse en el último momento.

—Pero esta fuerza no le basta para dejarlo del todo.

—Exactamente. Yo lo dejé del todo hace quince años, Ray. Los adictos son muy severos los unos con los otros. Por eso está en el sótano.

Probablemente es mucho más feliz allí abajo, pensó Ray. Le dio las gracias a Ellie por el té y el tiempo que le había dedicado y ella lo acompañó a la puerta. Seguía allí, detrás de la cancela, cuando él se alejó a toda velocidad en su automóvil.

22

El testamento de Reuben Vincent Atlee se abrió para la validación en la misma sala en la que éste había ejercido como juez durante treinta y dos años. En la parte superior de la pared revestida de madera de roble, detrás del estrado, un ceñudo juez Atlee contemplaba el desarrollo de los procedimientos legales entre la bandera nacional y la del estado de Misisipí. Era el mismo retrato que habían colocado junto al féretro durante el velatorio en el Palacio de Justicia tres semanas atrás. Ahora estaba en el lugar que le correspondía, en un lugar en el que sin duda colgaría siempre.

El hombre que había acabado con su carrera y lo había enviado al exilio y al encierro en Maple Run era Mike Farr, de Holly Springs. Lo habían reelegido una vez y, según Harry Rex, estaba desarrollando una labor creíble. El juez de equidad Farr examinó las cartas de solicitud de administración y el testamento de una sola página de extensión que se había adjuntado al expediente.

La sala estaba llena de abogados y funcionarios que iban de un lado para otro, guardando documentos en sus portafolios y conversando con los clientes. Era el día dedicado a los asuntos no impugnados y los procedimientos rápidos. Ray se sentó en la primera fila mientras Harry Rex hablaba en voz baja con el juez de equidad Farr. A su lado se sentaba Forrest, quien, dejando aparte las leves magulladuras que presentaba bajo los ojos, ofrecía un aspecto todo lo normal que cabía esperar. Había dicho que no estaría presente cuando se abriera el testamento, pero una reprimenda de Harry Rex lo convenció de lo contrario. Finalmente había regresado a la casa de Ellie sin dar explicaciones a nadie acerca de dónde había estado o qué había hecho. A nadie le importaba. No habló del trabajo, de lo cual Ray dedujo que su breve carrera como seleccionador médico por cuenta de los abogados que actuaban contra la Skinny Ben había llegado a su fin.

Cada cinco minutos, un abogado se agachaba en el pasillo, tendía la mano y le comentaba a Ray las excelentes cualidades de su padre. Como es natural, se daba por sentado que Ray los conocía a todos, pues ellos lo conocían a él. Nadie le dirigió la palabra a Forrest.

Harry Rex indicó por señas a Ray que se acercara al estrado. El juez de equidad Farr lo saludó cordialmente:

—Su padre era un hombre excelente y un gran juez —dijo, inclinándose hacia abajo.

—Gracias —contestó Ray.

Pues entonces, ¿por qué dijiste durante la campaña que era demasiado viejo y había perdido el contacto con la realidad?, hubiera deseado preguntarle. Habían transcurrido nueve años, pero parecían cincuenta. Con la muerte de su padre, todo en el condado de Ford había envejecido varias décadas.

—Usted da clases de Derecho, ¿verdad? —preguntó el juez Farr.

—Sí, en la Universidad de Virginia.

El juez de equidad asintió con gesto de aprobación y preguntó:

—¿Están presentes todos los herederos?

—Sí, señor —contestó Ray—. Sólo somos mi hermano Forrest y yo.

—¿Y ambos han leído este documento de una sola página que pretende ser el testamento y la última voluntad de Reuben Atlee?

—Sí, señor.

—¿Y no hay ninguna objeción a la validación de este testamento?

—No, señor.

—Muy bien. De conformidad con este testamento, le nombro a usted albacea del testamento de su padre. Hoy se enviará la notificación a los acreedores y se publicará en el periódico local. Renuncio a la fianza. El inventario y la contabilidad se llevarán a cabo de conformidad con la ley.

Ray había oído a su padre pronunciar aquellas mismas frases centenares de veces. Levantó la vista hacia el juez Farr.

—¿Alguna cosa más, señor Vonner?

—No, Señoría.

—Lo siento muchísimo, señor Atlee —dijo Farr.

—Gracias, Señoría.

Fueron a almorzar al Claude's y pidieron bagre frito. Ray sólo llevaba dos días allí y ya se notaba las arterias obstruidas. Forrest apenas tenía nada que decir. No estaba desintoxicado y su cuerpo estaba contaminado.

—¿Estarás en casa de Ellie? —le preguntó Ray.

—Es posible —fue su única respuesta.

Ray estaba sentado en el porche esperando a Claudia cuando ésta llegó a las cinco en punto. Se acercó a recibirla cuando descendió de su automóvil y se detuvo para contemplar el letrero que anunciaba la venta de la propiedad.

—¿Tenéis que venderla? —preguntó Claudia.

—O eso, o regalarla. ¿Cómo estás?

—Muy bien, Ray.

Consiguieron abrazarse con el mínimo contacto posible. Llevaba pantalones, mocasines, una blusa a cuadros y un sombrero de paja, como si acabara de abandonar el jardín. Se había maquillado implacablemente, con un carmín rojo encendido. Ray jamás la había visto sin arreglar.

—Me alegro mucho de que me hayas llamado —añadió Claudia mientras ambos subían muy despacio por el camino particular en dirección a la casa.

—Hoy hemos estado en el Palacio de Justicia para abrir el testamento.

—Lo siento, habrá sido muy duro para vosotros.

—No ha sido demasiado desagradable. He conocido al juez Farr.

—¿Te ha caído bien?

—Me ha parecido bastante amable, a pesar de la situación.

La tomó del brazo para ayudarla a subir los peldaños, aunque ella estaba en condiciones de trepar por las colinas a pesar de las dos cajetillas de cigarrillos que se fumaba al día.

—Lo recuerdo recién salido de la Facultad de Derecho —dijo Claudia—. No sabía distinguir entre un querellante y un acusado. Reuben hubiera podido ganar la carrera si yo hubiera estado a su lado, ¿sabes?

—Vamos a sentarnos aquí —sugirió Ray, señalando las dos mecedoras.

—Has limpiado la casa —observó ella, admirando el porche.

—Harry Rex se ha encargado de todo. Ha contratado pintores, techadores y un servicio de limpieza. Tuvieron que limpiar los muebles con chorro de arena, pero ahora se puede respirar.

—¿Te importa que fume? —preguntó Claudia.

—No.

No importaba. De todas formas, ella fumaba sin miramientos.

—Me alegro mucho de que me hayas llamado —repitió antes de encender el cigarrillo.

—Tengo té y café —dijo Ray.

—Té helado, por favor, con azúcar y limón —dijo ella, cruzando las piernas.

Estaba sentada en la mecedora como una reina a la espera de que le sirvieran el té. Ray recordó los ajustados vestidos y las largas piernas de años atrás, cuando ella permanecía sentada justo al pie del estrado del juez haciendo elegantes garabatos taquigráficos bajo la mirada de todos los abogados de la sala.

Hablaron del tiempo tal como suele hacer la gente en el Sur cuando se produce una pausa en la conversación o cuando no hay nada más de que hablar. Claudia fumaba y sonreía mucho, alegrándose sinceramente de que Ray se hubiera acordado de ella. La mujer quería mantenerse aferrada al pasado. Y él trataba de resolver un misterio.

Hablaron de Forrest y de Harry Rex, dos temas muy trillados. Cuando Claudia ya llevaba media hora en la casa, Ray decidió ir finalmente al grano.

—Hemos encontrado un poco de dinero, Claudia —anunció, dejando las palabras en el aire.

Ella las asimiló, las analizó y siguió cautelosamente adelante.

—¿Dónde?

La pregunta era muy inteligente. ¿Dónde lo habían encontrado? ¿En el banco junto con archivos y cosas por el estilo? ¿En un colchón sin ningún rastro?

—En su estudio, en efectivo. Lo dejó allí por una ignorada razón.

—¿Cuánto? —preguntó ella sin excesiva rapidez.

—Cien mil. —Ray estudió detenidamente su rostro y sus ojos. Vio sorpresa, pero no sobresalto. Se había preparado el guión y siguió adelante—. Todo estaba cuidadosamente anotado: los cheques, los depósitos, libros de contabilidad con todos los gastos registrados, pero parece que este dinero no tiene origen.

—Él nunca guardaba demasiado dinero en efectivo —dijo Claudia muy despacio.

—Eso es lo que yo recuerdo también. No tengo ni idea de dónde procede, ¿y tú?

—Tampoco —contestó Claudia sin dudar ni un instante—. El Juez no utilizaba dinero en efectivo. Punto. Todo pasaba a través del First National Bank. Fue miembro del consejo de administración durante mucho tiempo, ¿recuerdas?

—Sí, lo recuerdo muy bien. ¿Tenía algo más?

—¿A qué te refieres?

—Te lo pregunto yo a ti, Claudia, tú le conocías mejor que nadie. Y estabas al corriente de sus asuntos.

—Vivía totalmente entregado a su trabajo. Para él, ser juez de equidad era una tarea esencial y la desempeñaba con esfuerzo. No le quedaba tiempo para nada más.

—Ni siquiera para su familia —contestó Ray, pero inmediatamente se arrepintió.

—Quería a sus hijos, Ray, pero pertenecía a otra generación.

—Dejémoslo.

—Sí, es mejor.

Hicieron una pausa en cuyo transcurso cada uno de ellos se reorganizó. Ninguno de los dos quería detenerse demasiado en el tema de la familia. Preferían prestar atención al dinero. Un automóvil bajó por la calle y pareció aminorar la marcha justo el tiempo suficiente para que los ocupantes vieran el letrero y echaran un buen vistazo a la casa. Un vistazo fue suficiente, pues enseguida aceleraron.

—¿Tú sabías que jugaba?

—¿El Juez? No.

—Cuesta creerlo, ¿verdad? Harry Rex lo estuvo acompañando a los casinos una vez por semana durante algún tiempo. Por lo visto, al Juez se le daba bien el juego. En cambio a Harry Rex no.

—Corren muchos rumores, sobre todo acerca de los abogados. Varios de ellos han tenido dificultades por allí.

—Pero ¿nunca oíste nada acerca del Juez?

—No. Y sigo sin poder creerlo.

—El dinero tiene que haber salido de alguna parte, Claudia. Y algo me dice que era sucio, de lo contrario, lo hubiera incluido en el testamento, junto con los demás bienes.

—Y, si lo ganó en el juego, él debía de considerarlo sucio, ¿no te parece?

Estaba claro que Claudia conocía al Juez mejor que nadie.

—Sí, ¿y a ti?

—Para mí, sería muy propio de Reuben Atlee.

Terminaron aquella parte de la conversación y se tomaron un respiro mientras ambos se mecían suavemente bajo la fresca sombra del porche, como si el tiempo se hubiera detenido y a ninguno de los dos le molestara el silencio. El hecho de permanecer sentados en el porche permitía hacer grandes pausas para ordenar los pensamientos o para no pensar en absoluto.

Al final, siguiendo un guión no escrito, Ray hizo acopio de valor para formular la pregunta más difícil del día.

—Tengo que averiguar una cosa, Claudia, y te ruego que me digas la verdad.

—Yo siempre soy sincera. Es uno de mis defectos.

—Jamás he puesto en duda la honradez de mi padre.

—Y ahora tampoco tienes que hacerlo.

—Te pido que me ayudes, ¿de acuerdo?

—Adelante.

—¿Hubo algo bajo mano... una pequeña gratificación por parte de un abogado, un trozo de pastel por parte de un querellante, algún pellizco?

—Rotundamente, no.

—Estoy dando palos de ciego con la esperanza de encontrar algo, Claudia. No es muy normal hallar cien mil dólares en bonitos y flamantes billetes escondidos en un armario. Cuando murió, tenía seis mil dólares en el banco. ¿Por qué guardar tanto dinero enterrado?

—Era el hombre más honrado del mundo.

—Lo creo.

—Pues entonces, deja de hablar de sobornos y cosas por el estilo.

—Con mucho gusto.

Claudia encendió otro cigarrillo mientras él se retiraba para llenar las tazas de té. Cuando regresó al porche, Claudia estaba profundamente enfrascada en sus pensamientos, con la mirada perdida en la distancia. Ambos se pasaron un rato balanceándose en sus mecedoras.

—Creo que el Juez querría que tú recibieras una parte —dijo Ray finalmente.

—¿De veras lo crees?

—Sí. Ahora tendremos que gastar algo para terminar de arreglar un poco la casa, probablemente unos veinticinco mil dólares más o menos. ¿Qué tal si Forrest, tú y yo nos repartiéramos el resto?

—¿Veinticinco mil para cada uno?

—Sí. ¿Qué te parece?

—¿No eres tú el albacea del testamento? —preguntó ella.

Conocía la ley mejor que Harry Rex.

—¿Y eso qué mas da? Es dinero en efectivo, nadie lo sabe y, si comunicamos su existencia, la mitad se irá en impuestos.

—¿Y cómo lo explicarías? —preguntó ella, yendo como siempre un paso por delante.

Decían que Claudia ya tenía decidido el resultado de un juicio antes de que los abogados presentaran sus informes iniciales.

A Claudia le encantaba el dinero. Ropa, perfumes, siempre el último modelo de automóvil, y todo eso por parte de una relatora de los tribunales mal pagada. Si cobraba una pensión del estado, no podía ser muy elevada.

—No se puede explicar —contestó Ray.

—Si el dinero procede del juego, tendrías que revisarlo todo y modificar las declaraciones de la renta de los últimos años —adujo ella, inmediatamente alerta—. Menudo lío.

—Un auténtico lío.

Olvidaron enseguida el lío. Nadie se enteraría jamás de que ella había cobrado una parte del dinero.

—Una vez tuvimos un caso —dijo Claudia, contemplando el césped—. Fue en el condado de Tippah, hace treinta años. Un tal Childers era propietario de un depósito de chatarra. Murió sin testamento. —Una pausa para dar una larga calada al cigarrillo—. Tenía muchos hijos y éstos encontraron dinero escondido en todas partes: en el despacho, en la buhardilla, en un cobertizo de herramientas situado en la parte de atrás de la casa, en la chimenea. Tras haber recorrido toda la casa, lo contaron todo y la cantidad resultante fueron doscientos mil dólares. Y eso de un hombre que no pagaba la factura del teléfono y se había pasado diez años llevando el mismo mono de trabajo. —Otra pausa y otra larga calada. Claudia era capaz de contar anécdotas como aquélla sin descanso—. La mitad de los hijos quería repartirse el dinero y echar a correr; la otra mitad se lo quería decir al abogado e incluir el dinero en el testamento. La noticia se divulgó, la familia se asustó y el dinero se incluyó en el testamento. Los chicos se pelearon con uñas y dientes. Cinco años más tarde el dinero había desaparecido... una mitad fue a parar al estado y la otra mitad a los abogados.

Se detuvo y Ray esperó el desenlace de la historia.

—¿Y a qué viene todo eso?

—El Juez dijo que era una lástima, dijo que los chicos hubieran debido quedarse con el dinero y repartírselo entre ellos. A fin de cuentas, era una propiedad de su padre.

—Me parece muy justo.

—El Juez aborrecía los impuestos de sucesión. ¿Por qué se tiene que quedar el estado con una parte de tus bienes por el simple hecho de que te mueras? Se lo oí decir muchas veces a lo largo de los años.

Ray tomó un sobre que guardaba detrás de la mecedora y se lo entregó a Claudia.

—Aquí tienes veinticinco mil en efectivo.

Ella contempló el sobre y después miró a Ray con incredulidad.

—Tómalo —dijo Ray, inclinándose para acercárselo un poco más—. Nadie lo sabrá.

Claudia lo tomó y, por un instante, se quedó sin habla. Se le humedecieron los ojos, lo cual significaba que estaba profundamente emocionada.

—Gracias —dijo en un susurro, asiendo el sobre todavía con más fuerza.

Mucho después de que ella se fuera, Ray seguía sentado en el mismo sitio, meciéndose en la oscuridad, satisfecho de haber eliminado a Claudia como sospechosa. Su ansiosa aceptación de los veinticinco mil dólares constituía una prueba convincente de que no sabía nada acerca de la existencia de una fortuna mucho más cuantiosa.

Lo malo era que no había ningún otro sospechoso que ocupara su lugar en la lista.

23

La reunión se había organizado por la mediación de un ex alumno de Derecho de la Universidad de Virginia que ahora era socio de un importante bufete de Nueva York, el cual asesoraba a un grupo de jugadores que actuaban en los casinos Canyon repartidos por todo el país. Se habían establecido los correspondientes contactos, se habían intercambiado favores y se había ejercido una ligera y muy diplomática presión. Estaban pisando el delicado terreno de la seguridad y nadie quería cruzar esa línea. El profesor Atlee sólo necesitaba averiguar unos datos esenciales.

El Canyon se había inaugurado a orillas del río Misisipí en el condado de Tunica a mediados de los años noventa, coincidiendo con la segunda oleada constructora y sobreviviendo a la primera recesión. Tenía diez salas, cuatrocientas habitaciones y veinticinco metros cuadrados dedicados al juego, y había alcanzado un éxito extraordinario con sus espectáculos de la Motown. El señor Jason Piccolo, una especie de vicepresidente de la central de Las Vegas, estaba aguardando a Ray en compañía de Alvin Barker, el jefe de seguridad. Piccolo tenía treinta y pocos años y vestía como un modelo de Armani. Barker, de cincuenta y tantos años, ofrecía un aspecto de policía veterano mal vestido.

Empezaron ofreciéndole la posibilidad de efectuar un rápido recorrido. Ray declinó la invitación. En el último mes había visto salas de casinos suficientes para toda la vida.

—¿Qué secciones de arriba no son accesibles?

—Bueno, vamos a ver —dijo amablemente Piccolo mientras él y el jefe de seguridad lo alejaban de las máquinas tragaperras y las mesas para acompañarlo a un pasillo situado detrás de las cabinas de los cajeros. Subieron unos peldaños, recorrieron otro pasillo y se detuvieron en una estrecha estancia con una larga pared de espejos de un solo sentido a través de los cuales se veía una habitación mucho más espaciosa. Estaba llena de mesas redondas cubiertas de monitores de circuito cerrado. Docenas de hombres y mujeres permanecían atentos a las pantallas como si temieran que se les pasara algo por alto.

—Eso es el «ojo del cielo» —explicó Piccolo—. Los de la izquierda vigilan las mesas de blackjack. En el centro se supervisan las mesas de dados y la ruleta, y a la derecha, las máquinas tragaperras y la ruleta.

—¿Y qué observan?

—Todo. Absolutamente todo.

—Déme una lista.

—A los jugadores, por ejemplo. Vigilamos a los grandes ganadores, a los profesionales, a los que cuentan las cartas, a los estafadores. Los tipos de allí pueden controlar diez manos y establecer qué jugador está contando las cartas. El hombre de la chaqueta gris estudia los rostros para descubrir a los jugadores profesionales. Van saltando un día aquí, mañana en Las Vegas, después esperan una semana y aparecen en Atlantic City o en las Bahamas. Si engañan o cuentan las cartas, él los reconocerá cuando se sienten.

El que hablaba era Piccolo. Barker miraba a Ray como si pudiera ser un estafador en potencia.

—¿Hasta qué distancia alcanza la cámara? —preguntó Ray.

—La suficiente para distinguir el número de serie de un billete. El mes pasado atrapamos a un estafador porque reconocimos un anillo con un brillante que había llevado en otra ocasión.

—¿Podría entrar aquí dentro?

—Lo siento, pero no es posible.

—¿Y las mesas de los dados?

—Lo mismo. Aquí la dificultad es mayor porque el juego es más rápido y complejo.

—¿Y hay estafadores profesionales en los dados?

—No abundan. Lo mismo ocurre con el póquer y la ruleta. Los engaños no representan un problema importante. Nos preocupa más la sustracción por parte de los empleados y los errores en las mesas.

—¿Qué clase de errores?

—Anoche un jugador de blackjack ganó una mano de cuarenta dólares, pero nuestro crupier cometió un error y retiró las fichas. El jugador protestó y llamó al supervisor de las mesas. Nuestros chicos de aquí arriba lo vieron y resolvimos la situación.

—¿Cómo?

—Enviamos abajo a un guarda de seguridad con orden de pagarle al cliente los cuarenta dólares, pedirle disculpas y ofrecerle una cena de cortesía.

—¿Y qué ocurrió con el crupier?

—Tiene un buen historial, pero si comete otro fallo, acabará en la calle.

—¿O sea que todo está grabado?

—Todo. Todas las manos, todas las tiradas de dados, todas las máquinas tragaperras. Ahora mismo hay doscientas cámaras en acción.

Ray examinó la estancia, tratando de asimilar el grado de vigilancia. Le dio la impresión de que había más gente arriba vigilando que abajo jugando.

—¿Cómo podría estafar al casino un jugador profesional con toda esta vigilancia? —preguntó, haciendo un amplio gesto con la mano.

—Hay maneras —contestó Piccolo, dirigiendo a Barker una mirada de complicidad—. Atrapamos uno al mes.

—¿Por qué vigilan las máquinas tragaperras? —prosiguió Ray, cambiando de tema.

Decidió formular algunas preguntas al azar, pues sólo le habían prometido una visita al piso de arriba.

—Porque aquí lo vigilamos todo —contestó Piccolo—. Y porque ha habido casos en que algunos menores de edad han ganado en el blackjack. Los casinos se negaron a pagar y ganaron los juicios gracias a los vídeos que mostraban a los menores de edad escabulléndose mientras unos adultos ocupaban sus lugares. ¿Le apetece beber algo?

—Sí, gracias.

—Tenemos un cuartito secreto con mejores vistas.

Ray subió con ellos otro tramo de escalera hasta un pequeño mirador desde donde se controlaba la sala de juego y la sala de vigilancia. Apareció una camarera para anotar las consumiciones. Ray pidió un café *cappuccino*. Sus anfitriones pidieron agua mineral.

—¿Cuál es su mayor preocupación? —preguntó Ray, echando un vistazo a una lista de preguntas que se había sacado del bolsillo de la chaqueta.

—Los jugadores que cuentan las cartas y los crupieres que roban —contestó Piccolo—. Estas fichas son muy pequeñas y es posible introducirlas muy fácilmente en los puños de la camisa y los bolsillos. Cincuenta pavos al día representan mil dólares al mes, libres de impuestos, naturalmente.

—¿Cuántos contadores de cartas descubren ustedes aquí?

—Cada vez más. Ahora hay casinos en cuarenta estados, lo cual significa que ha aumentado el número de jugadores. Tenemos unos archivos muy completos acerca de los sospechosos de contar cartas y, cuando creemos que hay uno rondando por aquí, nos limitamos a rogarle que se marche. Tenemos este derecho, ¿sabe?

—¿Cuál ha sido la mayor ganancia de un jugador en un solo día? —preguntó Ray.

Piccolo miró a Barker.

—¿Excluyendo las máquinas tragaperras? —preguntó éste.

—Sí.

—Una noche un tipo ganó uno ochenta a los dados.

—¿Ciento ochenta mil?

—Exactamente.

—¿Y el que más ha perdido?

Barker tomó el agua que le ofrecía la camarera y se rascó un momento la mejilla.

—El mismo individuo perdió doscientos de los grandes tres noches después.

—¿Registran ustedes ganadores constantes? —preguntó Ray, consultando sus notas como si éstas correspondieran a una importante investigación académica.

—No entiendo muy bien a qué se refiere —dijo Piccolo.

—Supongamos que un individuo viene aquí dos o tres veces por semana, juega a las cartas o a los dados, gana más de lo que pierde y, al cabo de un tiempo determinado, acumula unas ganancias considerables. ¿Es algo que ocurra a menudo?

—Muy raras veces —respondió Piccolo—. De lo contrario, no estaríamos en este negocio.

—Es algo extremadamente insólito —terció Barker—. Un individuo puede tener suerte una o dos semanas. Nos concentramos en él, lo vigilamos muy de cerca; no es que resulte sospechoso, pero se está llevando nuestro dinero. Tarde o temprano acabará exponiéndose a un riesgo excesivo, cometerá alguna estupidez y nosotros recuperaremos el dinero.

—El ochenta por ciento de los jugadores acaba perdiendo con el tiempo —añadió Piccolo.

Ray removió su *cappuccino* y consultó sus notas.

—Entra un tío, un desconocido, deposita mil dólares en la mesa de blackjack y pide fichas de cien dólares. ¿Qué ocurre aquí arriba?

Barker sonrió y chasqueó los gruesos nudillos de sus dedos.

—Nos ponemos en guardia. Lo vigilamos durante unos cuantos minutos para comprobar lo que se trae entre manos. El supervisor de las mesas le preguntará si desea que lo clasifiquen y, en caso de que diga que sí, le pediremos el nombre. Si dice que no, lo invitaremos a cenar. La camarera le ofrecerá constantemente bebidas y, si él las rechaza, será otra señal de que pretende estafarnos.

—Los jugadores profesionales jamás beben cuando juegan —explicó Piccolo—. Pueden pedir una copa para disimular, pero se limitan a juguetear con ella.

—¿Qué significa «clasificar»?

—Casi todos los jugadores desean ciertos extras —contestó Piccolo—. Cenas, entradas para algún espectáculo, descuentos en las habitaciones… todas las golosinas que podamos ofrecerles. Tienen tarjeta de socio que nosotros controlamos para ver cuánto juegan. El tipo de su caso hipotético no tiene tarjeta, por eso nosotros le preguntamos si desea las ventajas que podemos ofrecerle.

—Y él las rechaza.

—Entonces lo descartamos. Los desconocidos van y vienen constantemente.

—Pero tenga por seguro que les seguimos la pista —añadió Barker.

Ray garabateó una nota sin el menor significado en su hoja de papel doblada.

—¿Comparten los casinos el servicio de vigilancia? —preguntó, y por primera vez vio que Piccolo y Barker mostraban cierto nerviosismo.

—¿Qué quiere decir? —preguntó Piccolo con una sonrisa. Ray se la devolvió mientras Barker se apresuraba a imitar su ejemplo.

—Bueno, otro caso hipotético de nuestro ganador constante —explicó Ray—. Digamos que el tipo juega una noche en el Monte Carlo, a la siguiente en el Treasure Cove, a la otra en el Alladin y así sucesivamente en todos los casinos de por aquí. Actúa en todos los casinos y gana mucho más que pierde. Y la situación se prolonga durante un año. ¿Qué sabrán ustedes acerca de este individuo?

Piccolo asintió mirando a Barker, quien se estaba pellizcando los labios entre el índice y el pulgar.

—Tendremos mucha información —reconoció Piccolo a regañadientes.

—¿Hasta qué punto? —lo apremió Ray.

—Siga usted —indicó Piccolo a Barker.

—Conoceremos su nombre, su dirección, su ocupación, su número de teléfono, la matrícula de su automóvil y su banco —añadió de mala gana Barker—. Sabremos dónde se aloja cada noche, cuándo llega y cuándo se va, cuánto gana o pierde, cuánto bebe, si ha cenado, si ha dejado propina a la camarera y, en caso afirmativo, de qué cuantía, y qué propina le ha dado al crupier.

—¿Y conservan ustedes las fichas de estas personas?

Barker observó a Piccolo y éste asintió muy despacio con la cabeza, pero no dijo nada. A juzgar por su hermetismo, Ray se estaba acercando demasiado. Al considerar la situación, llegó a la conclusión de que le convenía darse una vuelta por allí. Bajaron a la sala de juego donde, en lugar de echar un vistazo a las mesas, Ray prefirió contemplar las cámaras. Piccolo le señaló a los guardas de seguridad. Éstos se encontraban situados muy cerca de una mesa de blackjack, donde un chico con pinta de adolescente estaba jugando con varios montones de fichas de cien dólares.

—Es de Reno —murmuró Piccolo—. Apareció en Tunica la semana pasada y se llevó treinta de los grandes. Es extremadamente bueno.

—Y no cuenta las cartas —añadió Barker, incorporándose a la conversación.

—Determinadas personas tienen un don especial, como ciertos jugadores de golf o algunos cirujanos —prosiguió Piccolo.

—¿Actúa en todos los casinos? —preguntó Ray.

—Todavía no, pero todos lo están esperando.

El chico de Reno ponía muy nerviosos tanto a Barker como a Piccolo.

La visita terminó en un salón donde los tres se tomaron unos refrescos para dar por concluida la reunión. Ray había completado su lista de preguntas, todas ellas destinadas a preparar la gran escena final.

—Tengo que pedirles un favor —les dijo a los dos.

—Pues claro, faltaría más.

—Mi padre murió hace unas cuantas semanas y tenemos motivos para suponer que en secreto venía a jugar a los dados, donde es posible que ganara mucho más dinero del que perdía. ¿Se me permitiría confirmar este dato?

—¿Cómo se llamaba?

—Reuben Atlee, de Clanton.

Barker movió la cabeza negativamente mientras se sacaba un móvil del bolsillo.

—¿Cuánto? —preguntó Piccolo.

—No sé, tal vez un millón a lo largo de varios años.

Barker seguía meneando la cabeza.

—Imposible. Si alguien hubiera ganado o perdido semejante cantidad de dinero, lo conoceríamos a la perfección.

Después, hablando por teléfono, Barker le preguntó a la persona del otro extremo de la línea que comprobara el nombre de Reuben Atlee.

—¿Cree usted que ganó un millón de dólares? —preguntó Piccolo.

—Ganó y perdió —contestó Ray—. Es una simple conjetura.

Barker apagó el móvil.

—No hay ninguna ficha sobre Reuben Atlee en ningún sitio. No existe posibilidad alguna de que jugara estas cantidades por aquí.

—¿Y si nunca hubiera visitado este casino? —preguntó Ray, aunque conocía la respuesta de antemano.

—También lo sabríamos —contestaron sus interlocutores al unísono.

24

En Clanton era el único que salía a correr por la mañana, por eso llamaba la atención de las señoras que cuidaban de sus jardines, de las criadas que barrían los porches y de los que en verano cortaban la hierba del cementerio cuando pasaba por delante de la parcela correspondiente a la familia Atlee. La tierra se estaba endureciendo alrededor de la tumba del Juez, pero Ray no se detuvo, ni siquiera aminoró la marcha para echarle un vistazo. Los sepultureros estaban abriendo otra fosa. Cada día se producía una muerte y un nacimiento en Clanton. Las cosas cambiaban muy poco.

Aún no habían dado las ocho, pero el sol ya quemaba y el aire era muy pesado. La humedad no le molestaba porque se había habituado a ella desde niño, aunque no por eso le pasaba inadvertida.

Buscó la sombra de los árboles y regresó a Maple Run. Vio el Jeep de Forrest y a su hermano espatarrado en el columpio del porche.

—¿No es muy temprano para ti? —dijo Ray.

—¿Cuánto has corrido? Estás empapado de sudor.

—Es lo que pasa cuando hace calor. Ocho kilómetros. Tienes muy buen aspecto.

Y era cierto. Sus ojos no estaban hinchados ni abotargados, iba impecablemente afeitado, se había duchado y llevaba un pantalón blanco intachable.

—No bebo, hermano.

—Me parece estupendo.

Ray se sentó en la mecedora, todavía sudando y respirando afanosamente. No pensaba preguntar cuánto tiempo llevaba Forrest sin beber. No podían ser más de veinticuatro horas.

Forrest se levantó de un salto del columpio y acercó la otra mecedora a Ray.

—Necesito ayuda, hermano —dijo, sentándose en el borde de la mecedora.

Ya estamos otra vez, pensó Ray para sus adentros.

—Necesito ayuda —repitió Forrest, retorciéndose las manos como si las palabras le resultaran dolorosas.

Ray ya lo había visto otras veces y no tenía paciencia para esperar.

—Suéltalo de una vez, Forrest. ¿Qué quieres?

Lo más probable era que le pidiera dinero. Si no se trataba de eso, el número de posibilidades aumentaba.

—Quiero ir a un sitio que está a una hora de camino, más o menos. Se encuentra en medio del bosque, lejos de todo. Es muy bonito, tiene un precioso lago en el centro y unas habitaciones muy cómodas.

Forrest se sacó una arrugada tarjeta de visita del bolsillo y se la entregó a Ray.

Alcorn Village. Clínica de Tratamiento contra la Droga y el Alcohol. Un Servicio de la Iglesia Metodista.

—¿Quién es Oscar Meave? —preguntó Ray, estudiando la tarjeta.

—Un tío a quien conocí hace unos años. Me ayudó y ahora está en este sitio.

—¿Es un centro de desintoxicación?

—De desintoxicación y rehabilitación, de tratamiento contra el alcohol, balneario, rancho, aldea, cárcel, prisión, manicomio, llámalo como quieras. No me importa. Necesito ayuda, Ray, y la necesito ahora —dijo Forrest, cubriéndose el rostro con las manos y rompiendo a llorar.

—Bueno, bueno —lo tranquilizó Ray—. ¿Puedes facilitarme otros detalles?

Forrest se secó los ojos, se sonó la nariz y respiró hondo.

—Llama a este tío y pregunta si tienen alguna plaza libre —le rogó con voz trémula.

—¿Cuánto tiempo piensas quedarte?

—Cuatro semanas, creo, pero Oscar te lo dirá.

—¿Y cuánto cuesta?

—Algo así como trescientos dólares al día. He pensado que podría pedirlo prestado con la garantía de la parte que me corresponde de esta casa, que Harry Rex le pregunte al juez si hay algún medio de conseguir el dinero ahora.

Las lágrimas le caían desde las comisuras de los ojos.

Ray ya había visto aquellas lágrimas otras veces. Había oído las súplicas y las promesas, pero, a pesar de lo cínico y duro que trataba de mostrarse, volvió a conmoverse.

—Ya intentaremos hacer algo —le aseguró—. Voy a llamar a este hombre.

—Por favor, Ray, quiero ir ahora mismo.

—¿Hoy?

—Sí, es que... bueno, no puedo regresar a Memphis.

Inclinó la cabeza y se pasó los dedos por el largo cabello.

—¿Te busca alguien?

—Sí —contestó Forrest—. Mala gente.

—¿No es la policía?

—No, ésos son muchísimo peores que la policía.

—¿Saben que estás aquí? —preguntó Ray, mirando a su alrededor.

Casi le pareció ver a unos narcotraficantes armados hasta los dientes, agazapados detrás de los arbustos.

—No, no tienen ni idea de dónde estoy.

Ray se levantó y entró en la casa.

Como le ocurría a la mayoría de la gente, Oscar Meave recordaba muy bien a Forrest. Habían trabajado juntos en un programa federal de desintoxicación en Memphis y, aunque lamentó que Forrest necesitara ayuda, estuvo encantado de poder hablar de él con Ray. Éste trató de hacerle comprender por todos los medios la urgencia del asunto, a pesar de que no conocía ningún detalle y no era probable que llegara a conocerlo jamás. El padre de ambos había muerto tres semanas atrás, añadió como para disculparse.

—Tráigalo —accedió Meave—. Ya le buscaremos sitio.

Media hora más tarde salieron en el automóvil de alquiler de Ray. El Jeep de Forrest quedó aparcado en la parte posterior de la casa para más seguridad.

—¿Estás seguro de que esta gente no vendrá a fisgonear por aquí? —preguntó Ray a su hermano.

—No saben de dónde soy —contestó Forrest.

Mantenía la nuca apoyada en el reposacabezas y los ojos ocultos tras unas gafas.

—Pero, ¿quiénes son exactamente?

—Unos tíos muy simpáticos del sur de Memphis. Te encantaría conocerlos.

—¿Les debes dinero?

—Sí.

—¿Cuánto?

—Cuatro mil dólares.

—¿Y adónde fueron a parar esos cuatro mil dólares?

Forrest se dio unos suaves golpecitos en la nariz. Ray meneó la cabeza dominado por la furia y la frustración, pero se mordió la lengua para no soltar otro sermón. Dejemos pasar unos cuantos kilómetros, pensó. Se hallaban en plena campiña y la carretera discurría entre granjas.

Forrest empezó a roncar.

Sería otro cuento de su hermano, la tercera vez que Ray le echaba una mano y lo acompañaba a un centro de desintoxicación. La ocasión anterior había sido casi diez años atrás. En aquella época el Juez aún ejercía, Claudia todavía estaba con él y Forrest se encontraba más metido en la droga que ningún otro habitante del estado. La situación era normal. La policía había tendido una amplia red a su alrededor y, por pura suerte, Forrest había conseguido escabullirse. Sospechaban que traficaba, lo cual era cierto, y, de haberlo atrapado, en esos momentos aún estaría en la cárcel. Ray lo condujo en su automóvil a un hospital del estado cerca de la costa, donde el Juez había echado mano de su influencia para que lo ingresaran. Allí se pasó un mes durmiendo y después se largó.

El primer viaje fraterno a un centro de rehabilitación había tenido lugar cuando Ray estudiaba en la Facultad de Derecho de Tulane. Forrest había tomado una sobredosis de una espantosa mezcla de pastillas. Le practicaron un lavado de estómago y estuvieron a punto de certificar su muerte. El Juez lo envió a un recinto de Knoxville con verjas y alambradas. Forrest permaneció allí una semana y después se escapó.

Había estado dos veces en la cárcel, una de ellas como menor de edad y la segunda como adulto, puesto que había cumplido ya diecinueve años. Su primera detención se produjo en Clanton un viernes por la noche, poco antes del comienzo de un partido de fútbol americano del instituto, mientras toda la ciudad esperaba con ansia el saque inicial. Tenía dieciséis años, jugaba de defensa y era un elemento esencial para el equipo, un kamikaze que entraba a matar y remataba con el casco. Los agentes de la lucha contra la droga lo sacaron del vestuario y se lo llevaron esposado. El suplente era un novato cuyas dotes aún no se habían puesto a prueba. Clanton perdió y la ciudad jamás perdonó a Forrest Atlee.

Ray estaba sentado en las gradas con el Juez, tan ansioso por el partido como el que más. «¿Dónde está Forrest?», empezó a preguntarse la gente durante los ejercicios de precalentamiento. Cuando se arrojó la moneda al aire, su hermano ya estaba en el calabozo municipal para que le tomaran las huellas digitales y lo fotografiaran. Habían encontrado cuatrocientos gramos de marihuana en su automóvil.

Pasó dos años en una prisión juvenil, de donde salió al cumplir los dieciocho.

¿Cómo se convierte el hijo de un conocido juez en traficante de droga en una pequeña ciudad del Sur sin historial de narcotráfico? Ray y su padre se lo habían preguntado miles de veces. Sólo Forrest conocía la respuesta, pero tiempo atrás había tomado la decisión de guardársela para sí. Ray le agradecía que conservara buena parte de sus secretos.

Tras echar una buena siesta, Forrest se despertó de golpe y anunció que necesitaba tomar algo.

—No —dijo Ray.

—Una bebida sin alcohol, te lo juro.

Se detuvieron en una tienda de pueblo y compraron dos refrescos. Como desayuno, Forrest se comió una bolsa de cacahuetes.

—En algunos de estos sitios sirven una comida excelente —comentó éste cuando volvieron a ponerse en marcha. Forrest, el guía turístico de los centros de desintoxicación. Forrest, el crítico de la guía Michelin de las unidades de rehabilitación—. Suelo perder unos cuantos kilos —añadió sin dejar de masticar.

—¿Tienen gimnasios e instalaciones deportivas? —preguntó Ray para evitar que se produjera un silencio.

En realidad, le importaban muy poco las instalaciones de los distintos centros de desintoxicación.

—Algunos de ellos, sí —contestó Forrest con orgullo—. Ellie me envió a un sitio de Florida cerca de la playa: arena, mar y un buen número de ricachones aburridos. Después de tres días de lavado de cerebro, te machacan con ejercicios. Excursiones, ciclismo, cintas mecánicas para caminar, pesas, si queríamos. Me puse muy moreno y perdí siete kilos. Estuve ocho meses sin tomar nada.

En su triste y limitada vida todo se medía por los intentos de rehabilitación.

—¿Te envió Ellie? —preguntó Ray.

—Sí, eso fue hace años. Hubo un momento en que tuvo un poco de pasta, no demasiada. Yo había tocado fondo y ella todavía me quería. Pero el sitio era estupendo y algunas asesoras eran unas tías de Florida con minifalda y unas piernas muy largas.

—Tendré que ir a echar un vistazo.

—Vete a la mierda.

—Era una broma.

—En el oeste hay un centro al que van las estrellas de cine. Se llama La Hacienda y es como el Ritz. Habitaciones más que lujosas, aguas termales, masajes diarios, cocineros capaces de preparar platos sensacionales sin pasarse de las mil calorías diarias. Y los asesores son los mejores del mundo. Eso es lo que yo necesito, hermano, seis meses en La Hacienda.

—¿Y por qué seis meses?

—Porque sí. He probado dos meses, un mes, tres semanas, dos semanas, y no he tenido suficiente. Yo necesito seis meses de encierro total, lavado total de cerebro, terapia total y mi propia masajista.

—¿Y eso cuánto cuesta?

Forrest soltó un silbido y puso los ojos en blanco.

—Vete tú a saber. Has de ser multimillonario y tener al menos dos recomendaciones para que te permitan ingresar. Imagínate: una carta de recomendación. «A los Excelsos Señores de La Hacienda: Por la presente recomiendo cordialmente a mi amigo Doofus Smith como paciente de su maravilloso centro. Doofus bebe vodka para desayunar, esnifa cocaína para almorzar, merienda con heroína y, a la hora de la cena, ya se encuentra en estado comatoso. Tiene el cerebro como un huevo frito, las venas destrozadas y el hígado hecho puré. Doofus es la clase de persona que ustedes necesitan y su padre es el dueño de todo Idaho.»

—¿Hay quien se pasa allí seis meses?

—No tienes ni idea, ¿verdad?

—Supongo que no.

—Muchos cocainómanos necesitan un año. Y los heroinómanos todavía más.

¿Y cuál es tu veneno actual?, hubiera deseado preguntarle Ray. Aunque, a decir verdad, en realidad prefería no saberlo.

—¿Un año? —dijo.

—Sí, aislamiento total. Y después el adicto tiene que aportar su propio esfuerzo. Hay tíos que se han pasado tres años en la cárcel sin coca, ni crack ni ninguna otra droga, y lo primero que han hecho al salir ha sido llamar al camello antes que a sus mujeres o sus novias.

—¿Y qué les ocurre entonces?

—Cosas muy desagradables.

Forrest se introdujo los últimos cacahuetes en la boca y se sacudió la sal de las manos.

No había ninguna señalización que indicara el camino hacia Alcorn Village, así que siguieron las instrucciones que les había facilitado Oscar. Ya empezaban a temer que se hubieran perdido entre las colinas cuando descubrieron una verja a lo lejos. El centro se encontraba al final de un largo camino particular flanqueado de árboles. Era un lugar de aspecto tranquilo y aislado, y la primera impresión de Forrest fue muy favorable.

Oscar Meave salió al vestíbulo del edificio de la administración y los acompañó al despacho de ingresos, donde él mismo se encargó de rellenar los primeros impresos. Era asesor, administrador y psicólogo, un ex adicto que había dejado la droga años atrás e incluso había obtenido un doctorado en la universidad. Vestía pantalones vaqueros, sudadera y zapatillas deportivas, lucía barbita y pendientes, y mostraba las arrugas y la defectuosa dentadura de quien ha llevado una vida muy turbulenta. No obstante, su voz era agradable y cordial. Expresaba la severa compasión de uno que había estado donde ahora estaba Forrest.

El precio eran trescientos veinticinco dólares diarios y Oscar recomendaba un mínimo de cuatro semanas.

—Después, ya veremos qué tal se encuentra. Tendré que hacer unas cuantas preguntas bastante desagradables sobre las actividades de Forrest.

—Preferiría no estar presente en la conversación —dijo Ray.

—No te preocupes por eso —dijo Forrest.

Ya se había resignado a recibir la azotaina que lo esperaba.

—Y exigimos un anticipo del cincuenta por ciento —añadió Oscar—. El otro cincuenta por ciento se hará efectivo antes de que termine el tratamiento.

—El dinero procede del testamento de mi padre —dijo Forrest—. Es posible que tardemos unos cuantos días.

Oscar meneó la cabeza.

—No hacemos excepciones. Nuestra política consiste en cobrar la mitad cuando se realiza el ingreso.

—No importa —dijo Ray—. Le extenderé un cheque.

—Yo quiero que esto se saque del testamento —insistió Forrest—. Tú no tienes que pagar nada.

—Ya me lo devolverás. Todo se arreglará.

Ray no sabía muy bien cómo se iba a arreglar, pero le pediría a Harry Rex que se encargara de ello. Firmó los impresos como garante del pago. Forrest firmó al pie de una hoja en la que se enumeraban las normas del centro.

—Durante veintiocho días tienes prohibido salir de aquí —dijo Oscar—. Si no cumples este primer requisito, perderás el anticipo y no podrás regresar. ¿Entendido?

—Entendido —asintió Forrest.

¿Cuántas veces habría pasado por aquella situación?

—Estás aquí voluntariamente, ¿verdad?

—Así es.

—¿Y nadie te obliga?

—Nadie.

Ahora que la paliza ya había empezado, había llegado el momento de que Ray se retirara. Le dio las gracias a Oscar, abrazó a Forrest y se fue de allí mucho más rápido de lo que había llegado.

25

Ray había llegado a la conclusión de que el dinero se había empezado a acumular a partir del año 1991, cuando el Juez abandonó el ejercicio de su profesión: con anterioridad Claudia había estado con él y ella no sabía nada del dinero. Éste no procedía de ningún tipo de corrupción y no tenía nada que ver con el juego.

Tampoco era el fruto de unas hábiles inversiones, pues Ray no había encontrado la menor prueba de que el Juez hubiera comprado o vendido jamás una sola acción o un solo bono. El contable contratado por Harry Rex para que reconstruyera todos los documentos y calculara la última declaración de la renta tampoco había encontrado nada. Al parecer resultaba muy fácil seguir las actividades monetarias del Juez, pues éste efectuaba todas sus transacciones a través del First National Bank de Clanton.

Ray no estaba en absoluto de acuerdo con el contable.

Había casi cuarenta cajas llenas de viejas e inútiles carpetas repartidas por toda la casa. Los empleados del servicio de limpieza las habían recogido y amontonado en el estudio del Juez y en el comedor. Tardó unas cuantas horas, pero, al final, encontró lo que buscaba. Dos de las cajas contenían las notas y la investigación —las «carpetas del juicio», tal como siempre las llamaba el Juez— relativas a los casos que había llevado como juez de equidad especial tras su derrota de 1991.

Durante un juicio, el Juez escribía sin cesar en cuadernos de apuntes tamaño folio. Anotaba fechas, horas, datos importantes, cualquier cosa que le ayudara a formarse una idea final del caso. A menudo, interrumpía una pregunta a un testigo. Con frecuencia utilizaba las notas para corregir a los abogados. Más de una vez, Ray le había oído decir en broma, en su despacho privado, naturalmente, que el hecho de tomar notas lo ayudaba a mantenerse despierto. En el transcurso de un juicio largo, podía llegar a llenar veinte cuadernos de notas.

Por el hecho de haber sido abogado antes que juez, había conservado la costumbre de archivarlo y guardarlo todo. La carpeta de un juicio estaba integrada por sus notas, las copias de los casos en los que se basaban los abogados, las copias de distintas secciones del código, decretos e incluso informes que no figuraban en los archivos del tribunal. Con el paso de los años, las carpetas de los juicios habían resultado cada vez más inútiles y habían llegado a llenar cuarenta cajas.

Según sus declaraciones de la renta, el Juez había obtenido unos ingresos anuales de unos cuantos miles de dólares, juzgando casos que otros rechazaban.

En las zonas rurales no era insólito que una disputa fuera demasiado delicada para un juez electo. Una parte presentaba una petición, solicitando que el juez se inhibiera del asunto y entonces éste fingía estudiar la cuestión, manifestando su voluntad de mostrarse justo e imparcial al margen de los hechos y de los querellantes. Al final, no obstante, era bastante frecuente que acabara cediendo el caso a un viejo compañero de otra zona del estado. El juez de equidad especial intervenía sin el peso de un conocimiento previo y juzgaba el caso sin necesidad de tener en cuenta una posible reelección.

En algunas jurisdicciones la actividad de los jueces de equidad especiales permitía agilizar los procesos pendientes. De vez en cuando, sustituían a un juez indispuesto. Casi todos ellos estaban retirados. El estado les pagaba cincuenta dólares la hora, más gastos.

En 1992, al año siguiente de su derrota, el juez Atlee no había ingresado ninguna cantidad adicional. En 1993 le habían pagado 5.800 dólares. El año en que había estado más activo —1996— había cobrado 16.800 dólares. En 1999, había cobrado 8.760, pero había pasado largos períodos enfermo.

La suma total de sus ingresos como juez de equidad especial había sido de 56.590 dólares a lo largo de siete años, y todos ellos se habían incluido en las declaraciones de la renta.

Ray quería saber qué clase de casos había juzgado el juez Atlee en los últimos años. Harry Rex le había comentado uno: el sensacional juicio de divorcio de un gobernador. La carpeta del juicio medía diez centímetros de grosor e incluía recortes del periódico de Jackson con fotografías del gobernador, de la que pronto se iba a convertir en su ex esposa y de una mujer a la que se consideraba su amante en aquellos momentos. El juicio duró dos semanas y el juez Atlee, según sus notas, parecía haberlo pasado muy bien.

En Hattiesburg se había juzgado un caso de anexión que había durado dos semanas y había provocado las iras de todos los implicados. La ciudad se estaba expandiendo hacia el este y tenía la vista puesta en algunos solares industriales de primera categoría. El juez Atlee había reunido a todos los interesados en el juicio. También se conservaban algunos artículos de periódico, pero, tras haberse pasado una hora leyendo, Ray empezó a cansarse de todo aquello. Le resultaba inconcebible que alguien pudiera presidir el tribunal durante un mes.

Al menos aquella actividad reportaba dinero.

El juez Atlee se había pasado ocho días del año 1995 presidiendo un juicio en la pequeña ciudad de Kosciusko, a dos horas de distancia por carretera. Sin embargo, a juzgar por sus carpetas, el juicio no había revestido la menor importancia.

En el año 1995 se había producido en el condado de Tishomingo una espantosa colisión con un camión cisterna. Cinco adolescentes habían quedado atrapados en el interior de un automóvil y habían muerto calcinados. Puesto que eran menores de edad, la jurisdicción correspondía al Tribunal de Equidad. Un juez de equidad era pariente de una de las víctimas.

El otro estaba agonizando a causa de un tumor cerebral. Convocaron al juez Atlee y éste presidió un juicio que duró dos días y terminó con un acuerdo de siete millones cuatrocientos mil dólares. Un tercio fue para los abogados de los adolescentes y el resto para sus familiares.

Ray depositó la carpeta en el sofá del Juez, junto a la del caso de anexión territorial. Estaba sentado en el suelo del estudio, recién encerado, bajo la vigilante mirada del general Forrest. Tenía una vaga idea de lo que estaba haciendo, pero no sabía muy bien cómo realizarlo. Seguir revisando las carpetas, elegir las que se referían a cuestiones de dinero y ver hacia dónde lo conducía la pista.

El dinero que había descubierto a menos de tres metros del lugar donde él se encontraba en aquellos momentos tenía que haber salido de algún sitio.

Sonó su móvil. Era una empresa de alarmas de Charlottesville con un mensaje grabado según el cual se estaba produciendo un allanamiento de morada en su apartamento. Ray se levantó de un salto y se puso al aparato antes de que terminara el mensaje. La misma llamada se efectuaría simultáneamente a la policía y a Corey Crawford. Éste lo telefoneó a los pocos segundos.

—Voy para allá —le dijo, hablando como si estuviera corriendo.

Ya eran casi las diez y media en Charlottesville.

Ray recorrió toda la casa, dominado por un implacable sentimiento de impotencia. Crawford volvió a llamarlo al cabo de quince minutos.

—Estoy aquí —le informó—. Con la policía. Alguien ha manipulado la cerradura de la puerta de abajo y después la del estudio. Eso es lo que ha disparado la alarma. No disponían de mucho tiempo. ¿Qué hemos de comprobar?

—Allí no hay nada de especial valor —contestó Ray, tratando de adivinar qué estaría buscando el ladrón.

Ni dinero, ni joyas, ni objetos artísticos, rifles de caza, oro o plata.

—La televisión, el equipo de música, el microondas, todo está en su sitio —dijo Crawford—. Han esparcido por el suelo libros y revistas, han derribado la mesa junto al teléfono de la cocina, pero tenían mucha prisa. ¿Algo en particular?

—No, no se me ocurre nada.

Ray oyó de fondo el chirrido de una radio de la policía.

—¿Cuántos dormitorios? —preguntó Crawford mientras recorría el apartamento.

—Dos, el mío es el de la derecha.

—Todas las puertas de los armarios están abiertas. Andan buscando algo. ¿Tiene idea de lo que puede ser?

—No —contestó Ray.

—No hay señales de que hayan entrado en el otro dormitorio —le dijo Crawford e inmediatamente empezó a hablar con dos policías—. Espere un momento —añadió.

Ray se encontraba de pie junto a la puerta principal, mirando a través de la cancela, mientras trataba de establecer la manera más rápida de regresar a su casa.

Los policías y Crawford llegaron a la conclusión de que había sido un golpe rápido por parte de un ladrón experto que se había visto sorprendido por la alarma. Había abierto las dos puertas con una ganzúa sin apenas causar daños, se había percatado de que había una alarma, había recorrido a toda prisa el apartamento en busca de algo y, al no encontrarlo, había esparcido algunas cosas por el suelo por simple capricho y había huido a toda prisa. Él, o tal vez ellos, pues podía haber sido más de uno.

—Tiene que venir para comunicar a la policía si falta algo y para presentar un informe —le dijo Crawford.

—Mañana estaré allí —prometió Ray—. ¿Puede asegurar el apartamento esta noche?

—Sí, ya se me ocurrirá algo.

—Llámeme cuando se hayan ido los agentes.

Se sentó en los peldaños de la entrada y escuchó al canto de los grillos, deseando estar en Chaney's Self-Storage, sentado en la oscuridad con una de las armas del Juez, dispuesto a saltarle la tapa de los sesos a cualquiera que se le acercara. Llamó a Fog Newton, pero no obtuvo respuesta.

Su teléfono volvió a sobresaltarlo.

—Estoy todavía en el apartamento —informó Crawford.

—No creo que haya sido un intento de robo casual —dijo Ray.

—Me habló de algunos objetos de valor, pertenencias de la familia, que usted guardó en Chaney's Self-Storage.

—Sí. ¿Hay alguna posibilidad de que pueda usted vigilar el lugar esta noche?

—Allí tienen fuertes medidas de seguridad, con guardas y cámaras. Son unas instalaciones bien vigiladas.

Crawford parecía cansado y no debía de apetecerle demasiado la idea de pasarse toda la noche durmiendo en el interior de un automóvil.

—¿Podría usted hacerlo?

—No me permitirían entrar en el recinto. Hay que ser cliente.

—Vigile la entrada.

Crawford soltó un gruñido y respiró hondo.

—Sí, echaré un vistazo y tal vez envíe a un hombre.

—Gracias. Lo llamaré mañana cuando llegue a la ciudad.

Llamó a Chaney's, pero no obtuvo respuesta. Esperó cinco minutos, volvió a llamar, contó catorce timbrazos y finalmente oyó una voz.

—Chaney's, servicio de seguridad, Murray al habla.

Ray le explicó muy cortésmente quién era y qué quería. Había alquilado tres naves y estaba un poco preocupado porque alguien había saqueado su apartamento en el centro de la ciudad, ¿podría el señor Murray, si fuera tan amable, prestar especial atención a las unidades 14B, 37F y 18R?

—No hay problema —contestó el señor Murray cuya voz sonaba como si estuviera bostezando.

—Es que estoy un poco preocupado —le explicó Ray.

—No hay problema —repitió el señor Murray.

Tardó una hora, amenizada con dos copas, en tranquilizarse un poco. No estaba más cerca de Charlottesville. Experimentaba el apremiante impulso de tomar su automóvil de alquiler y conducir en plena noche, pero se le pasó. Prefería dormir e intentar encontrar un vuelo por la mañana. Pero el sueño le fue imposible, por lo que decidió regresar a las carpetas de los juicios.

El Juez había dicho en cierta ocasión que sabía muy poco acerca de la legislación sobre división territorial porque en Misisipí se hacía muy poca división territorial y prácticamente ninguna en los seis condados del Tribunal de Equidad del distrito Veinticinco. Pero alguien le había convencido para que presidiera el juicio de un caso muy disputado en la ciudad de Columbus. El juicio duró seis días y, cuando terminó, un anónimo comunicante telefónico amenazó al Juez con pegarle un tiro, según registró éste en sus notas.

Las amenazas no eran insólitas, por lo que era bien sabido que el Juez llevaba una pistola en su portafolios. Corrían rumores de que Claudia también la llevaba. Pero, según los comentarios que circulaban, hubiera sido más fácil que el tiro te lo pegara el Juez que su relatora.

El caso de división territorial era tan aburrido que estuvo a punto de quedarse dormido. De repente, encontró un hueco, el agujero negro que estaba buscando, y se despejó de golpe.

Según sus datos tributarios, el Juez había cobrado 8.110 dólares en enero de 1999 por juzgar un caso en el Tribunal de Equidad del distrito Veintisiete. El distrito Veintisiete estaba integrado por dos condados en la costa del golfo, una parte del estado que al Juez le interesaba muy poco. A Ray le pareció muy raro que hubiera accedido voluntariamente a permanecer varios días allí.

Y más raro todavía le resultó que no existiera ninguna carpeta del juicio. Buscó en las dos cajas y no encontró nada relacionado con ese caso, por lo que empezó a rebuscar con impaciencia en las otras treinta y ocho. Se olvidó de su apartamento y del guardamuebles, le dio igual que el señor Murray siguiera despierto e incluso que conservara la vida y casi se olvidó del dinero.

Faltaba la carpeta de un juicio.

26

El vuelo de la US Air salía a las 6.40 de la mañana, por lo cual Ray tendría que abandonar Clanton
no más tarde de las cinco. Ello dio lugar a que sólo
durmiera unas tres horas, lo normal en Maple Run.
Durmió en el primer avión, así como en el aeropuerto de Pittsburgh y durante el vuelo a Charlottesville. Inspeccionó su apartamento y se quedó dormido en el sofá.

El dinero estaba intacto. No se había producido
ninguna entrada no autorizada en sus pequeñas unidades de almacenamiento de Chaney's. No se observaba nada fuera de lo corriente. Se encerró en el interior de la 18R, abrió las cinco cajas herméticas y
contó cincuenta y tres bolsas isotérmicas.

Sentado en el suelo de hormigón con tres millones de dólares esparcidos a su alrededor, Ray Atlee
reconoció finalmente la importancia que ahora había
adquirido el dinero. Lo peor de la víspera había sido
la posibilidad de perderlo. Ahora temía dejarlo allí.

En el transcurso de las últimas tres semanas, había experimentado más curiosidad por el precio de

las cosas, por lo que se podía comprar con dinero, por la manera en que éste podía aumentar en caso de que se invirtiera de manera conservadora o bien agresiva. A veces se consideraba rico, pero inmediatamente rechazaba semejante idea. Últimamente estos pensamientos se hallaban siempre presentes, justo bajo la superficie, y asomaban cada vez más a menudo. Poco a poco, estaba encontrando respuestas a las preguntas: no, no era falso; no, no se podía averiguar su procedencia; no, no se había ganado en los casinos; no, no se lo había sacado a los abogados y los querellantes del Tribunal de Equidad del distrito Veinticinco.

Y no, no debería repartirse el dinero con Forrest porque eso significaría su perdición. No, no debía incluirlo en el testamento por varias excelentes razones.

Eliminó una a una las distintas alternativas. Era posible que se viera obligado a quedarse con él.

Cuando llamaron enérgicamente a la puerta metálica, estuvo a punto de pegar un grito. Se levantó de un salto y preguntó casi chillando:

—¿Quién es?

—Servicio de seguridad —le contestaron, y la voz le sonó vagamente familiar. Ray pasó por encima del dinero y se acercó a la puerta, abriéndola apenas unos centímetros. El señor Murray lo estaba mirando con una sonrisa en los labios.

—¿Todo bien por aquí? —preguntó más como un portero que como un guarda de seguridad.

—Sí, gracias —contestó Ray con el corazón todavía oprimido por el susto.

—Si necesita algo, no tiene más que decirlo.

—Gracias por lo de anoche.

—Es mi trabajo.

Ray volvió a guardar el dinero en las cajas, cerró la puerta y atravesó la ciudad sin perder de vista el espejo retrovisor.

El propietario de su apartamento envió a unos carpinteros mexicanos para que arreglaran los desperfectos de las dos puertas. Éstos se pasaron toda la tarde serrando y dando martillazos y, al terminar, aceptaron de buen grado una cerveza fría. Ray conversó con ellos procurando mantenerlos apartados de su estudio. Había un montón de cartas sobre la mesa de la cocina. Tras haberse pasado casi todo el día sin prestarles atención, se sentó para echarles un vistazo. Facturas pendientes. Catálogos y propaganda. Tres notas de pésame.

Una carta de Hacienda dirigida al señor Ray Atlee, albacea del testamento de Reuben V. Atlee, fechada en Atlanta dos días atrás. Estudió cuidadosamente el sobre antes de abrirlo muy despacio. Una sola hoja de papel oficial de un tal Martin Gage, Oficina de Investigaciones Penales, de la Delegación de Atlanta. Decía lo siguiente:

Estimado señor Atlee:

Como albacea testamentario de su padre, se le exige legalmente que incluya todos los bienes a efectos de evaluación y tributación. La ocultación de bienes puede constituir un delito tributario. La enajenación de bienes constituye una infracción de la legislación de Misisipí y posiblemente también de la legislación federal.

MARTIN GAGE
Investigador penal

Su primer impulso fue llamar a Harry Rex para averiguar qué datos se habían facilitado a Hacienda. Como albacea, disponía de todo un año para presentar el informe final y, según el contable, solían concederse generosas prórrogas.

La carta se había echado al correo al día siguiente de que él y Harry Rex acudieran al juzgado para abrir el testamento. ¿Por qué razón Hacienda había actuado con semejante rapidez? ¿Y cómo era posible que tuvieran conocimiento de la defunción de Reuben Atlee?

En su lugar, llamó al número de la oficina que figuraba en el membrete. Un mensaje grabado le daba la bienvenida al mundo de la delegación de Hacienda de la oficina de Atlanta, pero le informaba de que tendría que llamar el lunes, pues los sábados no trabajaban. Entró en Internet y, en la guía telefónica de Atlanta, encontró a tres Martin Gage. El primero al que llamó no estaba en la ciudad, pero su mujer le dijo que no trabajaba en Hacienda, a Dios gracias. La segunda llamada no obtuvo respuesta. La tercera sorprendió al señor Martin Gage comiendo.

—¿Trabaja usted en Hacienda? —le preguntó Ray, tras haberse presentado amablemente como profesor de Derecho y pedir disculpas por la intromisión.

—Sí —contestó Gage.

—¿En Investigaciones Penales?

—Sí, soy yo. Desde hace catorce años.

Ray le describió la carta y después se la leyó al pie de la letra.

—Yo no he escrito eso —aseguró Gage.

—Entonces, ¿quién lo ha hecho? —preguntó Ray e inmediatamente se arrepintió de haberlo hecho.

—¿Cómo quiere que lo sepa? ¿Podría mandármela por fax?

Ray contempló su fax y, pensando a toda velocidad, contestó:

—Por supuesto que sí, pero resulta que tengo el fax en mi despacho. Lo haré el lunes.

—Escanéela y envíemela por e-mail —dijo Gage.

—Bueno, es que en este momento tengo el escáner estropeado. Se la enviaré por fax el lunes, si no le importa.

—Como prefiera, pero alguien le está tomando el pelo, amigo. Esta carta no la he escrito yo.

Ray experimentó el súbito deseo de librarse de Hacienda, pero ahora Gage ya estaba metido en el asunto.

—Y otra cosa —añadió Gage—. Hacerse pasar por funcionario de Hacienda es un delito federal que perseguimos con la máxima severidad. ¿Tiene alguna sospecha de quién puede ser?

—Ni idea.

—Probablemente han obtenido mi nombre de nuestra guía online. Es la peor idea que hemos tenido. La libertad de información y todas estas bobadas.

—Comprendo.

—¿Cuándo se abrió el testamento?

—Hace tres días.

—¡Tres días! No es preciso presentar el informe hasta dentro de un año.

—Lo sé.

—¿Qué contiene el testamento?

—Nada. Una casa vieja.

—Habrá sido un chalado. Envíeme la carta el lunes y yo le llamaré.

—Gracias.

Ray colgó el teléfono de la mesita auxiliar y se preguntó por qué demonios había llamado a Hacienda.

Para comprobar la autenticidad de la carta.

Gage jamás recibiría la copia y en cuestión de un mes se olvidaría del asunto. Al cabo de un año seguramente no lo recordaría a menos que alguien se lo mencionara.

Tal vez no había sido su gesto más inteligente hasta aquel momento.

Forrest ya se había acostumbrado a la rutina de Alcorn Village. Le permitían hacer dos llamadas al día, aunque las grababan.

—No quieren que llamemos a nuestros camellos.

—No tiene gracia —dijo Ray.

Forrest tenía la mente muy clara y hablaba como cuando estaba sereno, arrastrando suavemente las palabras.

—¿Por qué estás en Virginia?

—Vivo aquí.

—Pensé que estarías visitando a los viejos amigos, a los antiguos compañeros de la facultad.

—No tardaré en volver. ¿Qué tal es la comida?

—Como en todas las clínicas: gelatina tres veces al día, pero siempre de distinto color. Una porquería, la verdad. Por más de trescientos dólares al día, es un atraco.

—¿Hay alguna chica guapa?

—Una, pero tiene catorce años y es nada menos que la hija de un juez, imagínate. Aquí hay gente muy jodida. Hacemos una terapia de grupo una vez al día y todo el mundo maldice a quien lo inició en la droga. Hablamos de nuestros problemas. Nos ayudamos mutuamente. Te aseguro que yo sé más que los asesores. Es mi octavo programa de desintoxicación, hermano, ¿te imaginas?

—Pues parece mucho más —dijo Ray.

—Gracias por ayudarme. ¿Y sabes lo que más me fastidia?

—¿Qué?

—Cuando estoy limpio, me siento más feliz que nunca. Me encuentro de maravilla, me siento a gusto y soy capaz de hacer cualquier cosa que me proponga. Después me aborrezco a mí mismo por salir a la calle y cometer todas las estupideces que hacen los demás cabrones. No sé por qué lo hago.

—Pareces muy animado, Forrest.

—Me gusta este sitio, aparte de la comida.

—Estupendo, me siento orgulloso de ti.

—¿Podrás venir a verme?

—Por supuesto. Dame un par de días.

Ray se puso en contacto con Harry Rex, que se encontraba en su despacho, donde solía pasar los fines de semana. Con cuatro mujeres a su cargo, tenía sobradas razones para no parar demasiado en casa.

—¿Recuerdas un caso que llevó el Juez en la costa a principios del año pasado? —le preguntó Ray.

Harry Rex estaba comiendo algo y el ruido que producía al masticar se oía a través del teléfono.

—¿En la costa? Odiaba la costa, pensaba que eran todos unos patanes mafiosos.

—Le pagaron por un juicio allí en enero del año pasado.

—El año pasado estuvo enfermo —señaló Harry Rex, tomando un sorbo de algo.

—Le diagnosticaron el cáncer en julio.

—No recuerdo nada de eso —respondió Harry Rex, hincando el diente en otra cosa—. Me sorprende mucho.

—A mí también.

—¿Por qué estás revisando las carpetas?

—Estoy cotejando sus ingresos con las carpetas de los juicios.

—¿Por qué?

—Porque soy el albacea.

—Perdona. ¿Cuándo vuelves?

—Dentro de un par de días.

—Ah, por cierto, hoy me he tropezado con Claudia. Llevaba meses sin verla. Se planta a primera hora de la mañana en la ciudad, aparca un Cadillac negro y flamante cerca del Coffee Shop para que todo el mundo la vea y dedica media mañana a pasear por la ciudad. Menuda pieza está hecha.

Ray no pudo por menos de sonreír al imaginarse a Claudia corriendo al concesionario de automóviles con los bolsillos llenos de dinero en efectivo. El Juez habría estado orgulloso.

El sueño consistió tan sólo en unas breves siestas en el sofá, porque las paredes crujían más que de costumbre, los respiraderos y las cañerías parecían más activos, los objetos parecían moverse. No obstante, el apartamento estaba tan tranquilo como antes del intento de robo.

27

Procurando comportarse con normalidad, Ray recorrió el camino que más le gustaba para correr, siguiendo su calle, bajando por Main Street hasta el campus, subiendo a la colina del observatorio y volviendo a bajar, diez kilómetros en total. Almorzó con Carl Mirk en el Bizou, un conocido local a tres manzanas de su apartamento, y después se tomó un café en la terraza de una cafetería. Fog le había reservado el Bonanza para una sesión de entrenamiento a las tres de la tarde, pero, cuando llegó el correo, toda la normalidad se escapó por la ventana.

El sobre con la dirección escrita a mano no llevaba remite y estaba fechado la víspera en Charlottesville. Un cartucho de dinamita sobre la mesa no le hubiera parecido más sospechoso. En el interior había una hoja de papel de tamaño carta doblada tres veces y, cuando la desdobló, todos sus sistemas vitales se bloquearon. Por un instante, no fue capaz de pensar, respirar, sentir ni oír.

Era una fotografía digital en color de la parte anterior de la nave 14B de Chaney's, impresa en papel de fotocopiadora normal. Sin palabras, advertencias ni amenazas. No eran necesarias.

Cuando pudo volver a respirar, empezó a sudar profusamente y la sensación de entumecimiento que experimentaba se disipó lo suficiente como para que un agudo dolor le traspasara el estómago. Estaba tan aturdido que cerró los ojos y, cuando volvió a abrirlos y contempló de nuevo la fotografía, observó que ésta temblaba.

Su primer pensamiento, el primero del que fue consciente, fue que no había en su apartamento nada de lo que no pudiera prescindir. Podía dejarlo todo. No obstante, llenó una pequeña maleta.

Al cabo de tres horas se detuvo para echar gasolina en Roanoke y, tres horas después, entró en un bullicioso restaurante de carretera justo al este de Knoxville. Permaneció un buen rato en el aparcamiento, hundido en el asiento de su Audi contemplando el ir y venir de los camioneros y los movimientos de la gente que entraba y salía de la abarrotada cafetería. Vio una mesa que le gustaba junto a la luna que daba al exterior y, cuando quedó libre, cerró el coche y entró. Desde la mesa vigilaba su automóvil, situado a unos quince metros de distancia y cargado con tres millones de dólares en efectivo.

Por los efluvios que impregnaban el aire, dedujo que la grasa era la especialidad del local. Pidió una hamburguesa y empezó a garabatear en una servilleta las alternativas que se le ofrecían.

El lugar más seguro para el dinero era una caja de seguridad de un banco, detrás de unas gruesas paredes, cámaras, etc. Podía repartir el dinero entre varios bancos y varias ciudades entre Charlottesville y Clanton, dejando a su espalda un complicado rastro. El dinero se podía trasladar discretamente en un portafolios. Una vez guardado, estaría a salvo para siempre.

Pero el rastro sería demasiado visible. Impresos de alquiler, número del documento de identidad, dirección, teléfonos, «le presento a nuestro nuevo vicepresidente», tratos comerciales con desconocidos, videocámaras, registros de las cajas de seguridad y cualquiera sabía qué otras más, pues Ray jamás había guardado nada en un banco.

Mientras circulaba por la carretera interestatal, había pasado por delante de varias empresas de guardamuebles. Últimamente proliferaban por doquier y, por alguna extraña razón, todas estaban situadas lo más cerca posible de las principales carreteras. ¿Por qué no elegir una al azar, acercarse, pagar en efectivo y procurar reducir el papeleo al mínimo? Podía quedarse uno o dos días en Ponduktown, comprar más cajas herméticas en algún comercio local, guardar el dinero y largarse cuanto antes. La idea era brillante porque su torturador no la esperaba.

Y era estúpida, porque él se vería obligado a dejar el dinero.

Se lo podía llevar a la casa de Maple Run y enterrarlo en el sótano. Harry Rex podría avisar al sheriff y a la policía, rogándoles que vigilaran la posible presencia de sospechosos rondando por los alrededores de la ciudad. Si alguien lo seguía, lo atraparían en Clanton, y Dell, la del Coffee Shop, ya estaría al corriente de los detalles al amanecer. Allí no podía uno toser sin que tres personas pillaran un resfriado.

Los camioneros llegaban en oleadas, casi todos ellos hablando en voz alta al entrar, todos deseosos de charlar con alguien tras haber recorrido kilómetros y más kilómetros en solitario encierro. Todos ofrecían el mismo aspecto: pantalones vaqueros y botas de puntera puntiaguda. Pasó alguien ataviado con unos pantalones que le llamaron la atención. Eran de color caqui, no vaqueros. El hombre iba solo y se sentó en un taburete de la barra. Ray vio su rostro reflejado en el espejo. Lo había visto en otra ocasión. Ojos muy separados, barbilla estrecha, larga nariz aplastada, cabello rubio claro, treinta y cinco años más o menos. Era de Charlottesville, pero no lograba identificarlo.

¿O acaso sucedía que todo el mundo le resultaba sospechoso?

Cuando uno huye con su botín como un asesino con la víctima escondida en el maletero, muchos rostros han de parecerle conocidos y siniestramente amenazadores.

Le sirvieron una caliente y humeante hamburguesa cubierta de patatas fritas, pero había perdido el apetito. Empezó con la tercera servilleta. Las dos primeras no lo habían llevado a ninguna parte.

Sus alternativas en aquel momento eran muy limitadas. Puesto que no estaba dispuesto a perder de vista el dinero, conduciría toda la noche, se detendría para tomar un café, quizá se acercaría a una zona de descanso para echar una cabezadita y llegaría a

Clanton a primera hora de la mañana. En cuanto estuviera en su terreno, todo le parecería más claro.

Descartó la idea de ocultar el dinero en el sótano. Un cortocircuito, un relámpago, una cerilla mal apagada bastarían para que la casa desapareciera.

El hombre del mostrador todavía no le había mirado y, cuanto más pensaba en él, más se convencía Ray de que estaba equivocado. Era un rostro corriente, de esos que se ven a diario y raras veces se recuerdan. Estaba comiendo un pastelillo relleno de chocolate y bebiendo café. Algo un poco raro a las once de la noche.

Llegó a Clanton pasadas las siete de la mañana. Tenía los ojos enrojecidos, estaba muerto de cansancio, necesitaba una ducha y dos días de descanso. Durante la noche, en los ratos en que no vigilaba todos los faros delanteros de los vehículos que circulaban detrás de él y se daba palmadas en la cara para mantenerse despierto, había soñado con la soledad de Maple Run. Una inmensa casa vacía toda para él solo. Allí hubiera podido dormir en el piso de arriba, en la planta baja, en el porche. El teléfono no sonaría y nadie lo molestaría.

Pero los techadores tenían otros planes. Estaban trabajando a marchas forzadas cuando él llegó, y había escaleras de mano y toda clase de herramientas diseminadas por el césped y el camino particular de la casa, impidiendo el paso. Encontró a Harry Rex en el Coffe Shop comiendo huevos escalfados y leyendo dos periódicos a la vez.

—¿Qué estás haciendo aquí? —le preguntó Harry Rex sin apenas levantar la vista.

No había terminado de comerse los huevos ni de leer los periódicos, por lo cual no parecía demasiado interesado en ver a Ray.

—A lo mejor es que tengo apetito.

—Tienes muy mala cara.

—Gracias. No podía dormir en la casa y he decidido darme una vuelta.

—Estás a punto de derrumbarte.

—Pues sí, es verdad.

Finalmente, Harry Rex soltó el periódico y pinchó con el tenedor un huevo cubierto de algo que parecía salsa picante.

—¿Has conducido toda la noche desde Charlottesville?

—Sólo son quince horas.

Una camarera le sirvió café.

—¿Cuánto tiempo tienen previsto trabajar los techadores?

—¿Están allí?

—Desde luego. Hay por lo menos una docena. Yo tenía intención de pasarme dos días durmiendo.

—Son los Atkin. Suelen ser muy rápidos a menos que empiecen a beber y a pelearse. Uno de ellos se cayó de una escalera de mano el año pasado y se desnucó. Conseguí que le pagaran treinta mil dólares en concepto de indemnización por accidente laboral.

—Entonces, ¿por qué los contrataste?

—Porque son baratos, lo mismo que tú, señor albacea. Puedes dormir en mi despacho, tengo un escondrijo en el tercer piso.

—¿Con una cama?

Harry Rex miró a su alrededor como si los chismosos de Clanton lo estuvieran cercando.

—¿Recuerdas a Rosetta Rhines?

—No.

—Fue mi quinta secretaria y mi tercera esposa. Allí empezó todo.

—¿Están limpias las sábanas?

—¿Qué sábanas? Lo tomas o lo dejas. Es muy tranquilo, pero el suelo vibra. Por eso nos pillaron.

—Perdona que te lo haya preguntado.

Ray tomó un buen trago de café. Tenía apetito, pero no estaba en condiciones de digerir un festín. Prefería un cuenco de cereales con leche desnatada y fruta, un desayuno sensato, pero se burlarían de él si pedía algo tan delicado en el Coffe Shop.

—¿Vas a comer? —le preguntó Harry Rex con un gruñido.

—No. Tenemos que guardar unas cuantas cosas. Todas aquellas cajas y muebles. ¿Conoces algún sitio?

—¿Tenemos?

—Bueno, lo necesito yo.

—No son más que trastos. —Harry Rex hincó el diente en un bocadillo de salchicha, queso Cheddar y algo que parecía mostaza—. Quémalo todo.

—No puedo quemarlo, al menos de momento.

—Pues haz lo que todos los buenos albaceas. Consérvalo durante dos años y después entrégalo al Ejército de Salvación y quema lo que ellos no quieran.

—Sí y no. ¿Hay algún almacén en la ciudad?

—¿No fuiste a la escuela con aquel chalado de Cantrell?

—Eran dos.

—No, eran tres. A uno lo atropelló un autocar Greyhound en las afueras de Tobytown.

Un largo trago de café seguido de más huevos.

—Necesito un almacén, Harry Rex.

—Estás un pelín nervioso, ¿verdad?

—No, es que me caigo de sueño.

—Te he ofrecido mi nido de amor.

—No, gracias. Probaré suerte con los techadores.

—Su tío es Virgil Cantrell, me encargué del segundo divorcio de su primera mujer y ha convertido su antiguo depósito en un almacén.

—¿Es el único de la ciudad?

—No, Lundy Staggs construyó unas unidades de almacenamiento al oeste de la ciudad, pero sufrieron una inundación. Yo que tú no iría.

—¿Cómo se llama su depósito? —preguntó Ray, cansado del Coffe Shop.

—El Depósito.

Otro mordisco al bocadillo.

—¿El que está cerca de la vía del tren?

—Ése es. —Ray echó un poco más de salsa de tabasco sobre el resto de los huevos—. Suele haber sitio, incluso construyó un cuarto de protección contra incendios. De todos modos, no se te ocurra ir al sótano.

Ray vaciló, sabiendo que no hubiera tenido que picar el anzuelo. Contempló su automóvil aparcado delante del Palacio de Justicia y, al final, preguntó:

—¿Por qué no?

—Su chico está allí abajo.

—¿Su chico?

—Sí, también está mal de la cabeza. Virgil no consiguió ingresarlo en Whitfield y, como no podía permitirse el lujo de llevarlo a una clínica privada, decidió encerrarlo en el sótano.

—¿Lo dices en serio?

—Pues claro. Le dije que no era ilegal. El chico tiene de todo: dormitorio, cuarto de baño, televisión. Y le sale mucho más barato que pagar la cuota de un manicomio.

—¿Cómo se llama el chico? —preguntó Ray, ahondando un poco más en el asunto.

—Pequeño Virgil.

—¿Pequeño Virgil?

—Pequeño Virgil.

—¿Cuántos años tiene Pequeño Virgil?

—No lo sé, cuarenta y cinco, tal vez cincuenta.

Para gran alivio de Ray, no había ningún Virgil cuando se acercó a la entrada principal del Depósito. Una corpulenta mujer vestida con un mono de traba-jo le informó de que el señor Cantrell había salido a hacer unos recados y no regresaría hasta dos horas más tarde. Ray le preguntó si tenían sitio y ella se ofreció a mostrarle las instalaciones.

Años atrás, un tío lejano de Tejas les había hecho una visita. La madre de Ray lo aseó y lo lavó, frotándole hasta el punto de hacerle daño. Después todos se dirigieron con gran emoción al Depósito para recoger al tío. Forrest era muy pequeño y lo dejaron en casa al cuidado de la niñera. Ray recordaba claramente haber esperado en el andén, donde finalmente oyeron el silbido del tren, lo vieron acercarse y él experimentó toda la emoción de la gente que esperaba. Por aquel entonces en el Depósito había mucho ajetreo. Cuando él estudiaba en el instituto, lo tapiaron y, a partir de entonces, los matones lo utilizaron como lugar de reunión. Prácticamente lo arrasaron antes de que el ayuntamiento decidiera llevar a cabo un plan muy desacertado de reformas.

Ahora consistía simplemente en toda una serie de cuartos repartidos en dos pisos, llenos de trastos inútiles amontonados hasta el techo. Había tablas de madera y planchas de fibra prensada por todas partes, prueba evidente de las interminables obras que se estaban llevando a cabo. Un rápido recorrido por el lugar convenció a Ray de que aquello era más inflamable que Maple Run.

—Disponemos de más espacio en el sótano —aseguró la mujer.

—No, gracias.

Cuando salió al exterior para marcharse, vio pasar volando por Taylor Street un Cadillac negro, brillando bajo los primeros rayos de sol sin ni una mota de polvo, con Claudia sentada al volante, luciendo unas gafas de sol al estilo Jackie Onassis.

En medio del calor de primera hora de la mañana, mientras contemplaba el rápido paso del vehículo por la calle, Ray tuvo la sensación de que la ciudad de Clanton se le caía encima. Claudia, los Virgil, Harry Rex y sus ex esposas y secretarias, los chicos Atkin arreglando el tejado, bebiendo y peleándose sin cesar.

¿Acaso todos están locos, o sólo lo estoy yo?

Subió a su automóvil y abandonó el Depósito, esparciendo grava al arrancar. Al norte estaba Forrest, al sur, la costa. La vida no sería más agradable si visitaba a su hermano, pero se lo había prometido.

28

Dos días más tarde, Ray llegó a la costa del golfo de Misisipí. Quería ver a unos amigos suyos de su época de estudiante en Tulane y estaba considerando muy seriamente la posibilidad de visitar sus antiguos locales preferidos. Estaba deseando tomarse un cocido de ostras en el Franky & Johnny cerca del dique, una *muffaletta* de Maspero en el Decatur del Quarter, una cerveza Dixie en el Chart Room de Bourbon Street y un café de achicoria con buñuelos en el Café du Monde, todos sus lugares predilectos de veinte años atrás.

Pero la delincuencia campaba por sus respetos en Nueva Orleans, y su pequeño y precioso automóvil deportivo podía ser un blanco muy apetecible. Qué suerte tendría el ladrón que lo robara y abriera el maletero. Los ladrones no lo pillarían, así como tampoco los agentes del estado, porque se guardaba mucho de superar el límite de velocidad. Era un conductor intachable... cumplía todas las leyes y vigilaba de cerca todos los demás vehículos.

El tráfico lo obligó a aminorar la velocidad en la carretera 90 y, por espacio de una hora, avanzó hacia el este a paso de tortuga a través de Long Beach, Gulfport y Biloxi. Bordeó la playa, pasando por delante de los resplandecientes casinos que se erguían a la orilla del mar y de los nuevos hoteles y restaurantes. El juego había llegado a la costa con tanta rapidez como a las tierras de labranza que rodeaban Tunica.

Atravesó la bahía de Biloxi y entró en el condado de Jackson. Cerca de Pascagoula, vio las luces intermitentes de una valla publicitaria que invitaba a los viajeros a detenerse en el buffet libre Cajun, los típicos platos criollos, por sólo trece dólares con noventa y nueve centavos. El local no era gran cosa, pero el aparcamiento estaba muy bien iluminado. Primero le echó un vistazo y observó que podía sentarse a una mesa junto a la ventana y vigilar desde allí su automóvil. Ya se había convertido en una costumbre.

Había tres condados en la zona del golfo. Jackson al este, lindando con Alabama; Harrison en el centro y Hancock al oeste, junto a Louisiana. Un político local había conseguido abrirse camino en Washington y, gracias a él, los favores e influencias seguían dejando sentir su efecto en los astilleros del condado de Jackson. El juego estaba pagando las facturas y construyendo escuelas en el condado de Harrison. Y era precisamente el de Hancock, el menos desarrollado y poblado de los tres, el que el juez Atlee había visitado en enero de 1999 para encargarse de un caso sobre el cual nadie sabía nada en Clanton.

Tras una prolongada cena a base de estofado de cangrejo de río y *rémoulade* de gambas con unas cuantas ostras crudas, regresó cruzando la bahía, a través de Biloxi y Gulfport. En la ciudad de Pass Christian encontró lo que buscaba: un nuevo motel de una sola planta con puertas que se abrían al exterior. Los alrededores parecían tranquilos y el aparcamiento estaba medio vacío. Pagó sesenta dólares en efectivo por una noche y dejó el vehículo lo más cerca posible de su puerta. Un extraño ruido durante la noche lo indujo a salir rápidamente con la pistola del Juez, ahora cargada. Estaba dispuesto a dormir en el automóvil en caso necesario.

El condado de Hancock había sido bautizado con el apellido de John, el valiente que estampó su firma en la Declaración de Independencia. El Palacio de Justicia se había construido en 1911 en el centro de Bay St. Louis y el huracán Camille se lo había llevado prácticamente por delante en agosto de 1969. El ojo del huracán pasó justo por el centro de Pass Christian y Bay St. Louis, y todos los edificios sufrieron graves daños. Murieron más de cien personas y hubo muchos desaparecidos.

Ray se detuvo para leer una señalización histórica en el césped del Palacio de Justicia y después se volvió una vez más para vigilar el coche. A pesar de que los archivos judiciales solían estar abiertos, estaba muy nervioso. Los funcionarios de Clanton tenían los archivos guardados y controlaban quién entraba y salía. Pero él no estaba muy seguro de qué andaba buscando ni por dónde empezar. Su mayor temor, sin embargo, estribaba en lo que pudiera encontrar.

En el despacho de la Secretaría del Tribunal de Equidad se detuvo el tiempo suficiente para llamar la atención de una agraciada joven que llevaba el pelo recogido y sujeto con un lápiz.

—¿En qué puedo ayudarle? —preguntó la chica, arrastrando las palabras.

Ray sostenía en la mano un bloc de los que utilizan los abogados para hacer anotaciones, como si ello le otorgara cierta autoridad y le abriera todas las puertas.

—¿Guardan ustedes los expedientes de los juicios? —preguntó, estirando el «ustedes» para subrayar la importancia de la palabra.

Ella le miró con el ceño fruncido como si hubiera cometido un delito.

—Tenemos las actas de cada uno de los períodos de sesiones de los tribunales —contestó muy despacio, suponiendo que su interlocutor debía de ser un poco tonto—. Y también los archivos propiamente dichos de los juzgados.

Ray lo anotó todo rápidamente.

—Además —añadió ella tras una pausa—, conservamos las transcripciones de los juicios efectuadas por el relator del tribunal, pero ésas no las guardamos aquí.

—¿Podría ver las actas? —preguntó Ray, agarrándose a lo primero que ella había mencionado.

—Pues claro. ¿De qué período?

—Enero del año pasado.

Ella se desplazó dos pasos a la derecha y empezó a teclear. Ray observó el espacioso despacho, donde varias mujeres estaban sentadas ante sus escritorios, algunas escribiendo, otras archivando y otras hablando por teléfono. La última vez que había estado en la Secretaría de Equidad de Clanton sólo había un ordenador. El condado de Hancock llevaba diez años de adelanto.

En un rincón, dos abogados tomaban café en unos vasos de plástico mientras hablaban en voz baja acerca de importantes asuntos. Tenían delante los registros de las escrituras de propiedad correspondientes a los dos años anteriores. Los dos llevaban gafas de lectura y corbatas con voluminosos nudos. Estaban examinando títulos de propiedad de tierras a cien dólares cada uno, una de las muchas aburridas tareas de las que se ocupaban legiones de abogados en las pequeñas ciudades. Uno de ellos reparó en la presencia de Ray y lo miró con expresión recelosa.

Ése podría ser yo, pensó Ray.

La joven se agachó y sacó un libro mayor de gran tamaño lleno de listados de ordenador. Pasó unas páginas, se detuvo y dio la vuelta al libro sobre el mostrador.

—Aquí tiene —dijo, señalando con el dedo—. Enero del 99, dos semanas de sesiones. Ésta es la lista de juicios, que ocupa varias páginas. En esta columna se enumera el orden final. Como ve, muchos casos se prolongaron hasta marzo.

Ray miraba y escuchaba.

—¿Algún caso en particular? —preguntó la chica.

—¿Recuerda un caso del que se encargó el juez Atlee, del condado de Ford? Creo que estuvo aquí como juez de equidad especial —respondió Ray con fingida indiferencia.

Ella lo miró con expresión indignada, como si hubiera solicitado examinar el archivo correspondiente a su divorcio.

—¿Es usted periodista? —le preguntó con tal severidad que él estuvo a punto de retroceder.

—¿Tengo aspecto de serlo? —replicó Ray.

Dos de las restantes auxiliares de la secretaría interrumpieron su tarea y le dirigieron una mirada adusta.

La joven trató de esbozar una sonrisa.

—No, pero el caso fue muy sonado. Está aquí mismo —señaló. En la lista figuraba tan sólo «Gibson contra Miyer-Brack».

Ray asintió con un gesto de aprobación, como si hubiera encontrado justo lo que estaba buscando.

—¿Y dónde se halla el expediente? —preguntó.

—Es muy grueso —contestó ella.

La siguió a una estancia llena de cajas de metal negro que contenían miles de archivos. La chica sabía exactamente dónde buscar.

—Firme aquí —indicó, entregándole un registro—. Sólo su nombre y la fecha. Yo rellenaré el resto.

—¿Qué tipo de caso fue? —preguntó Ray mientras escribía en los espacios en blanco.

—Homicidio culposo. —La funcionaria abrió un cajón alargado y señaló su interior—. Todo eso

—dijo—. Los alegatos empiezan aquí, después siguen la exposición de pruebas y la transcripción del juicio—. Puede colocarlo todo sobre aquella mesa de allí, pero no se le permite abandonar la estancia. Órdenes del juez.

—¿De qué juez?

—El juez Atlee.

—Pero es que él ha muerto, ¿sabe?

—Cosas que pasan —replicó ella, retirándose.

El aire de la estancia se fue con ella y Ray tardó unos cuantos segundos en concentrarse de nuevo. El archivo medía metro veinte de largo, pero a él le daba igual. Disponía del resto del verano.

Clete Gibson murió en 1997 a la edad de sesenta y un años. Causa de la muerte: fallo renal. Causa del fallo renal: un medicamento llamado Ryax, fabricado por Miyer-Brack, según la acusación comprobada por el honorable Reuben V. Atlee, que presidía el juicio en su calidad de juez de equidad especial.

El señor Gibson llevaba ocho años tomando Ryax para combatir los elevados índices de colesterol. El medicamento se lo había recetado su médico y se lo había vendido su farmacéutico, quienes también habían sido demandados por la viuda y los hijos del difunto. Cuando llevaba unos cinco años tomando el medicamento, había empezado a sufrir problemas renales que lo llevaron a consultar con toda una serie de médicos. Por aquel entonces el Ryax, un medicamento relativamente reciente, carecía de efectos secundarios conocidos. Cuando ya tenía los riñones destrozados, Gibson conoció a un tal señor Patton French, abogado. El encuentro tuvo lugar poco antes de su muerte.

Patton French trabajaba en el bufete French & French de Biloxi. En el membrete del despacho figuraban otros seis abogados. Aparte del fabricante, el médico y el farmacéutico, los demandantes incluían también a un mayorista de medicamentos y a su agencia de bolsa de Nueva Orleans. Todos los acusados habían contratado los servicios de grandes bufetes, incluidos algunos pesos pesados de Nueva York. El litigio fue muy reñido y complicado y, en ocasiones, incluso algo violento. En el transcurso del juicio, el señor Patton French y su pequeño bufete de Biloxi libraron una encarnizada batalla contra los gigantes de la parte contraria. Miyer-Brack era una multinacional farmacéutica suiza de propiedad privada, con intereses en sesenta países, según la declaración de su representante norteamericano. En 1998, sus beneficios habían sido de seiscientos treinta y cinco millones de dólares sobre unos ingresos de nueve mil cien millones. La declaración duró una hora.

Por alguna razón, Patton French decidió presentar una denuncia por homicidio culposo ante el Tribunal de Equidad, el tribunal de justicia natural, en lugar de hacerlo ante el Tribunal Superior, donde casi todos los juicios se celebraban mediante el sistema de jurados. Según la ley, los únicos juicios con jurado que se podían celebrar en Equidad eran los relativos a disputas testamentarias. Ray había asistido a varios de aquellos lamentables procesos cuando trabajaba como auxiliar del Juez.

El Tribunal de Equidad tenía jurisdicción por dos motivos. En primer lugar, Gibson había muerto y su testamento entraba en las competencias de Equidad. En segundo lugar, tenía un hijo menor de edad. Las cuestiones legales relacionadas con menores correspondían al ámbito del Tribunal de Equidad.

Gibson tenía otros tres hijos que eran mayores de edad. Por consiguiente, la querella se hubiera podido presentar tanto ante el Tribunal Superior como en el de Equidad, una de las muchas peculiaridades de la legislación de Misisipí. Ray le había pedido en cierta ocasión al Juez que le explicara aquel enigma, pero la respuesta había sido la de siempre: «Tenemos el mejor sistema judicial del país». Todos los viejos jueces de equidad lo creían así.

El hecho de ofrecer a los abogados la posibilidad de elegir dónde presentar las demandas no era exclusivo de ningún estado. El llamado cambio de foro era un juego que se practicaba en todo el ámbito nacional. Sin embargo, cuando una viuda que vivía en el rural estado de Misisipí presentó una querella contra una gigantesca empresa suiza que había creado un producto fabricado en Uruguay ante el Tribunal de Equidad del condado de Hancock, fue como si se hubiese enarbolado una bandera roja. Los tribunales federales estaban en condiciones de encargarse de unas disputas tan complicadas, por lo que Miyer-Brack y su ejército de abogados procuraron por todos los medios trasladar el caso a otro tribunal. El juez Atlee se mantuvo firme, al igual que el juez federal. Dado que algunos residentes en la zona figuraban entre los acusados, cabía denegar el traslado a un tribunal federal.

Reuben Atlee se encargó del caso y, mientras encauzaba los hechos hacia un juicio, se le fue acabando la paciencia con los abogados de la defensa. Ray no pudo por menos de sonreír ante ciertas decisiones de su padre. Concisas, brutalmente directas y destinadas a encender una hoguera bajo las hordas de abogados que se afanaban alrededor de los acusados. Las modernas normas relativas a los juicios rápidos jamás habían sido necesarias en la sala del juez Atlee.

Quedó demostrado que el Ryax era un producto nocivo. Patton French encontró a dos expertos que criticaron el medicamento, mientras que los expertos de la defensa no eran más que unos simples portavoces de la empresa. El Ryax reducía el colesterol a unos niveles asombrosos. Había superado rápidamente las pruebas y había sido lanzado al mercado, donde había adquirido una enorme popularidad. Los riñones de miles de personas habían resultado afectados, y el señor Patton French había acorralado a Miyer-Brack.

El juicio duró ocho días. A las ocho y cuarto en punto de cada mañana comenzaban las actuaciones, pese a las protestas de la defensa. Y éstas se prolongaban a menudo hasta las ocho de la tarde, dando lugar a más protestas que el juez Atlee rechazaba. Ray lo había visto muchas veces. El Juez era un firme partidario del trabajo y, al no tener la necesidad de mostrarse considerado con los jurados, solía mostrarse casi brutal.

La sentencia final estaba fechada dos días después de la declaración del último testigo, una sorprendente muestra de rapidez judicial. Estaba claro que el Juez se había quedado en Bay St. Louis y había dictado su sentencia de cuatro páginas al relator del tribunal. Eso tampoco constituyó una sorpresa para Ray. El Juez no soportaba las dilaciones en la promulgación de las sentencias.

Además, contaba con numerosas notas sobre las que basarse. Durante ocho días de incesantes declaraciones, el Juez debió de llenar treinta cuadernos. Su fallo contenía suficientes detalles para impresionar a los expertos. La familia de Clete Gibson cobró una indemnización de un millón cien mil dólares en concepto de daños, el valor de la vida del difunto según un economista. Para castigar a Miyer-Brack por la comercialización de semejante producto, el Juez impuso el pago de diez millones de dólares por daños y perjuicios. Todo ello constituía una dura condena a la codicia y temeridad empresarial, y demostraba que al juez Atlee le habían causado una profunda impresión las prácticas de Miyer-Brack.

No obstante, a Ray le constaba que su padre jamás había recurrido a la utilización del concepto de daños y perjuicios. Se produjo la habitual presentación de recursos, todos los cuales fueron rechazados por el Juez con réplicas muy severas. Miyer-Brack quería que se retirara la multa por daños y perjuicios.

En cambio, Patton French solicitaba que se aumentara su cuantía. Ambas partes recibieron una dura reprimenda por escrito.

Curiosamente, no se presentó ningún recurso. Ray seguía esperando que hubiera habido alguno. Repasó dos veces la parte correspondiente a las actuaciones posteriores al juicio y después volvió a repasar todo el contenido del cajón. Cabía la posibilidad de que se hubiera llegado a un acuerdo posterior, por lo que tomó nota para preguntárselo a la funcionaria.

Se había producido una desagradable disputa a propósito de los honorarios. Patton French tenía un contrato firmado con la familia Gibson, por el cual se le otorgaba el cincuenta por ciento de cualquier cantidad percibida. El Juez, como siempre, lo consideró excesivo. En el Tribunal de Equidad, sólo el juez estipulaba los honorarios. Su límite siempre había sido el treinta y tres por ciento. Los cálculos eran muy fáciles y el señor Patton luchó con todas sus fuerzas para cobrar su bien ganado dinero. Pese a ello, Su Señoría se mostró inflexible.

En el juicio Gibson, el juez Atlee se había mostrado brillante y Ray se sintió no sólo orgulloso, sino también emocionado. Le resultaba difícil creer que todo aquello se había producido apenas un año y medio atrás, cuando el Juez ya estaba enfermo de diabetes y del corazón y probablemente también de cáncer, aunque este último se descubrió seis meses después.

Ray admiró al viejo guerrero.

Con la excepción de una señora que estaba comiendo melón en su escritorio mientras buscaba algo por Internet, las demás funcionarias se habían ido a almorzar. Ray abandonó el lugar y salió a buscar una biblioteca.

29

Desde una hamburguesería de Biloxi se puso en contacto con su buzón de voz de Charlottesville y encontró tres mensajes. Kaley había llamado para decirle que le gustaría cenar con él. Borró rápidamente el mensaje y la descartó para siempre. Fog Newton había llamado para informarle de que el Bonanza estaría libre la semana siguiente y ellos necesitaban salir a dar una vuelta por el aire. Y Martin Gage, el de Hacienda de Atlanta seguía llamando, a la espera del fax de la carta falsa. Pues ya puedes esperar sentado, pensó Ray.

Se estaba comiendo una ensalada preparada sentado a una mesa de plástico de vivo color anaranjado, al otro lado de la carretera que bordeaba la playa. No recordaba la última vez que había estado solo en un tugurio de comida rápida y en ese momento había accedido únicamente porque desde allí veía con toda claridad su automóvil, aparcado muy cerca de donde él se encontraba. Por si fuera poco, el local estaba lleno de jóvenes madres con sus hijos, los cuales constituían por regla general un grupo de delincuentes de mucho cuidado. Al final, apartó a un lado la ensalada y llamó a Fog.

La Biblioteca Pública de Biloxi estaba en Lameuse Street. Utilizando un plano que había adquirido en una tienda, encontró el edificio y aparcó junto a una hilera de coches cerca de la entrada principal. Siguiendo su costumbre, se detuvo y estudió su automóvil y todos los elementos que lo rodeaban antes de entrar en el edificio.

Los ordenadores estaban en el primer piso, en una estancia rodeada de cristal, pero, para su decepción, sin ventanas al exterior. El principal periódico de la costa era el *Sun Herald* y, gracias a un servicio de hemeroteca, era posible examinar sus archivos a partir del año 1994. Buscó el 24 de enero de 1999, el día después de que el Juez emitiera su fallo en el juicio. Como era de esperar, había un reportaje en la primera plana de la sección del área metropolitana acerca del veredicto sobre los once millones cien mil dólares en Bay St. Louis. Por supuesto, el señor Patton French tenía muchas cosas que decir. En cambio, el juez Atlee se negó a realizar comentarios. Los abogados de la defensa se declaraban indignados y prometían presentar un recurso.

Había una fotografía de Patton French, un hombre de cincuenta y tantos años, rostro redondo y ondulado cabello entrecano. Tal como se decía en el reportaje, el abogado había llamado al periódico para comunicar la noticia y se había mostrado encantado de hablar. Había sido un «juicio muy reñido». La actuación de los acusados había sido «temeraria y codiciosa». La decisión del tribunal había sido «valerosa y justa» y cualquier recurso que se presentara sería «otro intento de retrasar el cumplimiento de la ley».

El abogado se jactaba de haber ganado muchos juicios, pero aquél había sido su veredicto más importante. Interrogado acerca del reciente aumento de indemnizaciones elevadas, rechazó cualquier sugerencia de que el fallo hubiera sido escandaloso. «Un jurado del condado de Hinds decretó hace un par de años una indemnización de quinientos millones de dólares», añadió. Y en otros lugares del estado, unos bien informados jurados estaban castigando a las voraces empresas acusadas con indemnizaciones de diez e incluso veinte millones. «Esta indemnización es legalmente defendible en todos los aspectos», afirmó.

Su especialidad, añadió en el transcurso del reportaje, era la responsabilidad de la industria farmacéutica. Ya llevaba cuatrocientos casos sobre el Ryax y cada día añadía otros nuevos.

Ray buscó la palabra «Ryax» en el *Sun Herald*. Cinco días después de la publicación del reportaje, el 29 de enero, un atrevido anuncio a toda plana planteaba la siguiente pregunta: «¿Ha tomado usted Ryax?». Debajo figuraban dos párrafos de inquietantes advertencias acerca de los peligros del medicamento y otro párrafo en el que se detallaba la reciente victoria del abogado Patton French, especialista en Ryax y otros medicamentos peligrosos. Durante los siguientes diez días se llevarían a cabo una serie de pruebas en un hotel de Gulfport, durante las cuales médicos especialistas examinarían a las víctimas. El coste de las exploraciones no correría a cargo de los que se sometieran a ellas. No habría ningún compromiso, por lo menos, no se mencionaba ninguno. A pie de página se informaba con letras de un tamaño bien legible que el precio del anuncio corría a cargo del bufete French & French, con las direcciones y los números de teléfono de sus despachos en Gulfport, Biloxi y Pascagoula.

La búsqueda por palabra le permitió encontrar otro anuncio casi idéntico, fechado el 1 de marzo de 1999. La única diferencia consistía en el día y la hora de las sesiones de exploración. En la edición dominical del *Sun Herald* del 2 de mayo de 1999 había aparecido otro anuncio.

Ray se pasó casi una hora consultando los periódicos de la región. Encontró los mismos anuncios en el *Clarion-Leger* de Jackson, el *Times-Picayune* de Nueva Orleans, el *Hattiesburg American*, el *Mobile Register*, el *Commercial Appeal* de Memphis, y *The Advocate* de Baton Rouge. Patton French había lanzado un ataque frontal a gran escala contra el Ryax y Miyer-Brack.

Convencido de que los anuncios de periódico podían haber aparecido en los cincuenta estados, Ray decidió dejar aquella línea de investigación. Por simple suposición, buscó la página web del señor French y encontró el sitio del bufete con una impresionante publicidad.

El despacho contaba ya con catorce abogados y delegaciones en seis ciudades, y estaba creciendo a marchas forzadas. Patton French presentaba una halagadora biografía de una página de extensión que hubiera suscitado el sonrojo de otras personas con piel más delicada. Su padre, el French más veterano, no aparentaba los ochenta años que tenía y había adquirido la condición de senior, significara eso lo que significase.

La especialidad del bufete era la representación, siempre apasionada, de personas afectadas por medicamentos nocivos y médicos negligentes. Había conseguido el acuerdo más importante referido al Ryax hasta la fecha: novecientos millones de dólares para siete mil doscientos clientes. En ese momento iba a por Shyne Medical, fabricante de Minitrin, el medicamento antihipertensivo ampliamente utilizado y descaradamente rentable que la FDA, la Agencia de Alimentación y Medicamentos, había retirado del mercado por sus efectos sobre la potencia sexual masculina. El bufete ya había descubierto casi dos mil pacientes consumidores de Minitrin y cada semana practicaba más exploraciones.

En Nueva Orleans, Patton French había conseguido un veredicto de jurado de ochenta millones de dólares contra Clark Pharmaceuticals. El medicamento objeto de la disputa era el Kobril, un antidepresivo relacionado con una presunta pérdida de audición. El bufete había obtenido un acuerdo de indemnización por valor de cincuenta y dos millones de dólares para su primer grupo de casos de Kobril, que incluía a mil cuatrocientas personas.

Apenas se hablaba de los demás miembros del bufete, con lo cual se transmitía la clara impresión de que todo ello era fruto de los desvelos de un solo hombre, el cual controlaba todo un equipo de subordinados que trabajaban en la sombra con miles de clientes recogidos en la calle. En una de las páginas hablaban los clientes del señor French, uno de ellos con una amplia agenda de juicios, y también había dos páginas de programas de pruebas que abarcaban nada menos que ocho medicamentos, incluyendo el Skinny Ben, la píldora adelgazante que Forrest le había comentado.

Para atender mejor a su clientela, el bufete French había adquirido un Gulfstream II, y en la página se mostraba una gran fotografía en color del avión en una pista. Por supuesto, Patton French posaba junto al morro del aparato, enfundado en un traje negro de diseño y con una sonrisa triunfal en los labios, dispuesto a saltar a bordo para ir a luchar en favor de la justicia dondequiera que fuese. Ray sabía que semejante aparato costaba unos treinta millones de dólares, con dos pilotos trabajando a tiempo completo y una lista de gastos de mantenimiento capaz de poner los pelos de punta a un contable.

Patton French era un ególatra desvergonzado.

El avión fue la gota que colmó el vaso y Ray decidió abandonar la biblioteca. Apoyado en su automóvil, marcó el número de French & French y se abrió paso a través del menú grabado: cliente, abogado, juez, otro, información sobre pruebas, auxiliares del bufete, las primeras cuatro letras del apellido de su abogado. Tres secretarias que trabajan diligentemente para el señor French se fueron pasando su llamada hasta llegar a la que se encargaba de programar las distintas actividades.

—Mire, yo lo que quiero es ver al señor French —le dijo Ray, agotado.

—No está en la ciudad —contestó la secretaria, sorprendentemente amable.

Por supuesto que no estaba en la ciudad.

—Bueno, escúcheme bien —dijo Ray sin la menor consideración—. Sólo se lo diré una vez. Me llamo Ray Atlee. Mi padre era el juez Reuben Atlee. En estos momentos me encuentro en Biloxi y quisiera ver a Patton French.

Le facilitó el número de su móvil y se alejó en su vehículo. Se dirigió al Acropolis, un triste casino estilo Las Vegas, construido en un estilo griego espantoso en el que nadie se fijaba. El aparcamiento estaba muy concurrido y había unos guardas de seguridad, aunque no se sabía muy bien si vigilaban algo o no. Encontró una barra con vistas a la sala y, mientras se tomaba una soda, sonó el móvil.

—¿El señor Atlee? —dijo la voz.

—Soy yo —contestó Ray, pegándose bien el teléfono al oído.

—Soy Patton French. Me alegro de que me haya llamado. Lamento no haber estado en el despacho.

—Estoy seguro de que es usted un hombre muy ocupado.

—En efecto. ¿Está usted en la costa?

—Bueno, ya voy de regreso a casa; estuve en Naples para participar en una reunión del letrado de un demandante con unos importantes abogados de Florida.

Chúpate ésa, pensó Ray.

—Siento muchísimo lo de su padre —dijo French y se oyó un ruido en la línea. Probablemente se encontraba a doce mil metros de altura y estaba regresando a casa.

—Gracias —dijo Ray.

—¿Cómo está Forrest?

—¿De qué conoce a Forrest?

—Yo lo sé casi todo, Ray. Mi preparación previa a los juicios es muy meticulosa. Recogemos gran cantidad de información. Por eso ganamos. En fin, ¿se encuentra bien últimamente?

—Que yo sepa, sí —contestó Ray, molesto por el hecho de que se atreviese a comentar una cuestión de carácter tan privado como quien habla del tiempo.

Pero a juzgar por el sitio de la web, ya podía haber supuesto que aquel hombre no destacaba por su diplomacia.

—Mire, llegaré mañana, pero no sé la hora. Estoy en mi yate, por eso el ritmo es un poco más lento. ¿Podríamos almorzar o cenar juntos?

«No he visto ningún yate en la página web, señor French. Se me habrá pasado por alto.» Ray hubiera preferido citarse para un breve café, en lugar de concertar un almuerzo de dos horas o una cena todavía más larga, pero el invitado era él.

—Lo que usted prefiera.

—Mantenga ambas posibilidades abiertas, si no le importa. Hemos tropezado con un poco de viento aquí en el golfo y no sé muy bien a qué hora llegaré. ¿Puedo decirle a la secretaria que lo llame mañana?

—Por supuesto.

—¿Hablamos del juicio Gibson?

—Sí, a no ser que haya algo más.

—No, todo empezó con Gibson.

De vuelta al Easy Sleep Inn, Ray medio siguió un partido de béisbol con el sonido bajado e intentó leer algo mientras esperaba que se pusiera el sol. Necesitaba dormir, pero no le apetecía acostarse antes de que se hiciera de noche. Consiguió llamar a Forrest al segundo intento, y ambos estaban comentando las delicias de la rehabilitación cuando el móvil volvió a sonar.

—Te llamo luego —dijo Ray, colgando el teléfono.

Había un nuevo intruso en su apartamento. Se estaba produciendo un robo, anunció la voz metálica de la empresa de seguridad. Cuando terminó la grabación, Ray abrió la puerta y contempló su automóvil a menos de seis metros de distancia. Esperó con el móvil en la mano. La empresa de seguridad telefoneó también a Corey Crawford, quien le llamó a los quince minutos para transmitirle la misma información. Una palanca en el portal de la calle, una palanca en la puerta del apartamento, una mesa volcada, las luces encendidas, no faltaba ningún electrodoméstico. El mismo agente de la policía estaba redactando el mismo informe.

—No hay nada de valor —dijo Ray.

—Entonces, ¿por qué insisten en entrar? —preguntó Corey.

—No lo sé.

Crawford llamó al propietario de la vivienda y éste prometió buscar a un carpintero para que arreglara las puertas. Cuando el agente se hubo ido, Crawford esperó en el apartamento y volvió a llamar a Ray.

—Eso no es una simple coincidencia —dijo.

—¿Por qué no? —preguntó Ray.

—No pretenden robar nada. Sólo quieren intimidar, eso es todo. ¿Qué está ocurriendo?

—No lo sé.

—Pues yo creo que sí lo sabe.

—Le juro que no.

—Creo que no me lo ha dicho todo.

En eso tiene usted mucha razón, pensó Ray, pero se mantuvo firme.

—Es una acción al azar, Corey, tranquilícese. Serán algunos de esos chicos del centro con el cabello teñido de rojo y clavos en toda la cara. Unos colgados en busca de dinero rápido.

—Conozco la zona. Eso no lo hacen unos chicos.

—Un profesional no regresaría si supiera que hay una alarma conectada. Han sido dos personas distintas.

—No estoy de acuerdo.

Estaban de acuerdo en que no estaban de acuerdo, aunque ambos sabían la verdad.

Se pasó dos horas rebulléndose en la cama, incapaz siquiera de cerrar los ojos. Sobre las once, salió a dar una vuelta en su coche y regresó al Acropolis, donde jugó un poco a la ruleta y estuvo bebiendo vino peleón hasta las dos de la madrugada.

Pidió una habitación que diera al aparcamiento y no a la playa y, desde una ventana del tercer piso, vigiló su automóvil hasta quedarse dormido.

30

Estuvo durmiendo hasta que el servicio de limpieza se cansó de esperar. Los clientes debían abandonar la habitación al mediodía sin excepción, por lo
que, cuando la encargada de la limpieza aporreó la
puerta a las once cuarenta y cinco, Ray le gritó algo a
través de la puerta y saltó a la ducha.

Su automóvil estaba perfecto, sin señales de que
alguien hubiera intentado forzar las portezuelas, ni
abolladuras o arañazos en la parte posterior. Abrió el
maletero y echó un vistazo a su interior, tres bolsas
de basura de plástico negro repletas de dinero. Todo
le pareció normal hasta que se sentó al volante y descubrió un sobre sujeto bajo el limpiaparabrisas, delante de él. Al verlo se quedó helado y tuvo la sensación de que el sobre lo miraba a él desde setenta y
cinco centímetros de distancia. Un sencillo sobre
blanco de tamaño estándar, sin ninguna indicación
visible, por lo menos en la cara que estaba en contacto con el cristal.

No podía tratarse de nada bueno. No era el folle-
to de una empresa de pizzas a domicilio ni algún payaso que se presentaba a las elecciones. No era un

aviso de que había expirado el tiempo de aparcamiento porque la utilización del aparcamiento en el casino Acropolis era gratuita.

Era un sobre que contenía algo.

Descendió muy despacio del vehículo y miró a su alrededor por si veía a alguien. Levantó el limpiaparabrisas, tomó el sobre y lo examinó como si fuera una prueba esencial en un juicio por asesinato. Después volvió a subir a su automóvil porque pensó que alguien lo estaba vigilando.

En el interior encontró otra fotografía digital en color impresa por ordenador, esta vez de la unidad 37F de Chaney's Self-Storage de Charlottesville, Virginia, a mil quinientos kilómetros y por lo menos dieciocho horas de distancia por carretera.

La misma cámara, la misma impresora y sin duda el mismo fotógrafo, que sabía con toda certeza que la 37F no era la única nave que Ray había utilizado para ocultar el dinero.

A pesar de que estaba demasiado aturdido para moverse, Ray se puso en marcha a toda prisa. Circuló a toda velocidad por la autopista 90, vigilando todo lo que había a su espalda, y después viró súbitamente a la izquierda y enfiló una calle por la que avanzó en dirección norte durante un kilómetro y medio, hasta que entró de repente en el aparcamiento de una lavandería. Nadie lo seguía. Se pasó una hora vigilando todos los coches y no vio nada sospechoso. Para más tranquilidad, tenía la pistola en el asiento del acompañante, preparada para entrar en acción. Y otra cosa todavía más tranquilizadora era el

dinero escondido a pocos palmos de distancia. Tenía
cuanto precisaba.

La llamada de la secretaria del señor French se
recibió a las once y cuarto. Unos asuntos de trascendental importancia impedían concertar el almuerzo,
pero el señor French tendría sumo placer en reunirse con él para una cena a primera hora. La secretaria
preguntaba si Ray tendría la bondad de acudir al despacho del importante personaje sobre las cuatro de la
tarde para que la velada se iniciara allí.

El despacho, cuya fotografía aparecía en la página web, era una impresionante mansión de estilo
georgiano orientada al golfo, construida en una larga
parcela bajo la sombra de unos robles cubiertos de
musgo negro de Florida. Los edificios vecinos eran
de arquitectura y época similares.

La parte posterior se había transformado recientemente en un aparcamiento rodeado de altas tapias
y equipado con cámaras de seguridad que lo vigilaban por todas partes. Un guarda vestido como un
agente del servicio de espionaje le abrió la puerta
metálica y la cerró en cuanto hubo pasado. Ray
aparcó en un espacio reservado y otro guarda lo
acompañó a la parte trasera del edificio, donde unos
trabajadores estaban ocupados colocando azulejos
mientras otros plantaban unos arbustos. Una amplia
reforma del despacho y el recinto ya estaba a punto
de terminar.

—El gobernador vendrá dentro de tres días —le dijo el guarda en voz baja.

—Vaya —dijo Ray.

El despacho privado de French se hallaba en el segundo piso, pero éste no se encontraba en él. Estaba todavía en su yate, navegando en aguas del golfo, le explicó una agraciada morena vestida con un costoso y ajustado modelo. Aun así, lo acompañó al despacho del señor French y le rogó que aguardara en una zona de espera junto a las ventanas. La estancia tenía las paredes revestidas de madera de roble claro y disponía de suficientes sofás, sillones y otomanas de cuero como para amueblar todo un pabellón de caza. El escritorio era tan grande como una piscina y estaba cubierto de modelos a escala de lujosos yates.

—Le gustan los barcos, ¿eh? —comentó Ray, mirando a su alrededor.

Todo estaba pensado para que resultara impresionante.

—Pues sí, es verdad. —Utilizando un mando a distancia, la chica abrió un armario, del que emergió una pantalla plana—. Se encuentra reunido —añadió—, pero enseguida estará con usted. ¿Le apetece tomar algo?

—Gracias, café solo.

En la esquina superior izquierda de la pantalla había una minúscula cámara y Ray supuso que él y el señor French estaban a punto de conversar vía satélite. Su irritación por la espera aumentaba por momentos. Por regla general, a aquellas alturas ya habría estado a punto de estallar, pero le atraía el espectáculo que se estaba desarrollando a su alrededor. Él era un personaje del mismo. Relájate y disfruta, se dijo. Tienes tiempo de sobra.

La chica regresó con el café, servido, naturalmente, en una taza de finísima porcelana, con la consabida inscripción F&F grabada en la parte lateral.

—¿Puedo salir afuera? —preguntó Ray.

—Por supuesto.

La chica le miró sonriendo y regresó a su escritorio.

Varias puertas vidrieras daban acceso a un largo balcón. Ray se tomó el café junto a la barandilla y admiró la vista. El inmenso césped de la parte anterior terminaba al borde de la carretera y, más allá, se extendían la playa y el agua. No se veía ningún casino, ni siquiera en fase de construcción. Abajo, en el porche principal, unos pintores charlaban mientras desplazaban las escaleras de mano. Todo en aquel lugar se notaba nuevo. Patton French acababa de ganar la lotería.

—Señor Atlee —lo llamó la chica, y Ray volvió a entrar en el despacho.

En la pantalla estaba el rostro de Patton French con el cabello ligeramente alborotado, las gafas de lectura apoyadas muy adelante en la nariz y los ojos entornados por encima de ellas.

—Ya estamos —ladró—. Lamento el retraso. Siéntese allí, si es tan amable, Ray, para que yo le vea.

La secretaria le hizo una indicación y Ray se sentó.

—¿Qué tal está? —preguntó French.

—Muy bien, ¿y usted?

—Estupendamente. Bueno, le ruego que me disculpe todo este jaleo, pero me he pasado toda la tarde con una de estas malditas conferencias y no podía dejarlo. Estaba pensando que sería mucho más tranquilo cenar aquí en el yate, ¿qué le parece? Mi chef preparará algo muchísimo mejor que cualquier cosa que podamos encontrar en tierra. Estoy sólo a treinta minutos. Tomaremos unas copas nosotros dos solos y después disfrutaremos de una larga cena y hablaremos de su padre. Será muy agradable, se lo prometo.

Cuando finalmente se calló, Ray preguntó:

—¿Estará seguro mi automóvil aquí?

—Por supuesto que sí. Qué demonios, es un recinto cerrado. Indicaré a los guardas que se sienten en su interior, si así lo desea.

—De acuerdo. ¿Tendré que ir nadando?

—No, dispongo de lanchas. Dickie le acompañará.

Dickie era el mismo joven fornido que había escoltado a Ray hasta el edificio. Ahora lo condujo al exterior, donde esperaba un largo Mercedes plateado. Dickie llevó el volante como si el coche fuera un tanque a través del tráfico hasta llegar al puerto deportivo de Point Cadet, donde había unas cien pequeñas embarcaciones amarradas. Una de las más grandes pertenecía casualmente a Patton French. Se llamaba *Lady of Justice*.

—El agua está muy tranquila, tardaremos unos veinticinco minutos —informó Dickie mientras ambos subían a bordo.

Los motores se pusieron en marcha y un mayordomo con un pronunciado acento le preguntó a Ray si le apetecía beber algo.

—Una soda —contestó él.

Soltaron amarras y se deslizaron a través de las hileras de gradas y por delante del puerto deportivo hasta que se alejaron del embarcadero. Ray subió a la cubierta superior y contempló la línea de la costa que se desvanecía en la distancia.

Anclado a diez millas de Biloxi estaba el *King of Torts*, un yate de lujo de cuarenta y cinco metros de eslora, con cinco tripulantes y alojamiento de lujo para doce pasajeros. En ese momento, el único era el señor French, quien esperaba para recibir a su invitado.

—Es un verdadero placer, Ray —dijo French mientras le estrechaba la mano y después le palmeaba el hombro.

—El placer es mío —contestó Ray, manteniéndose firme en su sitio porque a French parecía gustarle el contacto directo.

French era unos tres o cuatro centímetros más alto que él, tenía el rostro saludablemente bronceado y unos ojos penetrantes de un intenso color azul que miraban de soslayo, sin parpadear.

—Me alegro muchísimo de que haya venido —dijo French, comprimiendo la mano de Ray.

Unos compañeros de una asociación estudiantil no se hubieran saludado con más afecto.

—Quédate aquí, Dickie —ordenó French hacia la cubierta inferior—. Sígame, Ray —añadió y ambos subieron un corto tramo de escalera hasta la cubierta principal, donde un mayordomo ataviado con chaqueta blanca aguardaba con un paño impecable colgado del brazo, en el cual figuraban bordadas las consabidas iniciales F&F.

—¿Qué va a tomar? —le preguntó a Ray.

Dando por sentado que French no era un hombre capaz de jugar con bebidas ligeras, Ray preguntó:

—¿Cuál es la especialidad de la casa?

—Vodka helado con limón.

—Lo probaré —dijo Ray.

—Es un nuevo vodka estupendo de Noruega. Le encantará.

El hombre era un entendido en ese licor.

Llevaba una camisa negra de lino abrochada hasta el cuello y unos pantalones cortos también de lino de color beige perfectamente planchados que le sentaban de maravilla. Tenía una ligera barriga, pero la anchura de su tórax lo compensaba con creces, lo mismo que sus antebrazos el doble de gruesos que lo normal. Debía de sentirse orgulloso de su cabello, pues no conseguía mantener las manos apartadas de él.

—¿Qué le parece el barco? —preguntó, haciendo un amplio gesto con las manos de popa a proa—. Lo mandó construir hace un par de años un príncipe saudí de los de segunda fila. El muy imbécil mandó instalar una chimenea, ¿se imagina? Le costó algo así como veinte millones de dólares y, al cabo de un año, lo sustituyó por otro de sesenta metros de eslora.

—Impresionante —convino Ray, procurando fingir el mayor asombro posible.

Jamás se había acercado al mundo de los yates y sospechaba que, después de aquel episodio, se mantendría siempre a distancia.

—Es de construcción italiana —añadió French, dando una palmada a una barandilla de alguna madera exorbitantemente cara.

—¿Por qué se queda aquí, navegando en el golfo? —le preguntó Ray.

—No soy precisamente un lobo de mar, ja, ja. Usted ya me entiende. Siéntese. —French hizo un gesto con la mano y ambos se acomodaron en dos tumbonas de cubierta. Una vez sentados, French señaló hacia la costa—. Desde aquí apenas se distingue Biloxi, y eso que estamos muy cerca. Trabajo más aquí en un día que en toda una semana encerrado en el despacho. Además, estoy en plena mudanza. Ya sabe... un divorcio. Y aquí es donde me escondo.

—Lo lamento.

—Éste es el yate más grande de Biloxi en estos momentos y está a la vista de casi todo el mundo. Mi actual esposa cree que lo he vendido y, si me aproximo demasiado a la costa, su abogaducho podría acercarse a nado y tomar una fotografía. Diez millas es suficiente.

Llegaron los vodkas helados en unos altos y estrechos vasos con las letras F&F grabadas. Ray tomó un sorbo y el brebaje le quemó por dentro. French tomó un buen trago y chasqueó la lengua de gusto.

—¿Qué le parece? —preguntó con orgullo.

—Un vodka sensacional —contestó Ray.

No recordaba la última vez que había tomado uno.

—Dickie ha traído pez espada fresco para cenar. ¿Le parece bien?

—Estupendo.

—Y en esta época las ostras son muy buenas.

—Estudié Derecho en Tulane y me pasé tres años comiendo ostras frescas.

—Lo sé —sonrió French, sacándose del bolsillo de la camisa un pequeño transmisor para comunicar a alguien de abajo los platos elegidos para la cena. Consultó su reloj y decidió que comerían en cuestión de dos horas.

—Usted fue compañero de Hassel Mangrum —dijo.

—Sí, él estudiaba en el curso anterior.

—Compartimos el mismo entrenador. A Hassel le ha ido muy bien aquí en la costa. Empezó muy pronto con los chicos del amianto.

—No sé nada de Hassel desde hace veinte años.

—No se ha perdido usted gran cosa. Ahora es un pelmazo insoportable, aunque supongo que ya lo sería en la facultad.

—Pues sí. ¿Cómo sabe usted que yo estudié con Mangrum?

—Investigación, Ray, investigación exhaustiva.

Volvió a tomar otro trago de vodka. El tercer sorbo de Ray le atravesó el cerebro como una flecha.

—Nos gastamos un montón de pasta investigando. El juez Atlee y su familia, sus antecedentes, sus sentencias, su situación económica, todo lo que pudimos encontrar. Ninguna intromisión ilegal, que conste: sólo la anticuada labor de investigación de siempre. Sabíamos lo de su divorcio, ¿cómo se llama... Lew *el Liquidador*?

Ray se limitó a asentir con la cabeza. Hubiera querido soltar algún comentario despectivo acerca de Lew Rodowski y, de paso, reprocharle a French el hecho de haber escarbado en su pasado, pero, por un instante, el vodka bloqueó toda su capacidad de reacción. Por consiguiente, se limitó a asentir con la cabeza.

—Averiguamos lo que ganaba usted como profesor de Derecho, en Virginia; es de dominio público, ¿sabe?

—Pues sí, en efecto.

—No es un mal sueldo, Ray, pero es que se trata de una de las mejores facultades de Derecho.

—Pues sí.

—Escarbar en el pasado de su hermano fue toda una aventura.

—No me cabe la menor duda. También ha sido toda una aventura para la familia.

—Leímos todas las sentencias que dictó su padre en juicios por daños y perjuicios y casos de homicidio culposo. No había muchas, pero descubrimos algunas claves. Era muy conservador en las indemnizaciones, pero solía favorecer al más débil, al obrero. Sabíamos que se ceñiría a la ley, pero también éramos conscientes de que los jueces de equidad veteranos a menudo interpretan la ley para que se ajuste a su idea particular de la imparcialidad. Yo tenía colaboradores que se encargaban de las tareas más tediosas, pero leí todos sus fallos más importantes. Era un hombre brillante, Ray, y siempre imparcial. Jamás discrepé de ninguno de sus criterios.

—¿Eligió usted a mi padre para el caso Gibson?

—Sí. Cuando decidimos presentar el caso ante el Tribunal de Equidad para que se dirimiera sin jurado, llegamos también a la conclusión de que no nos convenía que lo juzgara un juez de equidad local. Aquí tenemos tres. Uno de ellos es pariente de la familia Gibson. El segundo sólo acepta casos de divorcio. El tercero tiene ochenta y cuatro años y hace tres que no sale de casa. Por consiguiente, buscamos por todo el estado y encontramos a tres posibles sustitutos. Por suerte, su padre y mi padre se remontan a sesenta años atrás, a Sewanee y después a la Facultad de Derecho de la vieja Universidad de Misisipí. No habían sido íntimos amigos, pero mantenían el contacto.

—¿Su padre sigue en activo?

—No, ahora vive retirado en Florida y juega cada día al golf. Yo soy el único propietario del bufete. Pero mi padre se trasladaba por carretera a Clanton, se sentaba en el porche de su casa con el juez Atlee y ambos hablaban de la guerra de Secesión y de Nathan Bedford Forrest. Incluso viajaron juntos al campo de batalla de Shiloh y recorrieron la zona durante dos días: el avispero, la charca ensangrentada. El juez Atlee se emocionó cuando llegaron al lugar donde cayó el general Johnston.

—Yo he estado allí una docena de veces —dijo Ray con una sonrisa en los labios.

—No se puede presionar a un hombre como el juez Atlee. Es lo que antiguamente se llamaba intento de influir sobre alguien mediante chismes malintencionados.

—Una vez envió a un abogado a la cárcel justamente por eso —asintió Ray—. El tipo se presentó antes de que se iniciara el juicio y trató de defender su causa. El Juez lo envió medio día al calabozo.

—Fue un tal Chadwick de Oxford, ¿verdad? —dijo French muy satisfecho de su información, dejando a Ray sin habla—. En fin, la cuestión es que debíamos conseguir hacer comprender al juez Atlee la importancia del litigio contra el Ryax. Sabíamos que sólo estaría dispuesto a trasladarse a la costa para juzgar el caso si creía en la causa.

—Aborrecía la costa.

—Lo sabíamos, puede creerme, y ésa constituía una de nuestras mayores preocupaciones. Pero era un hombre de principios. Tras haber revivido la guerra allá arriba durante dos días, el juez Atlee accedió a regañadientes a juzgar el caso.

—¿No es el Tribunal Supremo el que designa a los jueces de equidad especiales? —preguntó Ray.

El cuarto sorbo se deslizó por su garganta sin quemarle y, a partir de aquel momento, el vodka le empezó a resultar mucho más agradable.

French se encogió de hombros.

—Por supuesto, pero hay sistemas. Tenemos amigos.

En el ambiente de Patton, todo el mundo tenía un precio.

El mayordomo regresó con más bebida. No es que ésta fuera necesaria, pero la aceptaron de todos modos. French era un hombre demasiado nervioso como para permanecer sentado durante mucho tiempo.

—Permítame que le muestre el barco —dijo, levantándose de un salto sin el menor esfuerzo.

Ray subió con mucho cuidado y sujetando el vaso con fuerza.

31

Tomaron la cena en el comedor del capitán, una habitación con paneles de caoba y paredes adornadas con modelos de antiguos clíperes, cañoneros y mapas del Nuevo Mundo y del Lejano Oriente y hasta una colección de mosquetes antiguos para dar la impresión de que el *King of Torts* llevaba varios siglos navegando. Estaba en la cubierta principal detrás del puente, en el extremo de un estrecho pasillo que conducía a la cocina, donde un chef vietnamita se afanaba ante los fogones. En la cubierta estaba la zona del comedor formal, donde destacaba una mesa ovalada de mármol con cabida para doce comensales que debía de pesar por lo menos una tonelada y que indujo a Ray a preguntarse cómo era posible que el *King of Torts* se mantuviera a flote. Aquella noche la mesa del capitán sólo acogía a dos personas y, por encima de ella, una pequeña araña de cristal oscilaba siguiendo el balanceo del barco. Ray ocupaba un extremo de la mesa y French se sentó al otro lado. El primer vino de la noche fue un borgoña blanco que, después de la quemazón de los dos vodkas helados, a Ray le pareció insípido. No así a su anfitrión. French se había bebido los tres vodkas, de hecho había apurado los tres vasos, y ahora empezaba a hablar con dificultad. Pese a ello, captó todos los matices frutales del vino e incluso distinguió el aroma de las barricas de roble y, tal como suelen hacer todos los esnobs aficionados al vino, no pudo evitar transmitirle esta útil información a Ray.

—Por el Ryax —brindó French.

Ray rozó la copa con la suya, pero no dijo nada. Aquella noche no le correspondía hablar a él, y lo sabía. Se limitaría a escuchar. Su anfitrión se emborracharía y soltaría la lengua él solo.

—El Ryax me salvó, Ray —dijo French mientras agitaba el vino en su copa y la contemplaba con deleite.

—¿En qué sentido?

—En todos los sentidos. Salvó mi alma. Me encanta el dinero y el Ryax me ha hecho rico. —French ingirió un sorbito, se relamió de gusto y puso los ojos en blanco—. Me perdí la oleada de casos del amianto hace veinte años. Aquellos astilleros de Pascagoula llevaban años utilizando amianto y decenas de miles de hombres enfermaron de gravedad. Yo me lo perdí. Estaba demasiado ocupado demandando a médicos y a compañías de seguros, una actividad en la que ganaba bastante dinero, pero no me había percatado de las posibilidades de las demandas masivas. ¿Le apetecen unas cuantas ostras?

—Sí.

French pulsó un botón; el mayordomo apareció con dos bandejas de ostras vivas abiertas. Ray mezcló el rábano picante con la salsa de cóctel y se dispuso a disfrutar del festín. Patton estaba demasiado ocupado hablando y agitando el vino en su copa.

—Después hubo lo del tabaco —prosiguió French con tristeza—. Muchos abogados eran los mismos, todos de aquí. Pensé que estaban locos, todo el mundo opinaba lo mismo, qué demonios, pero ellos demandaron a las grandes empresas tabaqueras en casi todos los estados. Yo tuve la oportunidad de lanzarme al vacío con ellos, pero tuve miedo. No confiaba en mi suerte.

—¿Que querían? —preguntó Ray, introduciéndose en la boca la primera ostra acompañada de una galleta salada.

—Un millón de dólares para contribuir a los gastos de la demanda. Y yo tenía un millón de dólares por aquel entonces.

—¿A cuánto ascendió el acuerdo? —preguntó Ray sin dejar de masticar.

—A más de trescientos mil millones de dólares. La martingala económica y jurídica más grande de toda la historia. Las tabaqueras prácticamente compraron a los abogados y éstos accedieron a venderse. Un soborno descomunal, y yo me lo perdí.

Parecía a punto de echarse a llorar por el hecho de haberse perdido un soborno, pero enseguida se recuperó con un buen trago de vino.

—Las ostras están buenísimas —alabó Ray con la boca llena.

—Hace veinticuatro horas se encontraban a más de cuatro metros de profundidad.

French escanció más vino y se inclinó sobre su bandeja.

—¿Qué rentabilidad le hubiera sacado usted a su millón de dólares? —preguntó Ray.

—Un doscientos por uno.

—¿Doscientos millones de dólares?

—Sí. Me pasé un año enfermo, muchos abogados de por aquí se pusieron enfermos. Conocíamos a los jugadores y nos acobardamos.

—Y entonces apareció el Ryax.

—Pues sí, en efecto.

—¿Cómo lo encontró? —preguntó Ray, sabiendo que la pregunta exigiría una prolongada y ampulosa respuesta que le permitiría seguir disfrutando de las ostras.

—Estaba participando en un seminario de abogados especialistas en derecho procesal en St. Louis. Misuri es un lugar precioso y todo lo que usted quiera, pero se encuentra a años luz por detrás de nosotros en cuestión de litigios por agravios. Quiero decir que nosotros llevamos muchos años con lo del amianto y el tabaco, gastando dinero y mostrando al mundo cómo se hace. Salí a tomar unas copas con un veterano abogado de una pequeña localidad de los Ozarks. Su hijo es profesor de Medicina en la Universidad de Columbia y resulta que estaba investigando los efectos del Ryax. Sus investigaciones estaban llegando a unos resultados terribles. Este medicamento destruye los riñones y, como era tan reciente, no existía ningún precedente de litigio. Me puse en contacto con un experto de Chicago y éste localizó a Clete

Gibson a través de un médico de Nueva Orleans. A continuación, empezamos a realizar pruebas y la cosa creció como una bola de nieve. Lo único que necesitábamos era un veredicto demoledor.

—¿Por qué evitaron un juicio mediante el sistema de jurado?

—Me encantan los jurados, me encanta elegirlos e incluso comprarlos, pero son imprevisibles. Quería algo seguro, una garantía. Y también un veredicto rápido. Los rumores sobre el Ryax se estaban extendiendo como una mancha de aceite, imagínese a un hambriento grupo de abogados especializados en agravios ante los rumores de que un nuevo medicamento había fallado. Estábamos consiguiendo casos por docenas. El paciente que obtuviera el primer veredicto importante sería el pionero, sobre todo si el veredicto correspondía a la zona de Biloxi. Miyer-Brack es un laboratorio suizo...

—He leído el expediente.

—¿En su totalidad?

—Sí, ayer, en el Palacio de Justicia del condado de Hancock.

—Bueno pues, estos europeos están aterrorizados ante nuestro sistema de agravios.

—No les faltan motivos.

—De acuerdo, pero el efecto es beneficioso. Los obliga a actuar con honradez. Lo que más deberían temer es la posibilidad de que uno de sus malditos medicamentos tenga algún fallo y perjudique a la gente, pero eso no les preocupa cuando están en juego tantos miles de millones de dólares. Las personas como yo somos necesarias para que las grandes empresas actúen con honradez.

—¿Y ellos sabían que el Ryax resultaba perjudicial?

French se introdujo otra ostra en la boca, se la tragó con cierta dificultad, ingirió casi medio litro de vino y finalmente contestó:

—Casi desde el principio. El medicamento bajaba con tal eficacia el colesterol que Miyer-Brack, con la colaboración de la FDA, se apresuró a lanzarlo al mercado. Era otro medicamento milagroso y durante algunos años dio resultado sin efectos secundarios aparentes. De pronto, ¡zas! El tejido de los nefrones...¿sabe usted cómo funcionan los riñones?

—A los efectos de esta conversación, digamos que no.

—Cada riñón tiene aproximadamente un millón de minúsculas unidades de filtración llamadas nefrones y el Ryax contenía una sustancia química que prácticamente las disolvía. El paciente no siempre moría, como fue el caso del pobre señor Gibson, porque hay varios grados de afectación. No obstante, los daños son permanentes. El riñón es un órgano asombroso que muchas veces se regenera, pero no cuando uno se ha pasado cinco años tomando Ryax.

—¿Cuándo descubrieron los de Miyer-Brack que se enfrentaban a un auténtico problema?

—Es difícil decirlo, pero nosotros presentamos ante el juez Atlee unos documentos internos de los investigadores de su laboratorio en los que instaban a la empresa a actuar con cautela y a llevar a cabo más pruebas. Cuando el Ryax ya llevaba unos cuatro años en el mercado con unos resultados espectaculares, los científicos de la empresa empezaron a preocuparse. No tardaron en aparecer los primeros casos de insuficiencia renal e incluso en producirse las primeras muertes, pero entonces ya era demasiado tarde. En mi opinión, teníamos que encontrar un cliente perfecto, como el que finalmente hallamos, y un foro perfecto, como el que también encontramos, y teníamos que actuar con rapidez antes de que otro abogado consiguiera un veredicto importante. Y aquí fue donde su padre entró en escena.

El camarero retiró las bandejas de las ostras y sirvió una ensalada de cangrejo. El propio señor French había elegido otro borgoña blanco en la bodega de a bordo.

—¿Qué ocurrió después del juicio Gibson? —preguntó Ray.

—Ni yo mismo hubiese pedido algo mejor. Miyer-Brack se derrumbó por completo. Esos cabrones arrogantes tuvieron que echarse a llorar. Dado que su problema no era precisamente el dinero, estaban deseando comprar a los abogados que actuaban contra el Ryax. Antes del juicio, yo tenía cuatrocientos casos, pero carecía de poder. Después del juicio, tenía cinco mil casos y un veredicto de once millones de dólares. Centenares de abogados me llamaron. Me pasé un mes recorriendo el país en un Learjet y firmando acuerdos de representación compartida con otros abogados. Un tipo de Kentucky tenía cien casos. Otro de St. Paul llevaba ochenta. Y así sucesivamente. Unos cuatro meses después del juicio, viajamos a

Nueva York para la reunión del gran acuerdo. En menos de tres horas, negociamos seiscientos casos por un valor total de setecientos millones de dólares. Al cabo de un mes negociamos otro acuerdo de mil doscientos casos por doscientos millones.

—¿Qué parte se llevó usted? —preguntó Ray.

Formulada a una persona normal, la pregunta hubiera resultado impertinente, pero French se moría de ganas de hablar de sus honorarios.

—El cincuenta por ciento de la suma total fue para los abogados, después se descontaron los gastos y el resto fue para los clientes. Ésta es la parte más desagradable de un contrato condicional: has de entregar la mitad al cliente. En cualquier caso, yo tenía que llegar a un acuerdo con otros abogados, pero terminé con trescientos millones de dólares y un poco de calderilla. Eso es lo bueno de las demandas masivas, Ray. Adquieres un gran número de clientes, les consigues incontables acuerdos, y te llevas la mitad de la suma total.

No estaban comiendo. Se respiraba demasiado dinero en el aire.

—¿Trescientos millones de dólares en concepto de honorarios? —preguntó Ray, incrédulo.

French paladeó el vino.

—¿Qué le parece? Me llega a un ritmo tal que no me da tiempo a gastarlo todo.

—Pero me parece que le está sacando unos buenos pellizcos.

—Eso no es más que la punta del iceberg. ¿Ha oído usted hablar de un medicamento llamado Minitrin?

—He visto su página web.

—¿De veras? ¿Y qué le parece?

—Bastante bien. Dos mil casos de Minitrin.

—Ahora ya son tres mil. Es un medicamento contra la hipertensión que causa graves efectos secundarios. Lo fabrica Shyne Medical. Han ofrecido cincuenta mil dólares por caso y yo lo he rechazado. Hay mil cuatrocientos casos de Kobril, el antidepresivo que provoca sordera, según creemos. ¿Ha oído hablar de Skinny Ben?

—Sí.

—Tenemos tres mil casos de Skinny Ben. Y mil quinientos...

—He visto la lista. Supongo que la página web está al día.

—Naturalmente. Soy el nuevo *King of Torts*, el nuevo Rey de los Agravios de este país, Ray. Todo el mundo acude a mí. Tengo a otros trece abogados en mi bufete y necesitaría cuarenta.

El camarero regresó para recoger los platos y les colocó delante el pez espada y otra botella de vino, a pesar de que la anterior aún estaba medio llena. French cumplió el consabido ritual de catar el vino y al final, casi a regañadientes, le dio el visto bueno con una inclinación de cabeza. Ray apenas era capaz de distinguirlo de los dos anteriores.

—Y todo se lo debo al juez Atlee —dijo French.

—¿Cómo?

—Tuvo el valor de efectuar la llamada apropiada para mantener el caso Miyer-Brack en el condado de Hancock, impidiéndoles escapar a un tribunal federal. Comprendió lo que estaba en juego y no temió mostrarse severo. La elección del momento oportuno lo es todo, Ray. Menos de seis meses después de que su padre dictara la sentencia, yo tenía trescientos millones de dólares en las manos.

—¿Y los conserva todos?

French tenía el tenedor muy cerca de la boca. Vaciló un segundo y después tomó el pescado, masticó un poco y contestó:

—No entiendo la pregunta.

—Yo creo que sí la entiende. ¿Le entregó una parte del dinero al juez Atlee?

—Sí.

—¿Cuánto?

—El uno por ciento.

—¿Tres millones de dólares?

—Y algo de calderilla. El pescado está delicioso, ¿no le parece?

—Sí. ¿Por qué lo hizo?

French posó el cuchillo y el tenedor y volvió a acomodarse el pelo con ambas manos. Después se las limpió con una servilleta y volvió a agitar el vino en su copa.

—Supongo que hay muchas preguntas. Por qué, cuándo, cómo, quién.

—Es usted un narrador estupendo, oigámoslo.

Otro movimiento para agitar el vino de la copa y después un suspiro de satisfacción.

—No es lo que usted cree, aunque no hubiese tenido reparos en sobornar a su padre o a cualquier otro juez a cambio de aquella sentencia. Lo he hecho otras veces y seguramente volveré a hacerlo. Forma parte de los gastos generales. No obstante, he de serle franco: me intimidaba tanto su persona y su reputación que no me hubiera atrevido a proponerle un trato. Me hubiera enviado a la cárcel.

—Lo habría dejado pudrirse en la cárcel.

—Sí, lo sé, y mi padre me convenció. Por consiguiente, jugamos limpio. El juicio fue una guerra sin cuartel, pero la verdad estaba de mi parte. Gané, después conseguí mucho dinero y ahora estoy consiguiendo todavía más. A finales del verano pasado, cuando llegamos a un acuerdo y nos enviaron el dinero, quise hacerle un regalo. Procuro mostrarme agradecido con todos los que me ayudan, Ray. Un coche nuevo por aquí, un chalet en propiedad por allá, un saco lleno de dinero a cambio de un favor. Me arriesgo y protejo a mis amigos.

—Pero él no era su amigo.

—De acuerdo, no comíamos del mismo plato, pero en mi mundo jamás he tenido un amigo mejor que él. Todo empezó gracias a él. ¿Se imagina la cantidad de dinero que ingresaré en los próximos cinco años?

—Sorpréndame otra vez.

—Quinientos millones de dólares. Y todo se lo debo a su viejo.

—¿Cuándo lo dejará?

—Aquí hay un abogado que ha litigado contra las tabaqueras y ha ganado mil millones de dólares. Primero quiero igualar esta suma.

Ray necesitaba un trago. Examinó el vino como si supiera lo que tenía que apreciar y se lo bebió. French estaba todavía con el pescado.

—No creo que me esté mintiendo —dijo Ray.

—Yo no miento. Engaño y soborno, pero nunca miento. Hace unos seis meses, cuando estaba comprando aviones, barcos y casas en la playa, chalets en la montaña y nuevos despachos, oí decir que a su padre le habían diagnosticado un cáncer y que su estado era grave. Quise tener un gesto con él. Sabía que andaba corto de dinero y el poco que tenía se empeñaba en regalarlo.

—¿Y entonces le envió tres millones de dólares en efectivo?

—Sí.

—¿Así, por las buenas?

—Ya lo ve. Lo llamé para comunicarle que iba a enviarle un paquete. Resultó que fueron cuatro, cuatro grandes cajas de cartón. Uno de mis chicos las trasladó en una furgoneta y las dejó en el porche principal. El juez Atlee no estaba en casa.

—¿Billetes sin marcar?

—¿Y por qué iba a marcarlos? ¿Cree que quería que me pillaran?

—Y él, ¿qué dijo?

—No oí ni una sola palabra, pero tampoco la quería oír.

—¿Qué hizo él?

—Usted sabrá. Es su hijo y lo conoce mejor que yo. Dígame qué hizo con el dinero.

Ray se apartó de la mesa y, sosteniendo su copa de vino en la mano, cruzó las piernas y procuró tranquilizarse.

—Encontró el dinero en el porche y, al ver lo que era, estoy seguro de que soltó una palabrota de las gordas.

—Vaya, así lo espero.

—Lo empujó al interior del vestíbulo, donde las cajas se añadieron a otras varias docenas. Quería cargar el dinero y trasladarlo de nuevo a Biloxi, pero transcurrieron un par de días. Se encontraba débil y enfermo, le costaba conducir. Sabía que se estaba muriendo y estoy seguro de que aquella suma cambió sus puntos de vista acerca de muchas cosas. Al cabo de unos días, decidió ocultar el dinero, aunque se propuso devolverlo en cuanto pudiera y, de paso, propinar unos cuantos azotes a su corrupto trasero. Nunca llegó a hacerlo, porque su enfermedad empeoró.

—¿Quién encontró el dinero?

—Yo.

—¿Dónde está ahora?

—En el maletero de mi automóvil, en su despacho.

French soltó una sonora y prolongada carcajada.

—De vuelta a su origen —comentó tosiendo.

—Ha sido un largo recorrido. Lo hallé en su estudio poco después de haberlo encontrado muerto a él. Alguien intentó entrar en la casa. Entonces me llevé el dinero a Virginia, ahora lo he traído aquí y ese alguien me está siguiendo.

Las risas cesaron de inmediato. French se limpió la boca con una servilleta.

—¿Cuánto dinero encontró usted?

—Tres millones ciento dieciocho mil dólares.

—¡Maldita sea! No gastó ni un centavo.

—Y no lo mencionó en su testamento. Lo dejó allí, escondido en unas cajas dentro de un armario situado debajo de sus estantes de libros.

—¿Quién intentó entrar en la casa?

—Esperaba que usted lo supiera.

—Tengo una leve idea.

—Dígamela, se lo ruego.

—Es otra historia muy larga.

32

El camarero llevó una selección de botellines de whisky de malta a la cubierta superior, donde French se había instalado con Ray para tomar la última copa de la noche y contar otra historia mientras las luces de Biloxi parpadeaban a lo lejos. Ray no solía beber whisky, pero pasó por el ritual para que French se emborrachara todavía más. Ahora la verdad se estaba derramando a torrentes y él la quería toda.

Eligieron un Lagavulin por su sabor ahumado. Había otras cuatro botellas alineadas como viejos y orgullosos centinelas con todas sus insignias, y Ray se dijo que ya había bebido suficiente. Planeó fingir que bebía y, cuando se presentara la ocasión, arrojar el líquido por la borda. Para su alivio, el camarero escanció el escaso contenido de la botellita en unos cortos y gruesos vasos lo bastante pesados como para agrietar los suelos si a alguien se le escurrían de la mano.

Ya eran casi las diez, pero parecía mucho más tarde. El golfo estaba oscuro y no se veía ningún otro barco. Una suave brisa soplaba desde el sur y mecía suavemente el *King of Torts*.

—¿Quién conoce la existencia del dinero? —preguntó French, pasándose la lengua por los labios.

—Usted, yo, y la persona que lo trasladó.

—Ése es el hombre que busca.

—¿Quién es?

Tomó un largo sorbo antes de humedecerse de nuevo los labios. Ray se acercó el vaso a la boca y deseó no haberlo hecho. A pesar de lo entumecidos que tenía los labios, volvieron a arderle.

—Gordie Priest. Trabajó para mí durante unos ocho años, primero como mensajero, después como intermediario y finalmente como cobrador. Su padre y sus tíos se dedicaban a las loterías ilegales, eran rufianes, destilaban bebidas alcohólicas ilegales y regentaban garitos. Ninguna de sus actividades era legal. Formaban parte de lo que antes se llamaba la mafia de la costa y eran unos gángsteres que despreciaban cualquier tipo de trabajo honrado. Hace veinte años controlaban unos cuantos negocios por aquí, pero ahora ya han pasado a la historia. Casi todos ellos acabaron en la cárcel. El padre de Gordie, un hombre a quien yo conocía muy bien, murió de un disparo ante la puerta de un bar, cerca de Mobile. Unos auténticos miserables, la verdad. Mi familia los conoce desde hace muchos años.

Estaba dando a entender que su familia había formado parte del mismo grupo de estafadores, pero no podía admitirlo abiertamente. Eran los que daban la cara, los abogados que sonreían ante las cámaras y concertaban tratos bajo mano.

—Gordie fue a la cárcel cuando tenía unos veinte años por pertenecer a una pandilla que se dedicaba al robo de automóviles en un área que abarcaba doce estados. Lo contraté cuando salió y, con el tiempo, se convirtió en uno de los mejores intermediarios de la costa. Se le daban especialmente bien los casos de plataformas petrolíferas en alta mar. Conocía a los tipos de las plataformas submarinas y, cuando se producía alguna muerte o alguna lesión, conseguía el caso. Yo le entregaba un buen porcentaje. Hay que cuidar a los intermediarios. Un año le pagué casi ochenta mil dólares, casi todo en efectivo. Como es natural, se lo gastó todo en casinos y en mujeres. Le encantaba irse a Las Vegas, pasarse toda una semana borracho y tirar el dinero como si fuera un ricachón. Se comportaba como un idiota, pero no era tonto. Siempre iba de acá para allá. Cuando se quedaba sin blanca, se apresuraba a ganar un poco de dinero. Y, cuando tenía dinero, se las arreglaba para perderlo.

—Supongo que todo eso tiene que ver conmigo —intervino Ray.

—Un poco de paciencia —dijo French—. Después del caso Gibson a principios del año pasado, empecé a ganar dinero a espuertas. Tenía que devolver favores. Envié grandes sumas en efectivo: a los abogados que me enviaban sus casos, a los médicos que se encargaban de efectuar las pruebas a miles de nuevos clientes. No todo era ilegal, que conste, pero mucha gente prefería que no hubiera documentos. Cometí el error de utilizar a Gordie como repartidor. Creí que podía confiar en él y que me sería fiel. Me equivoqué.

French se había terminado su botellín de whisky y estaba dispuesto a probar otra marca. Ray declinó la invitación y fingió estar ocupado con el Lagavulin.

—¿Y se trasladó por carretera a Clanton y dejó el dinero en el porche? —preguntó Ray.

—Sí. Tres meses más tarde me robó un millón de dólares en efectivo y desapareció. Tiene dos hermanos y, en el transcurso de los últimos diez años, los tres han pasado por la cárcel en algún momento. Excepto ahora. Ahora están todos en libertad condicional y pretenden sacarme elevadas cantidades de dinero. La extorsión es un delito grave, tal como usted sabe, pero como comprenderá no puedo recurrir precisamente al FBI.

—¿Qué le induce a pensar que anda detrás de los tres millones de pavos?

—Los teléfonos intervenidos. Lo averiguamos hace unos meses. He contratado a unos expertos de primera para encontrar a Gordie.

—¿Qué hará si lo encuentra?

—Bueno, he puesto precio a su cabeza.

—¿Quiere decir que ha contratado a alguien para matarlo?

—Sí.

Al oírlo, Ray vació en su vaso otra botellita de whisky.

Durmió en el barco, en algún camarote situado por debajo del nivel del agua y, cuando finalmente consiguió encontrar el camino de la cubierta principal, el sol ya había asomado por el este y el aire resultaba cálido y pegajoso. El capitán le dio los buenos días y señaló hacia delante, donde encontró a French vociferando por teléfono.

El fiel camarero apareció como por ensalmo y le ofreció un café. Tomarían el desayuno en cubierta, en el mismo lugar donde la noche anterior habían disfrutado de los whiskis, aunque protegido por la sombra de un toldo.

—Me encanta desayunar al aire libre —anunció French cuando se reunió con Ray—. Ha dormido usted diez horas.

—¿De veras? —dijo Ray, consultando una vez más su reloj que aún se regía por la hora oficial del este.

Estaba en un yate en el golfo de México sin saber muy bien qué hora era, a un millón de kilómetros de casa y ahora agobiado por el conocimiento de que unos sujetos bastante indeseables andaban tras él.

Sobre la mesa había un variado surtido de panes y cereales.

—Tin Lu le preparará cualquier cosa que le apetezca —ofreció French—. Beicon, huevos, gofres, sémola...

—Con esto me basta, gracias.

French estaba más fresco que una rosa y rebosaba de entusiasmo, dispuesto a enfrentarse con otra dura jornada de trabajo agotador con la energía que sólo podía proceder de la perspectiva de otros quinientos millones de dólares en honorarios. Llevaba una camisa blanca de hilo abrochada hasta el cuello, como la víspera, pantalones cortos y mocasines. Su mirada era clara y animada.

—Acabo de conseguir otros trescientos casos de Minitrin —anunció al tiempo que se servía una generosa cantidad de cereales en un cuenco de gran tamaño.

Todos los platos lucían el obligado monograma F&F.

Ray ya estaba hasta la coronilla de demandas masivas.

—Me alegro, pero a mí me interesa más Gordie Priest.

—Lo encontraremos. Ya hemos efectuado varias llamadas.

—Probablemente está en la ciudad.

Ray se sacó del bolsillo posterior un papel doblado. Era la fotografía de la 37F que había encontrado la mañana de la víspera en su parabrisas. French la miró y dejó de comer.

—¿Esto está en Virginia? —preguntó.

—Sí, es la segunda de las tres unidades que alquilé. Han descubierto las dos primeras y estoy seguro de que ya han averiguado que existe una tercera. Y sabían perfectamente dónde me encontraba yo ayer por la mañana.

—Sin embargo, es evidente que ignoran dónde está el dinero. De lo contrario, se hubieran limitado a sacarlo del maletero de su automóvil mientras usted dormía. O le hubieran obligado a detenerse en algún lugar situado entre aquí y Clanton, y le hubieran alojado una bala en la oreja.

—Y usted cómo lo sabe.

—Vaya si lo sé. Piense como un estafador, Ray. Piense como un gángster.

—Puede que sea fácil para usted, pero a algunas personas nos resulta más difícil.

—Si Gordie y sus hermanos supieran que lleva usted tres millones de dólares en el maletero de su automóvil, se lo robarían. Así de sencillo.

French dejó la fotografía sobre la mesa y se dispuso a dar buena cuenta de sus cereales.

—Nada es tan sencillo —se lamentó Ray.

—¿Qué quiere hacer? ¿Dejarme el dinero a mí?

—Sí.

—No sea tonto, Ray. Son tres millones libres de impuestos.

—De nada me servirán si me meten una bala en la oreja. Con mi sueldo me basta.

—El dinero está a salvo. Guárdelo donde está. Déme un poco de tiempo para localizar a estos chicos y yo me ocuparé de ellos.

Esta perspectiva le quitó a Ray todo el apetito que pudiera tener.

—¡Pero coma, hombre! —lo animó French cuando Ray guardó silencio.

—No tengo valor para eso. Dinero sucio, delincuentes que entran en mi apartamento y me persiguen por todo el sureste del país, teléfonos pinchados, asesinos a sueldo. ¿Qué demonios estoy haciendo yo aquí?

French seguía masticando como si tal cosa. Tenía un estómago a prueba de bomba.

—Tranquilícese —le recomendó— y el dinero será suyo.

—Yo no quiero el dinero.

—Pues claro que lo quiere.

—Se equivoca.

—Entonces, déselo a Forrest.

—Qué desastre.

—Entréguelo para obras de caridad. Dónelo a su Facultad de Derecho. Destínelo a alguna misión que le haga sentirse bien.

—¿Por qué no se lo doy a Gordie para que no me pegue un tiro?

French dejó de comer y miró a su alrededor como si pudiera haber alguien al acecho.

—Mire, anoche localizamos a Gordie en Pascagoula —dijo, bajando la voz—. Lo estamos siguiendo muy de cerca, ¿comprende? Creo que lo tendremos en cuestión de veinticuatro horas.

—¿Y entonces lo neutralizarán?

—Lo mantendremos inmovilizado.

—¿Inmovilizado?

—Gordie pasará a la historia. Su dinero estará a salvo. Espere un poco, hombre.

—Quisiera retirarme ahora mismo.

French se limpió el labio inferior con la servilleta, a continuación tomó su minitransmisor e indicó a Dickie que preparara el barco.

—Eche un vistazo a todo esto —dijo French, entregándole un sobre de cartulina de veintidós por treinta centímetros.

—¿Qué es?

—Unas fotografías de los hermanos Priest. Por si se tropezara con ellos por casualidad.

Ray no prestó la menor atención al sobre hasta que se detuvo en Hattiesburg, a noventa minutos de la costa por carretera. Echó gasolina, se compró un sándwich asqueroso envasado al vacío y se puso de nuevo en marcha para llegar cuanto antes a Clanton, donde Harry Rex conocía al sheriff y a todos sus agentes.

Gordie miraba a la cámara con una expresión despectiva y amenazadora, captada por la policía en una fotografía del año 1991. Sus hermanos, Slatt y Alvin, no ofrecían un aspecto mucho mejor. Ray no supo distinguir quién de ellos era el mayor y quién el menor, aunque, en realidad, no importaba. Ninguno de los tres se parecía a los otros dos. Mala raza. La misma madre, pero padres indudablemente distintos.

Se podían quedar con un millón de dólares cada uno, a él le daba igual. Pero dejadme en paz.

33

Las colinas empezaban entre Jackson y Memphis, y la costa parecía encontrarse a varios husos horarios de distancia. A menudo se había preguntado cómo era posible que un estado tan pequeño fuera tan diverso: la región del delta, con la riqueza de sus algodonales y arrozales y la pobreza que seguía asombrando a los forasteros; la costa, con su mezcla de inmigrantes y de conformistas sin la menor preocupación social, la indiferencia de Nueva Orleans; y las colinas, en la mayoría de cuyos condados seguía imperando la ley seca y casi todo el mundo seguía yendo a la iglesia los domingos. Una persona de las colinas jamás entendería la costa y jamás sería aceptada en el delta. Ray se alegraba de vivir en Virginia.

Patton French era un sueño, se repetía una y otra vez. Un personaje caricaturesco perteneciente a otro mundo. Un engreído devorado vivo por su propio ego. Un embustero, un sobornador, un desvergonzado estafador.

Después miraba hacia el asiento del acompañante y veía el siniestro rostro de Gordie Priest. Un simple vistazo bastaba para comprender que aquella bestia y sus hermanos serían capaces de hacer cualquier cosa por el dinero que él iba arrastrando por todo el país.

A una hora de distancia y ya dentro del alcance de una torre de comunicación, su móvil volvió a sonar. Era Fog Newton y parecía muy alterado.

—¿Dónde demonios te habías metido? —le preguntó.

—No te lo vas a creer.

—Llevo toda la mañana intentando hablar contigo.

—¿Qué ocurre, Fog?

—Hemos tenido bastante ajetreo por aquí. Anoche, cuando cerró la aviación general, alguien consiguió introducirse en la rampa y colocó un artefacto incendiario en el ala izquierda del Boom Bonanza. Un portero de la terminal principal vio por casualidad las llamas y los bomberos pudieron actuar con rapidez.

Ray se acercó al arcén de la Interestatal 55 y se detuvo. Murmuró algo al teléfono mientras Fog seguía hablando.

—Pero el aparato ha sufrido graves daños. No cabe duda de que ha sido un incendio provocado. ¿Estás ahí?

—Te escucho —dijo Ray—. ¿Qué gravedad revisten los desperfectos?

—El ala izquierda, el motor y buena parte del fuselaje, probablemente un siniestro total a efectos del seguro. Ya está aquí el investigador del incendio. Si los depósitos hubieran estado llenos, habría explotado como una bomba.

—¿Los demás propietarios lo saben?

—Sí. Como es natural, figuran en los primeros lugares de la lista de sospechosos. Menos mal que no estabas. ¿Cuándo regresas?

—Pronto.

Se dirigió a una salida y entró en el espacio cubierto de grava de un área de descanso, donde permaneció un buen rato sentado en medio del calor, mirando de vez en cuando a Gordie. La banda de los Priest actuaba con rapidez… Biloxi la mañana anterior, Charlottesville por la noche. ¿Dónde estarían en ese momento?

En el interior del bar se tomó un café amparado por el rumor de las conversaciones de los camioneros. En su afán por alejar de su mente las preocupaciones, llamó a Alcorn Village para averiguar cómo estaba Forrest. Se encontraba en su habitación, durmiendo como un tronco, tal como él solía decir. Era curioso, decía Forrest, lo mucho que dormía cuando estaba en rehabilitación. Se había quejado de la comida y la situación había mejorado un poco. O a lo mejor era que ya se estaba acostumbrando al sabor de la gelatina de color rosa. Como un niño en Disney World, preguntó cuánto tiempo podría quedarse. Ray le contestó que no lo sabía con exactitud. El dinero que días antes le había parecido inagotable ahora corría un grave peligro.

—No permitas que me echen, hermano —le suplicó Forrest—. Quiero quedarme en rehabilitación para el resto de mi vida.

Los chicos Atkin habían terminado de arreglar el tejado de Maple Run sin más incidentes. El lugar estaba desierto cuando llegó Ray. Llamó a Harry Rex y entró en la casa.

—Vamos a tomarnos unas cervezas en el porche esta noche —le sugirió.

Harry Rex jamás había dicho que no a una invitación como aquélla.

Había una zona llana cubierta de espesa hierba justo al otro lado de la acera, enfrente de la casa. Tras pensarlo detenidamente, Ray llegó a la conclusión de que era el mejor sitio para lavar el vehículo. Aparcó el pequeño Audi de cara a la calle con la parte posterior y el maletero justo a un paso del porche. Encontró un viejo balde de estaño en el sótano y una manguera que goteaba en el cobertizo de la parte posterior. Descalzo y sin camisa, se pasó dos horas chapoteando sobre la hierba mojada bajo el ardiente sol de la tarde, frotando el pequeño turismo. Después se pasó otra hora encerándolo y abrillantándolo. A las cinco de la tarde, abrió una botella de cerveza fría y se sentó en los peldaños, admirando su obra. Llamó al número privado de móvil que le había facilitado Patton French, pero, como era de esperar, el gran hombre estaba ocupado. Quería agradecerle su hospitalidad, aunque el verdadero motivo de su llamada era averiguar si habían hecho algún progreso en la tarea de neutralizar a la banda de los Priest. Por nada del mundo se atrevería a formular la pregunta directamente, pero un fanfarrón como French estaría encantado de comunicarle la noticia si la conociera.

Lo más probable era que French se hubiera olvidado de él. En realidad, no importaba en absoluto que los Priest localizaran a Ray o a quien fuera. Tenía que ganar quinientos millones de dólares con sus planes de demandas masivas y dicha tarea absorbía todas sus energías. Si alguien acusara a un sujeto como French por soborno e instigación al asesinato, éste contrataría los servicios de cincuenta abogados y compraría a todos los funcionarios, jueces, fiscales y jurados que fuera preciso.

Llamó a Corey Crawford y se enteró de que el propietario del apartamento había arreglado una vez más las puertas. La policía había prometido vigilar el lugar unos cuantos días hasta que él regresara.

La furgoneta recorrió el camino particular de la casa poco después de las seis. Un sonriente rostro bajó con un delgado sobre urgente que Ray contempló largo rato tras haberlo aceptado. Era un envío aéreo con un franqueo concertado de la Facultad de Derecho de la Universidad de Virginia y la dirección escrita a mano indicaba al señor Ray Atlee, Maple Run, 816 Fourth Street, Clanton, MS, con fecha del 2 de junio, es decir, la víspera. Todo en el sobre resultaba sospechoso.

Nadie de la Facultad de Derecho conocía su dirección en Clanton. Ningún asunto relacionado con la institución podía ser tan urgente como para justificar una entrega especial. Y no se le ocurría ninguna razón para que la facultad tuviera que enviarle algo. Abrió otra botella de cerveza y regresó a los peldaños de la entrada, donde tomó el maldito sobre y lo rasgó.

Un sencillo sobre de tamaño estándar con el nombre de «Ray» garabateado en la parte exterior. Y en el interior, otra de las ahora ya conocidas fotografías de Chaney's Self-Storage, esta vez de la fachada de la unidad 18R. Al pie, en una absurda mezcla de letras desparejadas, figuraba el mensaje: «No necesitas un avión. No gastes más dinero». Aquellos tíos eran muy hábiles. Había sido difícil localizar y fotografiar las tres naves de Chaney's. Había sido una muestra de audacia y también de estupidez incendiar el Bonanza. Pero, curiosamente, lo más impresionante hasta la fecha había sido su capacidad de sustraer un sobre de correo aéreo con franqueo concertado del despacho de Administración de la Facultad de Derecho.

Al desvanecerse el aturdimiento, Ray se percató de un detalle que hubiera tenido que llamarle inmediatamente la atención. Puesto que habían localizado la 18R, sabían que el dinero ya no se encontraba allí. No estaba en Chaney's ni en su apartamento. Lo habían seguido desde Virginia a Clanton y, si él se hubiera detenido en algún sitio por el camino para esconder el dinero, ellos se habrían enterado. Probablemente lo habían vuelto a revolver todo en Maple Run mientras él estaba en la costa.

El cerco se estaba estrechando por momentos. Todas las pistas convergían, todos los puntos se estaban conectando. El dinero había de tenerlo él y Ray ya no tenía escapatoria.

Cobraba un buen sueldo como profesor de Derecho y disfrutaba de otras ventajas adicionales. Su tren de vida no era excesivo y, sentado allí en el porche, descalzo y sin camisa, tomándose una cerveza a primera hora del húmedo anochecer de un largo y caluroso día de junio, llegó a la conclusión de que prefería seguir con aquella existencia. La violencia se la dejaba a los tipos como Gordie Priest y a los sicarios contratados por Patton French. Él no se encontraba en su elemento.

De todos modos, era un dinero sucio.

—¿Por qué has aparcado ahí delante? —rezongó Harry Rex mientras subía pesadamente los peldaños.

—He lavado el coche y lo he dejado allí —dijo Ray.

Se había duchado y se había puesto una camiseta y unos pantalones cortos.

—Qué manías tienes... Anda, dame una cerveza.

Harry Rex se había pasado todo el día peleándose en el Palacio de Justicia, un desagradable caso de divorcio en el que las cuestiones más significativas eran cuál de los cónyuges había fumado más droga diez años atrás y cuál de ellos se había acostado con más personas. Estaba en juego la custodia de cuatro hijos y ninguno de los progenitores estaba en condiciones de ejercerla.

—Soy demasiado viejo para eso —añadió en tono cansado.

A la segunda cerveza, empezó a cabecear.

Harry Rex llevaba veinticinco años controlando los divorcios del condado de Ford. Las parejas mal avenidas solían contratar sus servicios. Un agricultor de Karraway lo tenía siempre en nómina para asegurarse sus servicios cuando se produjera la siguiente separación. Era brillante, pero podía tener muy malas pulgas y mostrarse muy cruel. Todo lo cual resultaba muy útil en el fragor de las encarnizadas guerras de los divorcios.

Pero el esfuerzo se estaba cobrando su tributo. Como todos los abogados de las pequeñas localidades, Harry Rex ansiaba tropezar con un caso sensacional. Una sonada querella por daños y perjuicios, con unos honorarios condicionados de un cuarenta por ciento que le permitieran retirarse de una vez.

La víspera, Ray había saboreado unos vinos carísimos a bordo de un yate de veinte millones de dólares construido por un príncipe saudí, propiedad de un miembro del colegio de abogados de Misisipí que estaba organizando querellas de mil millones de dólares contra varias multinacionales. Ahora estaba tomando una Budweiser en un herrumbroso columpio en compañía de un miembro del colegio de abogados de Misisipí que se había pasado el día discutiendo por la custodia de unos hijos y una pensión alimenticia.

—Esta mañana el corredor de fincas ha enseñado la casa a unos posibles clientes —comentó Harry Rex—. Me llamó a la hora del almuerzo y me despertó.

—¿Quiénes son los posibles clientes?

—¿Recuerdas a los Kapshaw, esos que vivían cerca de Rail Springs?

—No.

—Buena gente. Hace unos diez o doce años empezaron a fabricar sillas en un viejo establo. Una cosa llevó a la otra hasta que acabaron vendiendo el negocio a una importante fábrica de muebles de las Carolinas. Cada uno de ellos se embolsó un millón de dólares. Junkie y su mujer están buscando casa.

—¿Junkie Kapshaw?

—Sí, pero es muy tacaño y no está dispuesto a pagar cuatrocientos mil dólares por esta casa.

—No se lo reprocho.

—Su mujer está más loca que una cabra y quiere comprarse una casa antigua. El corredor de fincas cree que harán una oferta, pero será muy baja. Probablemente propondrán ciento setenta y cinco mil dólares.

Harry Rex empezó a bostezar.

Se pasaron un rato hablando de Forrest y después todo quedó en silencio.

—Creo que será mejor que me vaya —dijo Harry Rex. Después de tres cervezas, ya no aguantaba más—. ¿Cuándo piensas regresar a Virginia? —preguntó, levantándose con gran esfuerzo y desperezándose.

—Puede que mañana.

—Llámame —dijo Harry Rex, que volvió a bostezar mientras bajaba los peldaños.

Ray observó los faros de su automóvil, que desaparecían calle abajo, y de repente volvió a encontrarse totalmente solo. El primer ruido fue un susurro de hojas entre los arbustos que marcaban el límite del terreno, probablemente un perro viejo o un gato de ronda. No obstante, a pesar de lo inofensivo de la situación, Ray se pegó un susto de muerte y corrió a encerrarse en la casa.

34

El ataque se produjo a las dos de la madrugada, en la hora más oscura de la noche, cuando el sueño es más pesado y las reacciones más lentas. Ray estaba completamente dormido, debido al agotamiento. Permanecía tumbado en un colchón en el vestíbulo con la pistola al lado y las tres bolsas de basura llenas de dinero junto a su improvisada cama.

Todo empezó con un ladrillo que entró por la ventana, un estruendo que sacudió la vieja casona e hizo que una lluvia de cristales rotos cayera sobre la mesa del comedor y los suelos de madera recién encerados. Fue un lanzamiento muy bien calculado por parte de alguien con experiencia en estos menesteres. Ray se incorporó de golpe como un gato callejero herido y tuvo suerte de no pegarse un tiro con su propia arma mientras la buscaba a tientas a su lado. Se agachó y cruzó rápidamente el vestíbulo, pulsó un interruptor de la luz y descubrió el ladrillo, que descansaba siniestramente al lado de un rodapié, junto a la vitrina de objetos de porcelana.

Utilizando un *quilt*, apartó los cristales y tomó el ladrillo con cuidado. Se trataba de un ladrillo nuevo de color rojo intenso, con cantos muy cortantes. El ladrillo llevaba una nota sujeta con dos gruesas cintas elásticas. Las retiró sin apartar los ojos de la ventana rota. Le temblaban tanto las manos que ni siquiera lograba leer la nota. Tragó saliva y procuró respirar hondo antes de leer la advertencia escrita a mano.

Decía simplemente: «Vuelve a dejar el dinero donde lo encontraste y sal inmediatamente de la casa».

Le sangraba la mano, un pequeño corte causado por un trocito de cristal. Era la mano que usaba para disparar, en caso de que efectivamente supiera hacerlo y, aturdido por el momento, se preguntó cómo podría protegerse. Se agachó en medio de las sombras del comedor, procurando respirar y pensar con claridad.

De repente, sonó el teléfono y él volvió a experimentar un sobresalto. Al segundo timbrazo, corrió a la cocina, donde la escasa luz que penetraba en la estancia a través de la ventana situada por encima del mueble de la cocina lo ayudó a encontrar el aparato.

—¡Diga! —casi gritó.

—Deja el dinero en su sitio y sal de la casa —ordenó una serena pero inflexible voz que le resultaba desconocida y en la cual le pareció percibir, en medio de la confusión del momento, un ligero acento de la costa—. ¡Ahora mismo, antes de que sufras algún daño!

Hubiera querido gritar, «No», o «Ya basta», o «¿Quién eres?», pero la comunicación se cortó antes de que llegara a decidirse. Sentado en el suelo de espaldas a la nevera, analizó rápidamente las alternativas que se le ofrecían, por más que éstas fueran muy escasas.

Podía llamar a la policía, correr a ocultar el dinero, guardar las bolsas debajo de una cama, esconder la nota pero no el ladrillo, y dar a entender que unos delincuentes habían cometido un acto de vandalismo contra la vieja casa por simple gusto. El policía rodearía el edificio con una linterna en la mano y permanecería allí un par de horas como máximo. Sin embargo, tarde o temprano se iría.

Los que no se irían serían los hermanos Priest. Se habían pegado a él como lapas. Aunque se escondieran un momento, era seguro que no se marcharían. Y eran mucho más ágiles que el vigilante nocturno de Clanton. Y estaban mucho más motivados.

Podía llamar a Harry Rex, despertarlo, decirle que era urgente, pedirle que regresara a la casa y contarle lo sucedido. Estaba deseando hablar con alguien. ¿Cuántas veces había querido confiarle toda la verdad a Harry Rex? Podrían repartirse el dinero, o incluirlo en el testamento, o llevárselo a Tunica y pasarse un año jugando a los dados.

Pero, ¿por qué poner también en peligro a Harry Rex? Tres millones de dólares era cantidad suficiente para provocar más de un asesinato.

Ray tenía una pistola. ¿Por qué no protegerse? Podía mantener a raya a los atacantes. Cuando éstos cruzaran la puerta, encendería la luz. El tiroteo alertaría a los vecinos y toda la ciudad acudiría a la casa.

Pero bastaba una bala bien apuntada, un diminuto proyectil que él no vería y probablemente sólo sentiría durante uno o dos minutos. Además, esos sujetos habían disparado muchas más balas que el profesor Ray Atlee, y para colmo eran varios y él sólo uno. Ya había llegado a la conclusión de que no quería morir. La vida era demasiado agradable.

Justo en el momento en que el ritmo de su corazón alcanzaba su máxima velocidad y él notaba que el pulso se le empezaba a debilitar, otro ladrillo atravesó con estrépito el cristal de la ventanita de encima del fregadero de la cocina. Experimentó una sacudida, soltó un grito, se le cayó el arma de la mano y él le dio un golpe sin querer mientras se desplazaba precipitadamente a gatas hacia el vestíbulo, arrastrando las tres bolsas de dinero hasta el estudio del Juez. Apartó el sofá de la estantería de libros y empezó a arrojar los fajos de billetes al interior del mismo armario donde había encontrado el maldito botín. Sudando, soltó varios tacos y esperó el tercer ladrillo, o tal vez la primera descarga de disparos. Tras haberlo colocado todo en su escondrijo, recogió la pistola y abrió la puerta principal de la casa. Corrió al automóvil, arrancó el motor, dejó unas profundas rodadas en el césped de la parte anterior y consiguió huir.

No había sufrido ningún daño y, en aquel momento, eso era lo único que le importaba.

Al norte de Clanton, la tierra bajaba hacia las rebalsas del lago Chatoula y, a lo largo de un tramo de dos kilómetros, la carretera era recta y llana. Conocida simplemente como The Bottoms, aquel tramo de carretera llevaba mucho tiempo siendo el lugar de reunión nocturna de corredores de vehículos trucados, borrachos, matones y alborotadores en general. Su último enfrentamiento con la muerte, sin contar aquel momento, se había producido en el instituto. Sentado en el asiento posterior de un Pontiac Firebird lleno de gente y conducido por Bobby Lee West, que estaba borracho y competía con un Camaro trucado a cuyo volante se sentaba un Doug Terring todavía más borracho, mientras ambos vehículos volaban a ciento setenta kilómetros por hora a través de The Bottoms. A partir de entonces, él había evitado aquel peligro, pero Bobby Lee había muerto un año después cuando su Firebird se salió de la carretera y fue a chocar contra un árbol.

Al llegar al tramo recto de The Bottoms, pisó el acelerador y dejó que el vehículo se disparara. Eran las dos y media de la madrugada y seguro que todo el mundo estaba durmiendo.

En efecto: Elmer Conway estaba dormido, pero un mosquito de gran tamaño le había picado la frente y, de paso, lo había despertado. Vio los faros de un vehículo que se estaba acercando a toda velocidad y puso en marcha su radar. Elmer tardó casi seis kilómetros en alcanzar aquel pequeño y divertido cacharro extranjero y, para entonces, ya estaba furioso.

Ray cometió el error de abrir la portezuela y bajar, lo cual no coincidía con la idea que tenía Elmer de la situación.

—¡Quieto, cabrón! —gritó Elmer por encima del cañón de su revólver de reglamento, el cual, tal como Ray advirtió rápidamente, estaba apuntando directamente contra su cabeza.

—Calma, calma —dijo, levantando las manos en gesto de absoluta rendición.

—Apártese del automóvil —gruñó Elmer sin dejar de apuntarle.

—No tengo el menor inconveniente, señor, tranquilícese —dijo Ray, desplazándose de lado.

—¿Cómo se llama?

—Ray Atlee, soy el hijo del juez Atlee. ¿Tendría la bondad de bajar este revólver, por favor?

Elmer bajó unos centímetros el arma, justo lo suficiente como para que la ráfaga alcanzara a Ray en el estómago, pero no en la cabeza.

—Lleva matrícula de Virginia —dijo Elmer.

—Es porque vivo en Virginia.

—¿Es allí adonde se dirige?

—Sí, señor.

—¿Y a qué vienen tantas prisas?

—Pues no sé, sólo….

—Según el radar, circulaba casi a ciento setenta.

—Lo siento muchísimo.

—Eso no sirve de nada. Eso es exceso de velocidad. —Elmer se acercó un poco más. Ray había olvidado el corte de la mano y no había reparado en el que tenía en la rodilla. Elmer sacó una linterna y le examinó desde nueve metros de distancia—. ¿Por qué está sangrando?

Era una excelente pregunta, pero en aquel momento, de pie en el centro de una oscura carretera con una linterna iluminándole la cara, a Ray no se le ocurrió ninguna respuesta apropiada. Decir la verdad le hubiera llevado una hora, y ésta habría caído en unos oídos incrédulos. Una mentira sólo hubiera servido para agravar la situación.

—No lo sé —murmuró.

—¿Qué hay dentro del vehículo? —preguntó Elmer.

—Nada.

—Ya.

Elmer esposó a Ray y le obligó a sentarse en el asiento posterior de su coche patrulla del condado de Ford, un Impala marrón con los guardabarros cubiertos de polvo, sin tapacubos y con toda una serie de antenas montadas en el parachoques posterior. Ray le observó mientras rodeaba el Audi y examinaba su interior. Cuando terminó, Elmer se sentó al volante y, sin volver la cabeza, preguntó:

—¿Para qué es la pistola?

Ray había intentado empujar la pistola bajo el asiento del acompañante, pero por lo visto el arma se veía desde el exterior.

—Protección.

—¿Tiene licencia?

—No.

Elmer llamó a la central y facilitó un largo informe acerca de su última detención. Terminó con un «Lo llevo para acá», como si acabara de atrapar a uno de los diez hombres más buscados.

—¿Y mi coche? —preguntó Ray mientras daban la vuelta.

—Enviaré una grúa.

Elmer encendió las luces rojas y azules y aceleró hasta que el cuentakilómetros llegó a ciento treinta.

—¿Puedo llamar a mi abogado? —preguntó Ray.

—No.

—Vamos, hombre. Es sólo una infracción de tráfico. Mi abogado se reunirá conmigo en el calabozo, depositará la fianza y, en cuestión de una hora, yo estaré de nuevo en la carretera.

—¿Quién es su abogado?

—Harry Rex Vonner.

Elmer soltó un gruñido y Ray observó que se ruborizaba.

—El muy cabrón me dejó arruinado después del divorcio.

Vista la situación, Ray se reclinó contra el respaldo y cerró los ojos.

Mientras Elmer acompañaba a Ray por la acera, éste recordó que había estado en el interior de la cárcel del condado de Ford en dos ocasiones. En ambas ocasiones había llevado unos documentos destinados a unos padres negligentes que llevaban años sin pagar la manutención de sus hijos, por lo cual el juez Atlee los había mandado encerrar. Haney Moak, el carcelero ligeramente retrasado mental, con su uniforme siempre demasiado grande, seguía estando allí, en el mismo mostrador de recepción, leyendo revistas de detectives. Haney era también el encargado de la centralita del turno de noche y por este motivo estaba al corriente de las infracciones de Ray.

—El hijo del juez Atlee, ¿verdad? —dijo Haney esbozando una siniestra sonrisa.

Mantenía la cabeza ladeada, sus ojos no eran simétricos y, cada vez que hablaba, el hecho de seguirle la mirada constituía todo un desafío.

—Sí, señor —contestó Ray amablemente, intentando ganarse la amistad de alguien.

—Era un hombre estupendo —dijo Haney, situándose a la espalda de Ray para quitarle las esposas.

Ray se frotó las muñecas y miró al agente Conway, quien estaba ocupado rellenando meticulosamente unos impresos.

—Exceso de velocidad y tenencia ilícita de armas.

—No le vas a encerrar, ¿verdad? —le preguntó Haney en tono admonitorio a Elmer, como si el encargado del caso fuera él y no el agente.

—¿Tú qué crees? —replicó Elmer y, a partir de aquel momento, la tensión aumentó.

—¿Puedo llamar a Harry Rex Vonner? —preguntó Ray en tono suplicante.

Haney le señaló con la cabeza un teléfono de pared fingiendo la mayor indiferencia posible. Después miró enfurecido a Elmer. Estaba claro que la relación entre ambos no era muy fluida.

—Mi cárcel está llena en estos momentos —dijo.

—Es lo que dices siempre.

Ray marcó rápidamente el número particular de Harry Rex. Eran más de las tres de la madrugada y sabía que su llamada sentaría muy mal. La actual señora Vonner contestó al tercer timbrazo. Ray se disculpó por la hora intempestiva y preguntó por Harry Rex.

—Ha salido —contestó la mujer.

Pero no está de viaje, pensó Ray. Apenas seis horas antes se encontraba en el porche de su casa.

—¿Puedo preguntar adónde ha ido?

Haney y Elmer estaban discutiendo prácticamente a gritos.

—A la casa de los Atlee —contestó muy despacio la mujer.

—No, ya estuvo allí hace unas horas. Yo estaba con él.

—Acaban de llamar para informarnos de que se ha producido un incendio.

Con Haney sentado en el asiento de atrás, rodearon la plaza a toda velocidad con las luces encendidas y las sirenas a todo volumen. El resplandor de las llamas era visible desde dos manzanas de distancia.

—Señor, apiádate —dijo Haney desde el asiento de atrás.

Pocos acontecimientos causaban tanta expectación en Clanton como un buen incendio. Los dos coches de bomberos de la ciudad ya estaban allí. Docenas de voluntarios se afanaban de un lado a otro, todos ellos gritando. Los vecinos se estaban congregando en la otra acera.

Las llamas ya asomaban por el tejado. Mientras pasaba por encima de una manguera y entraba en el jardín de la parte anterior de la casa, Ray aspiró un olor inconfundible: era gasolina.

35

Resultó que el nido de amor no era un mal sitio para echar una cabezadita. Era una estancia alargada y estrecha, llena de polvo y telarañas, con una lámpara que colgaba del centro del techo abovedado. La única ventana, que pedía a gritos una capa de pintura, daba a la plaza. La cama de hierro era una pieza antigua sin sábanas ni mantas. Ray trató de no pensar en Harry ni en sus desventuras sobre aquel mismo colchón. En su lugar, pensó en el viejo caserón de Maple Run y en la majestuosa manera en que éste había pasado a la historia. Cuando el tejado se derrumbó, medio Clanton se hallaba presente. Ray había permanecido sentado en solitario en una rama baja de un plátano, oculto a los ojos de todos, tratando infructuosamente de evocar los dulces recuerdos de una maravillosa infancia que jamás había existido. Cuando las llamas empezaron a asomar por todas las ventanas, Ray aún no había pensado en el dinero, ni en el escritorio del Juez, ni en la mesa del comedor de su madre; sólo pensaba en el viejo general Forrest, cuyos ardientes ojos miraban desde arriba con expresión ceñuda.

Tras un descanso de tres horas, se despertó a las ocho. La temperatura estaba subiendo rápidamente en aquel cuchitril y unas fuertes pisadas se acercaban a él.

Harry Rex abrió la puerta de par en par y encendió la luz.

—Despierta, delincuente —rezongó—. Exigen tu presencia en la cárcel.

Ray apoyó los pies en el suelo.

—Mi huida fue justa y honrada.

Había perdido de vista a Haney y Elmer en medio de la gente y había optado por largarse con Harry Rex.

—¿Les dijiste que podían registrar tu automóvil?

—Sí.

—Fue un error. ¿Qué clase de abogado eres?

Harry Rex tomó una silla plegable de madera que estaba apoyada en la pared y se sentó junto a la cama.

—No había nada que ocultar.

—Eres un estúpido y lo sabes. Registraron el automóvil y no encontraron nada.

—Es lo que yo esperaba.

—Ni ropa, ni maletín de fin de semana, ni equipaje, ni cepillo de dientes, ni la menor prueba de que estuvieras abandonando la ciudad para regresar a casa, según tu versión oficial de los hechos.

—Yo no he incendiado la casa, Harry Rex.

—Bueno, pues en este momento eres el principal sospechoso. Huyes en plena noche sin llevar ningún equipaje y te alejas a toda velocidad como un murciélago que escapara del infierno. La vieja lady

Larrimore te ve pasar volando desde su casa de unas puertas más abajo, y unos diez minutos más tarde aparecen los coches de bomberos. Te atrapa el agente más tonto del condado huyendo a ciento sesenta y ocho kilómetros por hora. Defiéndete.

—Yo no prendí fuego a la casa.

—¿Por qué saliste a las dos y media de la madrugada?

—Alguien lanzó una piedra contra la ventana del comedor y me asusté.

—Llevabas un arma.

—No tenía intención de utilizarla. Prefiero huir antes que disparar contra alguien.

—Llevas demasiado tiempo en el Norte.

—No vivo en el Norte.

—¿Cómo te hiciste estos cortes?

—El ladrillo rompió el cristal de la ventana, ¿comprendes?, y me corté al recogerlo.

—¿Por qué no llamaste a la policía?

—Tuve miedo. Quería regresar a casa y decidí largarme.

—Y, diez minutos más tarde, alguien empapa la casa de gasolina y arroja una cerilla.

—No sé lo que hicieron.

—Yo te declararía culpable.

—No, tú eres mi abogado.

—No, soy el abogado del testamento, el cual, dicho sea de paso, ha perdido su única propiedad.

—Hay suscrita una póliza contra incendios.

—Sí, pero tú no la podrás cobrar.

—¿Por qué no?

—Porque, si la reclamas, te investigarán por incendio intencionado. Si tú me dices que no lo has hecho, te creo. Pero no estoy muy seguro de que alguien más vaya a hacerlo. Si pretendes cobrar el seguro, puedes estar seguro de que investigarán a fondo.

—Yo no he incendiado la casa.

—Entonces, ¿quién lo hizo?

—El que lanzó el ladrillo.

—¿Y quién es?

—No tengo ni idea. A lo mejor alguien que salió perjudicado en alguna causa de divorcio.

—Fantástico. Y ha esperado nueve años para vengarse del Juez, quien, por cierto, ya ha muerto. No me busques en la sala cuando le des esta explicación al jurado.

—No lo sé, Harry Rex. Te juro que yo no lo hice. Olvidemos el dinero del seguro.

—No es tan fácil. Sólo te corresponde la mitad, la otra mitad pertenece a Forrest. Puede reclamar el pago de la póliza.

Ray respiró hondo y se rascó la mandíbula, en la que se advertía una barba de tres días.

—Échame una mano, te lo ruego.

—El sheriff está abajo con uno de sus investigadores. Te formularán unas cuantas preguntas. Contesta despacio y di la verdad. Yo estaré presente; vamos allá.

—¿Está aquí?

—En mi sala de reuniones. Le he pedido que venga para resolver ya el asunto. Creo sinceramente que necesitas salir de la ciudad.

—Eso es lo que intentaba hacer.

—El exceso de velocidad y la acusación de tenencia de armas se aplazarán unos cuantos meses. Dame un poco de tiempo para organizarlo todo. En este momento tienes problemas más gordos.

—Yo no he incendiado la casa, Harry Rex.

—Por supuesto que no.

Abandonaron la habitación y bajaron al segundo piso por una escalera bastante inestable.

—¿Quién es el sheriff? —preguntó Ray, volviendo la cabeza.

—Un tal Sawyer.

—¿Es buen tipo?

—Eso no importa.

—¿Le conoces bien?

—Llevé el divorcio de su hijo.

La sala de reuniones era un auténtico revoltijo de libros de jurisprudencia tirados de cualquier manera en las estanterías, los anaqueles e incluso en la alargada mesa. Daba la impresión de que Harry Rex se pasaba largas horas dedicado a toda suerte de aburridas investigaciones. Pero no era así.

Sawyer no era muy amable y tampoco lo era su ayudante, un nervioso y menudo italiano apellidado Sandroni. No había muchos italianos en el nordeste de Misisipí y, durante las tensas presentaciones, Ray captó un acento del delta. Ambos fueron directamente al grano mientras Sandroni tomaba cuidadosas notas y Sawyer bebía un humeante café en un vaso de plástico sin perder de vista a Ray.

La llamada a los bomberos la hizo la señora Larrimore a las 2.34 de la madrugada, aproximadamente entre diez y quince minutos después de haber visto el automóvil de Ray abandonando Fourth Street como un rayo. Elmer Conway comunicó por radio a las 2.36 que estaba persiguiendo a un idiota que circulaba a casi ciento setenta kilómetros por hora por The Bottoms. Puesto que ya se había comprobado que Ray circulaba a gran velocidad, Sandroni dedicó mucho rato a establecer su trayecto, sus velocidades estimadas, los semáforos y cualquier otra cosa que lo hubiera podido obligar a aminorar la marcha a aquella hora de la madrugada.

Una vez establecido su recorrido, Sawyer se puso en contacto por radio con un agente que permanecía de guardia delante de los escombros de Maple Run y le pidió que recorriera exactamente el mismo camino a las mismas velocidades estimadas y que se detuviera en The Bottoms, donde Elmer ya esperaba de nuevo.

A los doce minutos, el agente llamó para comunicar que ya estaba con Elmer.

—O sea, en menos de doce minutos —dijo Sandroni resumiendo—. Alguien, y vamos a suponer que ese alguien no estaba ya en la casa, ¿verdad, señor Atlee?, entró con una elevada provisión de gasolina y roció profusamente el lugar hasta tal punto que el capitán de los bomberos comentó que jamás en su vida había notado un olor tan intenso a gasolina. A continuación, arrojó una cerilla, o tal vez dos, pues el capitán de los bomberos estaba casi seguro de que el fuego tenía más de un foco y, tras haber arrojado las cerillas, el anónimo pirómano huyó en plena noche. ¿No es así, señor Atlee?

—No sé lo que hizo el pirómano —contestó Ray.

—¿Pero los cálculos del tiempo son correctos?

—Si usted lo dice...

—Lo digo.

—Siga adelante —dijo Harry Rex desde el fondo de la mesa.

El móvil era la siguiente cuestión. La casa estaba asegurada en trescientos ochenta mil dólares, incluyendo el contenido. La única oferta de compra había sido de ciento setenta y cinco mil dólares, según el corredor de fincas que ya había sido consultado.

—Una buena diferencia, ¿verdad, señor Atlee? —preguntó Sandroni.

—En efecto.

—¿Se lo ha comunicado ya a su compañía de seguros?

—No, tenía intención de hacerlo cuando abrieran sus oficinas —contestó Ray—. Por increíble que le parezca, algunas personas no trabajan en sábado.

—Pero hombre, por Dios —tercíó amablemente Harry Rex—, los bomberos aún están allí. Disponemos de seis meses para reclamar.

Sandroni enrojecíó intensamente, pero se mordíó la lengua y decidíó seguir adelante.

—Hablemos de otros sospechosos.

A Ray no le gustó la palabra «otros». Contó todo lo referente al ladrillo que había atravesado la ventana o, por lo menos, casi todo. También habló de la llamada telefónica que le había conminado a abandonar inmediatamente la casa.

—Controlen los registros de la compañía telefónica —les dijo en tono desafiante.

Para reforzar su exposición, se refirió también a otros episodios anteriores protagonizados por algún chiflado que se había dedicado a golpear las ventanas de la casa la noche de la muerte del Juez.

—Ya tienen ustedes suficiente —dijo Harry Rex al cabo de treinta minutos—. En otras palabras, mi cliente no responderá a más preguntas.

—¿Cuándo se va usted de la ciudad? —preguntó Sawyer.

—Llevo seis horas intentando marcharme —contestó Ray.

—Muy poco tiempo, la verdad —intervino Harry Rex.

—Tal vez tengamos que hacerle otras preguntas.

—Regresaré siempre que me necesiten —aseguró Ray.

Harry Rex los acompañó a la puerta y, cuando regresó a la sala de reuniones, dijo:

—Creo que eres un embustero hijo de puta.

36

El viejo coche de bomberos ya se había ido, el mismo que siendo adolescentes seguían para matar el aburrimiento de las noches estivales. Un único voluntario vestido con una sucia camiseta estaba recogiendo las mangueras. La calle había quedado hecha un desastre, cubierta de barro.

A media mañana Maple Run quedó desierta. La chimenea del ala este aún se mantenía en pie, al igual que el estrecho paño de pared calcinada que había a su lado. Todo lo demás se había derrumbado y convertido en un montón de escombros. Rodearon los cascotes y se dirigieron a la parte posterior, donde una hilera de viejas pacanas protegía el límite de la propiedad. Se sentaron a la sombra en unas sillas metálicas de jardín que Ray había pintado una vez de rojo y comieron tamales.

—Yo no he quemado la casa —declaró finalmente Ray.

—¿Sabes quién lo hizo? —preguntó Harry Rex.

—Tengo un sospechoso.

—Pues dímelo, joder.

—Se llama Gordie Priest.

—¡Ah, ése!

—Es una historia muy larga.

Ray empezó con el Juez, muerto en el sofá, y el accidental descubrimiento del dinero, ¿o acaso no había sido tan accidental? Facilitó todos los datos y detalles que recordó y planteó todas las preguntas que lo atormentaban desde hacía varias semanas. Ambos habían dejado de comer. Contemplaban los humeantes escombros, pero estaban demasiado hipnotizados como para verlos. Harry Rex estaba atónito. Ray, en cambio, sentía un gran alivio. Desde Clanton a Charlottesville en viaje de ida y vuelta. Desde los casinos de Tunica a Atlantic City y vuelta a Tunica. A la costa y a Patton French y su afán de embolsarse mil millones de dólares, y todo gracias al juez Reuben Atlee, humilde servidor de la ley.

Ray no omitió nada, trató de recordar hasta el último detalle. El saqueo de su apartamento de Charlottesville para intimidarle, según creía. La desacertada compra de una participación en un Bonanza. Habló sin cesar mientras Harry Rex lo escuchaba en silencio.

Cuando terminó, se le había pasado el apetito y sudaba a mares. Harry Rex tenía un millón de preguntas, pero empezó por una:

—¿Qué interés podía tener en quemar la casa?

—Borrar sus huellas quizá, no lo sé.

—Este tipo no dejó ninguna huella.

—Quizá fue un acto final de intimidación.

Meditaron un rato la cuestión. Harry Rex se terminó un tamal diciendo:

—Deberías habérmelo contado.

—Quería quedarme con el dinero, ¿comprendes? Tenía tres millones de dólares en efectivo en las manos, lo cual me parecía maravilloso. Era mejor que el sexo, mejor que cualquier otra cosa que hubiera experimentado. Tres millones de dólares, Harry Rex, todos míos. Era rico. Era codicioso. Era corrupto. No quería que tú, ni Forrest, ni el gobierno, ni ninguna persona del mundo supiera que yo tenía el dinero.

—¿Qué pensabas hacer con él?

—Guardarlo en el banco, en una docena de ellos, en paquetes de nueve mil dólares, sin papeleo que pudiera alertar al estado, acumularlos durante dieciocho meses, e invertirlos después para obtener una buena renta. Tengo cuarenta y tres años; en cuestión de dos años, el dinero ya sería legal y me estaría proporcionando unos buenos beneficios. Cada cinco años la suma se duplicaría. Cuando cumpliera cincuenta años, mi capital ascendería a seis millones. A los cincuenta y cinco, tendría doce. A los sesenta, tendría veinticuatro millones de dólares. Lo tenía todo planeado, Harry Rex, y veía claro el futuro.

—No te lo reproches. Es una reacción normal.

—Pero no parece normal.

—Como delincuente, eres un desastre.

—Me sentía fatal y me di cuenta de que ya había empezado a cambiar. Me imaginaba con un avión, un lujoso automóvil deportivo y una vivienda más bonita. Corre mucho dinero en Charlottesville y soñaba con vivir a lo grande. Clubs de campo, caza del zorro...

—¿Caza del zorro?

—Sí.

—¿Con sombrerito y pantalones de montar?

—Saltando por encima de las vallas montado en un fogoso corcel, en pos de una jauría de perros que persiguen sin descanso a un zorro de doce kilos que tú jamás llegarás a ver.

—¿Y tú por qué quieres hacer eso?

—Por lo mismo que todo el mundo.

—Pues yo me conformo con cazar patos.

—En cualquier caso, era una carga muy pesada, te lo aseguro. Me refiero a eso de haberme pasado varias semanas arrastrando el dinero por ahí.

—Hubieras podido dejar una parte en mi despacho.

Harry Rex se terminó un tamal y se tomó una Coca-Cola.

—¿Crees que soy tonto?

—No, muy afortunado. Este tío jugaba en serio.

—Cada vez que cerraba los ojos, veía una bala dirigida contra mi frente.

—Mira, Ray, tú no has hecho nada malo. El Juez no quiso incluir el dinero en su testamento. Tú lo tomaste para proteger tu herencia y para salvaguardar la reputación de tu padre. Sin embargo, hay un hombre que lo ambicionaba más que tú. Pensándolo bien, tuviste suerte de no sufrir ningún daño. Mejor será que lo olvides.

—Gracias, Harry Rex. —Ray se inclinó hacia delante mientras el bombero voluntario se retiraba—. ¿Y el incendio?

—Ya lo arreglaremos. Presentaré la reclamación y la compañía de seguros lo investigará. Sospecharán que ha sido un incendio provocado y habrá bastantes problemas. Dejaremos pasar unos cuantos meses. Si no pagan, presentaremos una denuncia en el condado de Ford. No querrán correr el riesgo de someterse a un juicio por el sistema de jurados contra el testamento de Reuben Atlee aquí mismo, en su Palacio de Justicia. Creo que aceptarán un acuerdo extrajudicial. Quizá tengamos que llegar a un compromiso, pero conseguiremos un buen acuerdo.

Ray se levantó.

—Estoy deseando regresar a casa —suspiró. Cuando rodearon las ruinas de la casa, el aire era espeso a causa del calor y el humo—. Ya estoy harto —añadió, encaminándose hacia la calle.

Atravesó The Bottoms a una irreprochable velocidad de ochenta y cinco kilómetros por hora. Ni rastro de Elmer Conway. Con el maletero vacío, el Audi parecía más ligero. De hecho, su vida parecía haberse desprendido de las cargas que la agobiaban. Ray ansiaba recuperar la normalidad de su casa.

Temía el encuentro con Forrest. El testamento de su padre se había convertido en humo y la cuestión del incendio sería muy difícil de explicar. Quizá convenía esperar un poco. La terapia de rehabilitación se estaba desarrollando sin problemas y Ray sabía por experiencia que, al menor contratiempo, su hermano podía sufrir una recaída. Dejaría pasar un mes. Y después otro.

Forrest no regresaría a Clanton y, en su tenebroso mundo, tal vez nunca llegara a enterarse del incendio. Quizá fuera mejor que Harry Rex le comunicara la noticia.

El recepcionista de Alcorn Village le dirigió una mirada extraña cuando firmó en el registro. Ray se pasó un buen rato leyendo revistas en el oscuro salón donde esperaban las visitas. Cuando vio entrar a Oscar Meave con semblante compungido, comprendió exactamente lo que había ocurrido.

—Se fue a última hora de la tarde de ayer —dijo Meave, sentándose al otro lado de la mesita auxiliar—. Me he pasado toda la mañana intentando localizarle a usted.

—Anoche perdí mi teléfono móvil —dijo Ray.

De entre todos los objetos que había dejado a su espalda cuando cayó el ladrillo, le parecía increíble que hubiera olvidado su móvil.

—Firmó en el registro para ir a dar una vuelta por las colinas, un paseo de ocho kilómetros que había estado dando todos los días por un sendero natural. Transcurre por la parte posterior de la propiedad y no hay ninguna valla, pero Forrest no planteaba ningún riesgo de seguridad. Por lo menos, eso suponíamos. Me parece increíble.

Ray sí lo creía, por supuesto. Su hermano llevaba casi veinte años fugándose de centros de desintoxicación.

—En realidad, estas instalaciones no son una cárcel —siguió diciendo Meave—. Nuestros pacientes tienen que estar aquí por voluntad propia, de lo contrario, la cosa no funciona.

—Lo comprendo —dijo Ray en un susurro.

—Todo iba de maravilla —añadió Meave, visiblemente más decepcionado que Ray—. Estaba completamente limpio y se sentía muy orgulloso. Había adoptado a un par de adolescentes que se estaban sometiendo por primera vez a una terapia de rehabilitación. Forrest trabajaba con ellos todas las mañanas. Le aseguro que no lo entiendo.

—Creía que era usted un ex adicto.

Meave meneó la cabeza.

—Lo sé, lo sé. El adicto lo deja cuando quiere, no antes.

—¿Ha visto usted alguna vez a alguien que no pudiera dejarlo? —preguntó Ray.

—Ésa es una posibilidad que no podemos admitir.

—Por supuesto. Pero, entre nosotros, usted y yo sabemos que hay ciertos adictos que nunca lo dejan.

Meave se encogió de hombros.

—Forrest es uno de ellos, Oscar —prosiguió Ray—. Llevamos veinte años viviendo esta situación.

—Lo considero un fracaso personal.

—No lo haga.

Salieron al exterior y se pasaron un rato conversando bajo una galería. Meave no cesaba de disculparse. Para Ray no era nada inesperado.

Mientras circulaba por el tortuoso camino que conducía a la carretera principal, Ray se preguntó cómo era posible que su hermano se hubiera alejado a pie de un centro situado a quince kilómetros de la ciudad más cercana. Pero, en realidad, Forrest se había fugado de otros lugares todavía más remotos.

Regresaría a Memphis, a su habitación del sótano de la casa de Ellie, y volvería a las calles donde lo esperaban los camellos. Puede que la siguiente llamada telefónica fuera la última, pero a esas alturas ya no sería una sorpresa para Ray. A pesar de lo enfermo que estaba, Forrest había demostrado poseer una sorprendente capacidad de supervivencia.

Ahora Ray ya estaba en Tennessee. El siguiente estado sería Virginia, a siete horas de distancia por carretera. Con un cielo despejado y sin el menor soplo de viento, pensó en lo relajante que sería estar a mil quinientos metros de altura, volando por allí en su Cessna de alquiler preferido.

37

Las dos puertas eran nuevas, aún estaban sin pintar y eran mucho más resistentes que las antiguas. Ray le agradeció en silencio al propietario del apartamento los gastos extraordinarios, pese a constarle que ya no habría más escalos. La persecución había terminado. No más miradas furtivas por encima del hombro. No más cuchicheos con Corey Crawford. No más dinero ilícito por el que preocuparse, con el que soñar y que arrastrar literalmente de un lado a otro. El hecho de sentirse libre de aquella carga lo indujo a sonreír y a apresurarse.

La vida volvería a normalizarse. Largas carreras en medio del calor. Largos vuelos en solitario sobre el Piedmont. Incluso estaba deseando reanudar sus investigaciones con vistas al tratado sobre monopolios que había prometido entregar esa misma Navidad o la siguiente. Había cambiado de opinión respecto a Kaley y estaba dispuesto a hacer un último intento de salir a cenar con ella. Ahora todo era legal, la chica ya se había graduado y era demasiado atractiva como para descartarla sin antes dedicarle un pequeño esfuerzo.

Su apartamento estaba igual que siempre, en su estado de costumbre puesto que nadie más vivía en él. Aparte de la puerta, no había ninguna prueba de que alguien hubiera pretendido entrar. Ahora ya sabía que su ladrón no era tal, sino alguien que pretendía intimidarlo. Tal vez Gordie, o uno de sus hermanos. No sabía muy bien cómo se repartían el trabajo, aunque en realidad tampoco le importaba.

Ya eran casi las once de la mañana. Se preparó un café bien cargado y empezó a examinar el correo. Se habían terminado las cartas anónimas. No había más que las facturas y la propaganda de siempre.

Había dos faxes en la bandeja. Uno era una nota de un antiguo alumno. El segundo era de Patton French. Había intentado llamar, pero el móvil de Ray no funcionaba. Estaba escrito a mano en el papel de carta del *King of Torts*, enviado sin duda desde las grises aguas del golfo, donde French seguía ocultando su barco de la ávida mirada del abogado de su mujer.

¡Buenas noticias en la cuestión de la seguridad! Poco después de que Ray abandonara la costa, Gordie Priest había sido «localizado» junto con uno de sus hermanos. ¿Tendría Ray la bondad de llamarle? Su ayudante intentaría localizarlo. Ray se pasó dos horas tratando de telefonear hasta que French lo llamó desde un hotel de Fort Worth, donde estaba celebrando una reunión con algunos abogados del Ryax y el Kobril.

—Es probable que consiga mil casos —explicó sin poder contenerse.

—Maravilloso —dijo Ray.

Estaba decidido a no oír hablar más de casos masivos y de acuerdos por valor de cifras astronómicas.

—¿Es seguro su teléfono? —preguntó French.

—Sí.

—Muy bien, preste atención. Priest ya no constituye una amenaza. Lo localizamos poco después de que usted se fuera. Lo encerramos a buen recaudo, borracho como una cuba en compañía de una chica con la que sale desde hace mucho tiempo. También hemos encontrado a uno de sus hermanos y el otro se encuentra en algún lugar de Florida. Su dinero está a salvo.

—¿Cuándo los encontraron exactamente? —preguntó Ray.

Estaba inclinado sobre la mesa de la cocina con un calendario de gran tamaño extendido delante de él. El factor tiempo revestía una importancia trascendental. Había estado haciendo anotaciones al margen mientras aguardaba la llamada.

French lo pensó un momento.

—Vamos a ver, ¿a qué día estamos hoy?

—A lunes, seis de junio.

—El lunes. ¿Cuándo abandonó usted la costa?

—El viernes a las diez de la mañana.

—Pues entonces fue el viernes, justo después del almuerzo.

—¿Está seguro?

—Pues claro. ¿Por qué lo pregunta?

—Y, después de que usted lo encontrara, ¿no pudo haber ninguna posibilidad de que abandonara la costa?

—Confíe en mí, Ray, jamás volverá a alejarse de la costa. Ha encontrado un domicilio permanente aquí, por así decirlo.

—No me interesan los detalles.

Ray permanecía sentado junto a la mesa, estudiando el calendario.

—¿Qué pasa? —preguntó French—. ¿Ha ocurrido algo?

—Más bien sí.

—¿De qué se trata?

—Alguien ha incendiado la casa.

—¿La del juez Atlee?

—Sí.

—¿Cuándo?

—Pasada la medianoche, en la madrugada del sábado.

Tras una pausa en cuyo transcurso French asimiló la noticia, éste dijo:

—Bueno pues, no fueron los chicos Priest, eso se lo puedo asegurar.

Al ver que Ray guardaba silencio, French preguntó:

—¿Dónde está el dinero?

—No lo sé —contestó Ray en un susurro.

Una carrera de ocho kilómetros no fue suficiente para aliviar su tensión. Pero, como siempre, pudo organizar la situación y volver a ordenar sus pensamientos. Cuando regresó a su apartamento, el termómetro marcaba treinta y cinco grados y él sudaba a mares.

Ahora que ya se lo había contado todo a Harry Rex, le resultó reconfortante tener a alguien con quien compartir los últimos acontecimientos. Llamó a su despacho en Clanton y le comunicaron que estaba en el juzgado de Tupelo y que no esperaban su regreso hasta muy tarde. Llamó a la casa de Ellie en Memphis y nadie se molestó en contestar. Llamó a Oscar Meave en Alcorn Village y, como no esperaba noticias acerca del paradero de su hermano, obtuvo justamente la respuesta que esperaba.

Pues vaya con la vida normal.

Después de una tensa mañana de negociaciones en los pasillos del Palacio de Justicia del condado de Lee, discutiendo acerca de cuestiones tales como quién se quedaría con los esquís acuáticos y quién con la cabaña del lago, y cuánto pagaría él si se aceptaba una suma global en efectivo, el divorcio quedó resuelto una hora después del almuerzo. Harry Rex representaba al marido, un fogoso vaquero que ya iba por la tercera esposa y creía saber más de divorcios que su propio abogado. La mujer tenía cerca de treinta años y lo había sorprendido con su mejor amiga. Era una típica y sórdida historia, de la cual Harry Rex ya estaba hasta la coronilla cuando entró en la sala tras un duro combate y ofreció un acuerdo sobre bienes.

El juez de equidad era un magistrado veterano que había dirimido miles de divorcios.

—Lamento mucho lo del juez Atlee —dijo en voz baja mientras empezaba a examinar los papeles.

Harry Rex se limitó a asentir con la cabeza. Estaba cansado y tenía sed, ya había soñado con una cerveza fría cuando emprendió el camino de regreso a Clanton. Su cervecería preferida de la zona de Tupelo se encontraba justo en el límite del condado.

—Trabajamos juntos durante veintidós años —estaba diciendo el juez de equidad.

—Un hombre extraordinario —asintió Harry Rex.

—¿Se encarga usted del testamento?

—Sí, señor.

—Salude de mi parte al juez Farr.

—Así lo haré.

Se firmó el papeleo, el matrimonio se dio felizmente por concluido y los esposos enfrentados fueron enviados a sus hogares neutrales. Harry Rex ya había abandonado el Palacio de Justicia y se encontraba a medio camino de su automóvil cuando un abogado corrió tras él y le dio alcance en la acera. Se presentó como Jacob Spain, procurador de los tribunales, uno de los miles que había en Tupelo. Estaba en la sala y había oído que se mencionaba al juez Atlee.

—Tiene un hijo que se llama Forrest, ¿verdad? —preguntó Spain.

—Dos hijos, Ray y Forrest.

Harry Rex respiró hondo y se resignó a soportar una pequeña perorata.

—Jugué al fútbol en el instituto contra Forrest; de hecho, él me rompió la clavícula con un certero impacto.

—Muy propio de Forrest.

—Yo jugaba en New Albany. Forrest estudiaba el penúltimo curso y yo iba un año por delante. ¿Le vio usted jugar?

—Sí, muchas veces.

—¿Recuerda aquel partido contra nosotros, cuando lanzó el balón trescientos metros en la primera mitad? Cuatro o cinco tantos creo que fueron.

—Sí, lo recuerdo —dijo Harry Rex, que empezaba a ponerse nervioso. ¿Cuanto tiempo duraría aquel rollo?

—Aquella noche yo jugaba de defensa y él se pasaba el rato enviando pases por toda la cancha. Yo le corté uno poco antes de que finalizara la primera parte, lo envié fuera de la cancha y él me arponeó estando yo en el suelo.

—Era una de sus jugadas preferidas.

Pégales fuerte, pégales tarde; ése era el lema de Forrest, sobre todo con los defensas que tenían la desgracia de interceptar uno de sus pases.

—Creo que lo detuvieron a la semana siguiente —prosiguió Spain—. Fue una lástima. En fin, la cuestión es que le vi justo hace unas semanas aquí en Tupelo con el juez Atlee.

El nerviosismo se le pasó de golpe. Harry Rex se olvidó de la cerveza fría, por lo menos de momento.

—Y eso, ¿cuándo fue? —preguntó.

—Poco antes de la muerte del Juez. Fue una escena muy extraña.

Ambos caminaron unos pasos y se detuvieron a la sombra de un árbol.

—Le escucho —dijo Harry Rex, aflojándose el nudo de la corbata. Ya se había quitado la arrugada chaqueta azul marino.

—Mi suegra está recibiendo tratamiento por cáncer de mama en la clínica Taft. Un lunes por la tarde, allá en primavera, la acompañé hasta aquí en mi automóvil para que la sometieran a una nueva tanda de quimioterapia.

—El juez Atlee estuvo en la Taft —dijo Harry Rex—. He visto las facturas.

—Sí, allí fue donde le vi. Dejé a mi suegra en la clínica. Como tenía que esperar, decidí sentarme en mi automóvil para efectuar toda una serie de llamadas. Mientras estaba en mi automóvil, vi al juez Atlee acercarse en una limusina negra conducida por alguien a quien no reconocí. Aparcaron a dos vehículos de distancia y bajaron. Entonces me pareció reconocer al chófer... un tipo alto y fornido, cabello largo y unos andares un tanto engreídos que me resultaron familiares. Pensé que era Forrest. Lo adiviné por su manera de caminar y de moverse. Llevaba gafas de sol y una gorra muy bien encasquetada. Entraron y, a los pocos segundos, Forrest volvió a salir.

—¿Qué clase de gorra?

—De color azul desteñido, creo que de los Cubs.

—La he visto.

—Estaba muy nervioso, como si no quisiera que nadie lo viera. Se perdió entre unos árboles que había al lado de la clínica, pero yo le vi. Se había escondido.

Al principio, pensé que estaba haciendo sus necesidades, pero no, simplemente se había escondido. Al cabo de una hora, más o menos, entré de nuevo en la clínica, esperé, al final salió mi suegra y nos fuimos. Él seguía escondido entre los árboles.

Harry se había sacado su agenda del bolsillo.

—¿Qué día fue eso?

Spain sacó la suya y, tal como suelen hacer todos los abogados muy ocupados, ambos empezaron a comparar sus movimientos más recientes.

—El lunes, primero de mayo —dijo Spain.

—Seis días antes de la muerte del Juez —observó Harry Rex.

—Estoy seguro de que fue entonces. Fue una escena muy rara.

—Bueno, es que Forrest es un tipo muy raro —adujo Harry Rex, y ambos consiguieron soltar una nerviosa carcajada.

De repente, Spain sintió deseos de marcharse.

—En fin, cuando vuelva a verle, dígale que no le he perdonado el golpe que me propinó.

—Así lo haré —dijo Harry Rex.

Después se lo quedó mirando mientras se alejaba.

38

El señor y la señora Vonner abandonaron Clanton una nublada mañana de junio en un nuevo cuatro
por cuatro que gastaba casi veinte litros de gasolina
cada cien kilómetros, cargado con equipaje suficiente
para pasar un mes en Europa. Sin embargo, su destino era el distrito de Columbia, pues la señora Vonner tenía una hermana a la que Harry Rex aún no conocía. Pasaron la primera noche en Gatlinburg y la
segunda en White Sulphur Springs, en Virginia Occidental. Llegaron a Charlottesville a eso del mediodía y efectuaron el obligado recorrido por el Monti-
cello, la célebre residencia de Jefferson, visitaron el
recinto de la universidad y disfrutaron de unos insó-
litos platos en un bar estudiantil llamado White
Spot, cuya especialidad eran los huevos fritos sobre
una hamburguesa. El tipo de comida que Harry Rex
prefería.

A la mañana siguiente, mientras su mujer dormía, Harry Rex salió a dar un paseo por la zona comercial del centro. Encontró la dirección y esperó.

Unos minutos después de las ocho, Ray se ató con doble lazada los cordones de sus caras zapatillas deportivas, se desperezó en su apartamento y bajó a la calle para efectuar su cotidiana carrera de ocho kilómetros. Fuera, el aire era muy cálido. Julio no quedaba muy lejos y el verano ya había llegado.

Al doblar una esquina, oyó una voz conocida que le llamaba:

—Hola, chico.

Harry Rex estaba sentado en un banco con una taza de café en la mano y, a su lado, un periódico sin leer. Ray se quedó petrificado y tardó unos segundos en reponerse de la sorpresa. Había algo que no encajaba.

Cuando estuvo en condiciones de moverse, se acercó y preguntó:

—¿Qué demonios estás haciendo aquí?

—Bonito modelo —dijo Harry Rex, estudiando los pantalones cortos, la vieja camiseta, la gorra roja de corredor y el último grito en gafas deportivas—. Mi mujer y yo pasábamos por aquí camino de Washington. Ella tiene una hermana allí y cree que yo la quiero conocer. Siéntate.

—¿Por qué no llamaste?

—No quería molestar.

—Pues deberías haber llamado, Harry Rex, habríamos podido comer juntos, os habría enseñado un poco la ciudad.

—No se trata de esta clase de viaje. Ven a mi lado.

Temiéndose algún problema, Ray se sentó junto a Harry Rex.

—Esto es una pesadilla —murmuró.

—Calla y escucha.

Ray se quitó las gafas y miró a Harry Rex.

—¿Es grave?

—Digamos más bien que es curioso.

Harry le contó la historia de Jacob Spain acerca de Forrest, a quien aquél había visto escondido entre los árboles de la clínica oncológica seis días antes de la muerte del Juez.

Ray lo escuchó con incredulidad, sentado en el banco. Al final, se inclinó apoyando los codos sobre las rodillas, sujetándose la cabeza con las manos.

—Según los informes médicos —estaba diciendo Harry Rex—, aquel primero de mayo le facilitaron una dosis de morfina. No sé si fue la primera dosis o si ya había tomado otras, eso no queda claro en las anotaciones. Al parecer, Forrest lo acompañó al lugar más apropiado para que le facilitaran la de mejor calidad.

Una larga pausa mientras una agraciada joven pasaba por delante de ellos, al parecer con mucha prisa, y su ajustada falda oscilaba airosamente siguiendo el ritmo del movimiento. Un sorbo de café y después prosiguió:

—Siempre sospeché del testamento que tú encontraste en el estudio. El Juez y yo nos habíamos pasado los últimos seis meses de su vida hablando del testamento. No creo que redactara otro justo antes de morir. He estudiado con mucho detenimiento las firmas y, en mi inexperta opinión, la última es falsa.

Ray carraspeó.

—Si Forrest lo acompañó en su automóvil a Tupelo, cabe suponer que mi hermano estaba en la casa.

—En efecto.

Harry Rex había contratado a un detective de Memphis para localizar a Forrest, pero no halló ni rastro de él, ni la más mínima huella. Del interior del periódico, sacó un sobre.

—Esto se recibió hace tres días.

Ray sacó una hoja de papel y la desdobló. Era de Oscar Meave, de Alcorn Village, y decía lo siguiente: «Estimado señor Vonner: No he conseguido localizar a Ray Atlee. Conozco el paradero de Forrest, si por casualidad la familia lo ignora. Llame si le interesa hablar. Todo es confidencial. Con mis mejores saludos, Oscar Meave».

—Entonces le llamé inmediatamente —dijo Harry Rex, mirando a otra chica—. Tiene un antiguo paciente que ahora es asesor de un rancho de rehabilitación del oeste. Forrest ingresó allí hace una semana, exigió discreción absoluta y dijo que no quería que su familia supiera dónde estaba. Por lo visto, es algo que ocurre de vez en cuando y los centros de desintoxicación se ven en un aprieto. Se ven obligados a respetar los deseos del paciente, pero, por otra parte, la familia desempeña un papel esencial en el plan general de la rehabilitación. Por consiguiente, estos asesores suelen mantenerse en contacto. Meave tomó la decisión de ponerte al corriente.

—¿En qué lugar del oeste?

—Montana. Un lugar llamado Morningstar Ranch. Meave dijo que es lo que el chico necesita...

muy bonito y apartado, un centro para casos difíciles. Por lo visto, piensa pasarse un año allí.

Ray se incorporó y empezó a frotarse la frente como si finalmente le hubieran pegado un tiro en aquella zona del rostro.

—Y, naturalmente, el centro es carísimo —añadió Harry Rex.

—Naturalmente —asintió Ray.

Ya no volvieron a hablar, por lo menos acerca de Forrest. Harry Rex anunció que debía irse. Había transmitido su mensaje y no tenía nada más que añadir, al menos en aquel momento. Su mujer estaba deseando ver a su hermana. A lo mejor, la próxima vez dispondrían de más tiempo para ir a comer juntos o lo que fuera. Dio a Ray una palmada en el hombro y lo dejó allí.

—Te veré en Clanton —fueron sus últimas palabras.

Demasiado débil y aturdido para salir a correr, Ray permaneció sentado en aquel banco de la principal arteria comercial del centro de la ciudad, perdido en un mundo cuyas piezas estaban cambiando rápidamente de lugar. El tráfico peatonal se intensificó mientras los comerciantes, los crupieres y los abogados se dirigían presurosos a su trabajo, sin que Ray reparara en ellos.

Cada semestre Carl Mirk, compañero de Ray en el colegio de abogados de Virginia, daba clase sobre dos secciones de la legislación relativas a los seguros.

Ambos comentaron la entrevista durante el almuerzo y llegaron a la conclusión de que ésta debía de formar parte de alguna especie de peritaje y que no había ningún motivo para preocuparse. Mirk acompañaría a Ray y fingiría que era su abogado.

El perito de la compañía de seguros se llamaba Ratterfield. Lo recibieron en la sala de reuniones de la Facultad de Derecho. El perito se quitó la chaqueta como si tuviera intención de pasarse muchas horas allí. Ray llevaba pantalones vaqueros y una camisa de golf. Mirk había elegido un atuendo tan informal como el suyo.

—Suelo grabar estas entrevistas —dijo Ratterfield, yendo directamente al grano mientras sacaba un magnetófono y lo colocaba entre él y Ray—. ¿Alguna objeción? —preguntó, tras haber colocado el aparato en su sitio.

—Supongo que no —contestó Ray.

El hombre pulsó un botón, consultó sus notas e hizo una presentación a efectos de la grabación. Era un perito de seguros independiente contratado por Aviation Underwriters para investigar la reclamación presentada por Ray Atlee y otros tres propietarios por los daños sufridos en un Beech Bonanza 1994 el día 2 de junio. Según el investigador de incendios del estado, el aparato había sido objeto de un incendio provocado.

Ante todo, necesitaba el historial de vuelo de Ray. Éste tenía su libro de vuelo; Ratterfield lo examinó y no encontró en él nada que pudiera interesarle lo más mínimo.

—Falta la evaluación de los instrumentos —señaló en determinado momento.

—Estoy en ello —contestó Ray.

—¿Catorce horas con el Bonanza?

—Sí.

A continuación Ratterfield pasó al consorcio de los propietarios e hizo unas cuantas preguntas acerca del acuerdo que habían concertado. Ya había entrevistado a los demás propietarios y éstos le habían mostrado los contratos y la documentación. Ray confirmó su autenticidad.

Cambiando de tema, Ratterfield preguntó:

—¿Dónde estaba usted el uno de junio?

—En Biloxi, Misisipí —contestó Ray, con la absoluta certeza de que Ratterfield no tenía ni la más remota idea de dónde estaba aquel lugar.

—¿Cuánto tiempo permaneció allí?

—Unos cuantos días.

—¿Me permite preguntarle el motivo de su viaje?

—Faltaría más —dijo Ray, soltándole una versión abreviada de sus recientes visitas a casa.

El motivo oficial de su viaje a la costa había sido el deseo de visitar a los amigos, a sus antiguos compañeros de estudios en Tulane.

—Estoy seguro de que hay personas que pueden confirmar su presencia allí el dos de junio —dijo Ratterfield.

—Varias personas. Además, conservo las cuentas de los hoteles.

El perito pareció convencerse de que Ray había estado en Misisipí.

—Todos los demás propietarios estaban en casa cuando ardió el aparato —comentó, pasando una página para echar un vistazo a una lista de notas mecanografiadas—. Todos tienen coartadas. Si damos por sentado que es un incendio provocado, lo primero que tenemos que encontrar es el móvil y después al responsable.

—No tengo ni idea de quién puede ser —se apresuró a decir Ray con toda convicción.

—¿Y en cuanto al móvil?

—Acabábamos de comprar el aparato. ¿Por qué razón íbamos a querer destruirlo?

—Quizá para cobrar el seguro. Son cosas que pasan. A lo mejor, uno de los socios llegó a la conclusión de que los gastos no estaban a su alcance. La suma no es pequeña… casi doscientos de los grandes durante seis años, cerca de novecientos dólares al mes por socio.

—Eso ya lo sabíamos dos semanas antes de firmar —objetó Ray.

Se pasaron un rato discutiendo acerca de la delicada cuestión de la situación económica personal de Ray: sueldo, gastos, obligaciones. Cuando pareció que ya se había convencido de que Ray estaba en condiciones de cumplir el acuerdo, Ratterfield cambió de tema.

—El incendio de Misisipí —dijo, echando un vistazo a algo que parecía un informe—. Hábleme de él.

—¿Qué quiere saber?

—¿Está usted sometido a investigación por ese incendio?

—No.

—¿Está seguro?

—Sí, completamente. Llame a mi abogado, si lo desea.

—Ya lo he hecho. Y su apartamento ha sufrido dos robos en las últimas seis semanas, ¿no es así?

—No se han llevado nada. En ambas ocasiones, se limitaron a entrar.

—Está usted teniendo un verano muy movidito.

—¿Es una pregunta?

—Parece que alguien está dispuesto a hacerle la vida imposible.

—Insisto, ¿es una pregunta?

Fue el único arrebato de cólera que se produjo durante la entrevista, por lo que tanto Ray como Ratterfield se tomaron un respiro.

—¿Ha habido en el pasado alguna otra investigación por presunto incendio provocado?

—No —contestó Ray sonriendo.

Cuando pasó otra página y vio que en la siguiente no había nada mecanografiado, Ratterfield perdió rápidamente el interés y se limitó a dar por finalizada la entrevista.

—Estoy seguro de que nuestros abogados seguirán en contacto —dijo, apagando la grabadora.

—Lo estoy deseando —dijo Ray.

Ratterfield tomó su chaqueta y su portafolios y se encaminó hacia la salida.

—Creo que sabes más de lo que has dicho —dijo Carl en cuanto el perito se retiró.

—Tal vez —convino Ray—. Pero yo no he tenido nada que ver ni con el incendio de aquí ni con el de allá.

—Ya he oído suficiente.

39

Durante casi una semana, a causa de toda una serie de turbulentos frentes estivales, las condiciones
atmosféricas no fueron propicias para que un aparato
pequeño saliese a volar. Cuando las distintas previsiones meteorológicas mostraron aire seco y en calma en todas partes menos en el sur de Tejas, Ray
abandonó Charlottesville en un Cessna e inició la
travesía aérea más larga de su corta carrera de piloto.
Evitando el espacio aéreo más concurrido y buscando las señales fijas más destacadas en tierra, voló
rumbo al oeste cruzando el valle de Shenandoah y
pasó a Virginia Occidental y Kentucky, donde repos-
tó combustible en una pista de mil trescientos metros, no muy lejos de Lexington. El Cessna podía
permanecer en el aire unas tres horas y media antes
de que el indicador descendiera por debajo de una
cuarta parte de la capacidad del depósito. Volvió a tomar tierra en Terre Haute, cruzó el río Misisipí en
Hannibal y se detuvo a pasar la noche en Kirksville,
Misuri, donde alquiló una habitación en un motel.

Era el primer motel en el que se alojaba desde su
odisea con el dinero y precisamente por culpa del

dinero volvía ahora a este tipo de establecimiento. Además, estaba en Misuri y, mientras zapeaba con el volumen del televisor apagado, recordó la historia de Patton French sobre cómo había tenido conocimiento del caso del Ryax en un seminario celebrado en St. Louis. Un viejo abogado de una pequeña localidad de los Ozarks tenía un hijo que enseñaba en la Universidad de Columbia y el hijo sabía que el medicamento era nocivo. Y, por culpa de Patton French y de su insaciable codicia y su corrupción, él, Ray Atlee, se encontraba ahora en otro motel de una ciudad en la que no conocía absolutamente a nadie.

Un frente nuboso se estaba desarrollando sobre Utah. Ray despegó justo después del amanecer y ascendió a mil quinientos metros de altura. Ajustó los mandos y abrió un termo de humeante café cargado. Durante la primera etapa, voló más rumbo al norte que al oeste y no tardó en sobrevolar los maizales de Iowa.

A mil quinientos metros de altura, solo y en medio del frescor y la quietud del aire de primera hora de la mañana, sin que ni un solo piloto parloteara a través de las ondas, Ray trató de concentrarse en la tarea que le aguardaba. Pero le era mucho más fácil dejar vagar el pensamiento, disfrutar de la soledad y del panorama, del café y del solitario acto de aislarse del mundo. Le resultaba extremadamente agradable apartar de su mente los pensamientos acerca de su hermano.

Tras una escala en Sioux Falls, volvió a desviarse hacia el oeste y siguió el curso de la Interestatal 90, que atravesaba todo el estado de Dakota del Sur antes de bordear el espacio restringido que rodeaba el monte Rushmore. Aterrizó en Rapid City, alquiló un automóvil y dio un largo paseo por el Parque Nacional de Badlands.

El Morningstar Ranch se encontraba en algún lugar de las colinas al sur de Kalispell, aunque el sitio de su web era deliberadamente confuso al respecto. Oscar Meave había tratado infructuosamente de averiguar su emplazamiento exacto. Al finalizar su tercer día de viaje, tomó tierra ya de noche en Kalispell. Alquiló un automóvil, cenó y buscó un motel; luego dedicó varias horas a examinar mapas aéreos y de carreteras.

Tuvo que pasarse un día más volando a baja altura alrededor de Kalispell y las ciudades de Woods Bay, Polison, Bigfork y Elmo. Sobrevoló media docena de veces el lago Flathead y ya estaba casi a punto de tirar la toalla cuando vislumbró una especie de recinto cerca de la ciudad de Somers, en la orilla norte del lago. Desde cuatrocientos cincuenta metros de altura sobrevoló el lugar hasta que distinguió una gruesa valla de tela metálica pintada de verde casi escondida entre los árboles y prácticamente invisible desde el aire. Había unos pequeños edificios que parecían viviendas individuales y uno más grande destinado tal vez a administración, pistas de tenis y una cuadra con caballos pastando a su alrededor. Sobrevoló el lugar el tiempo suficiente para que algunas personas que se encontraban en el recinto interrumpieran sus tareas y miraran hacia arriba, protegiéndose los ojos con la mano.

Localizar el lugar por tierra era casi tan difícil como desde el aire, pero al mediodía del día siguiente, Ray aparcó al otro lado de una verja sin indicación alguna y miró con cara de pocos amigos a un guarda armado, que a su vez lo estaba observando a él con cara de malas pulgas. Tras un tenso interrogatorio, el guarda admitió finalmente que, en efecto, Ray había encontrado el lugar que buscaba.

—Pero no se permiten visitas —advirtió con aire petulante.

Ray se inventó una excusa sobre una crisis familiar y subrayó la necesidad de encontrar a su hermano. El procedimiento en aquel caso, le explicó el guarda a regañadientes, consistía en dejar un nombre y un número de teléfono, con lo cual habría una ligera posibilidad de que alguien de dentro se pusiera en contacto con él. Al día siguiente, mientras pescaba truchas en el río Flathead, sonó su móvil. Una voz muy poco amistosa perteneciente a una tal Allison de Morningstar preguntó por Ray Atlee.

¿A qué otra persona esperaba encontrar?

Él confesó llamarse Ray Atlee y entonces ella le preguntó qué deseaba de su centro.

—Mi hermano está aquí —dijo Ray con la mayor amabilidad posible—. Se llama Forrest Atlee y quisiera verle.

—¿Qué le hace pensar que está aquí? —preguntó Allison.

—Mire, yo lo sé y usted también lo sabe. Entonces, ¿podemos dejarnos de rodeos si no le importa?

—Haré averiguaciones, pero no espere otra llamada.

Dicho esto, Allison colgó sin darle tiempo a replicar. La siguiente voz poco amistosa pertenecía a un tal Darrel, una especie de administrador o algo por el estilo. La llamada se produjo bien entrada la tarde, mientras Ray recorría a pie un sendero del Swan Range cerca del pantano de Hungry Horse. Darrel se mostró tan antipático como Allison.

—Sólo media hora. Treinta minutos —le dijo a Ray—. A las diez de la mañana.

Un centro penitenciario de máxima seguridad habría resultado más agradable. El mismo guarda lo cacheó junto a la verja y registró su vehículo.

—Sígame —le ordenó.

Otro guarda con un carrito de golf estaba esperando en el camino particular y Ray lo siguió hasta un pequeño aparcamiento cerca del edificio de la parte anterior del recinto. Cuando bajó de su automóvil, Allison lo estaba esperando, sin armas. Era alta y un tanto masculina y, cuando ella le ofreció el obligado apretón de manos, Ray pensó que jamás en su vida se había sentido tan físicamente indefenso. Ella lo acompañó al interior, donde unas cámaras vigilaban todos los movimientos sin el menor disimulo. A continuación, Allison lo condujo a una habitación sin ventanas y lo dejó en manos de un ceñudo empleado quien, con la habilidad de un funcionario de aduanas, buscó y hurgó en todos los recovecos y las grietas de su cuerpo menos en la entrepierna, donde, por un horrible instante, Ray temió que le propinara un golpe.

—Sólo busco a mi hermano —protestó finalmente Ray, dando lugar a que por poco le soltaran un guantazo.

Una vez que lo hubieron registrado y desinfectado exhaustivamente, Allison volvió a ocuparse de él y lo acompañó por un corto pasillo hasta una estancia cuadrada, cuyas paredes daban la impresión de estar acolchadas. Sólo había una puerta provista de una ventana. Señalándola con el semblante muy serio, Allison dijo:

—Estaremos vigilando.

—Vigilando, ¿qué? —preguntó Ray.

Ella le dirigió una mirada de desprecio y, por un instante, Ray temió que lo derribara al suelo.

En el centro de la estancia había una mesa con una silla a cada lado.

—Siéntese aquí —ordenó ella, y Ray obedeció.

Se pasó diez minutos contemplando las paredes, de espaldas a la puerta.

Al final, ésta se abrió y Forrest entró solo, sin cadenas ni esposas, ni guardas que lo empujaran. Sin pronunciar una palabra, se sentó delante de Ray y cruzó las manos sobre la mesa como si hubiera llegado la hora de meditar. Llevaba el pelo rapado, aunque ya le había crecido unos tres milímetros. Iba impecablemente afeitado y daba la impresión de haber adelgazado diez kilos. Llevaba una holgada camisa de color caqui con un pequeño cuello de botones y dos grandes bolsillos, casi de estilo militar, lo cual dio lugar al primer comentario de Ray:

—Este sitio es un campamento militar.

—Es muy duro —asintió Forrest en voz muy baja.

—¿Te lavan el cerebro?

—Eso es precisamente lo que hacen.

Ray, que estaba allí por el dinero, decidió lanzarse sin más demoras.

—¿Qué te ofrecen a cambio de setecientos dólares al día? —preguntó.

—Una nueva vida.

Ray aprobó la respuesta con una inclinación de la cabeza.

Forrest lo miraba sin parpadear y con el rostro inexpresivo, contemplando tristemente a su hermano como si fuera un desconocido.

—¿Y piensas pasarte doce meses aquí?

—Como mínimo.

—Eso costará un cuarto de millón de dólares.

Forrest se encogió levemente de hombros como si el dinero no representase el menor problema y como si se hallara en disposición de permanecer allí tres años o incluso cinco.

—¿Te administran sedantes? —preguntó Ray, tratando de provocarlo.

—No.

—Pues te comportas como si estuvieras bajo los efectos de un sedante.

—Pues te equivocas. Aquí no utilizan medicamentos, aunque no sé por qué. ¿Lo sabes tú? —dijo con algo más de energía.

Ray no olvidaba el paso del tiempo. Allison regresaría exactamente treinta minutos después, interrumpiría la conversación y lo acompañaría hasta el exterior del edificio y del recinto. Necesitaba mucho más tiempo para tratar todas las cuestiones pendientes, pero allí tenía que actuar con eficiencia. Ve al grano, se dijo. Averigua cuánto está dispuesto a reconocer.

—Examiné el testamento del viejo —dijo—, y también la citación que nos envió, por la que nos convocaba a casa el día siete de mayo. Estudié las firmas de ambos documentos y creo que son falsas.

—Qué listo.

—No sé quién hizo las falsificaciones, pero sospecho que fuiste tú.

—Demándame.

—¿No lo niegas?

—¿Qué más da?

Ray repitió las palabras levantando un poco la voz en tono asqueado, como si el hecho de repetirlas le indignara. Una larga pausa mientras el tiempo seguía pasando.

—Yo recibí la citación un jueves. Estaba fechada en Clanton el lunes, el mismo día en que tú le acompañaste en tu automóvil a la clínica Taft de Tupelo para adquirir una dosis de morfina. Pregunta: ¿cómo te las arreglaste para mecanografiar la citación en su vieja máquina de escribir Underwood?

—No tengo por qué responder a tus preguntas.

—Pues yo creo que sí. Tú organizaste la estafa, Forrest. Lo menos que puedes hacer es contarme cómo ocurrió. Tú has ganado. El viejo ha muerto. La casa ha desaparecido. Tienes el dinero. El único que te persigue soy yo, y enseguida pienso largarme. Cuéntame cómo ocurrió.

—Ya había tomado una dosis de morfina.

—Muy bien, y entonces tú lo acompañaste a comprar otra dosis. No se trata de eso.

—Pero es importante.

—¿Por qué?

—Porque estaba drogado.

Se produjo una pequeña grieta en el aparente lavado de cerebro mientras Forrest retiraba las manos de la mesa y apartaba la mirada.

—O sea que sufría mucho —comentó Ray, tratando de suscitar alguna emoción.

—Sí —contestó Forrest en tono impasible.

—Y, cuando tú aumentabas la dosis de morfina, ¿tenías la casa para ti solo?

—Más o menos.

—¿Cuándo regresaste allí?

—Ya sabes que las fechas no se me dan muy bien.

—No te hagas el tonto conmigo, Forrest. Murió un domingo.

—Yo llegué allí un sábado.

—¿O sea, ocho días antes de que él muriera?

—Sí, supongo.

—¿Y por qué regresaste?

Forrest cruzó los brazos sobre el pecho y bajó la cabeza.

—Me llamó —dijo—. Me pidió que fuera a verle. Me presenté allí al día siguiente. Me parecía increíble

que estuviera tan viejo y enfermo, y también tan solo.
—Un profundo suspiro, una mirada a su hermano—.
El dolor era terrible. Los analgésicos apenas le cal-
maban. Nos sentamos en el porche y hablamos de la
guerra y de lo distintas que hubieran sido las cosas si
Jackson no hubiera muerto en Chancellorsville, las
mismas viejas batallas que él había revivido tantas veces a lo largo de su existencia. Se agitaba sin cesar en
un intento de luchar contra el dolor. A veces se le
cortaba la respiración. Pero él sólo quería hablar. No
enterramos el hacha de guerra ni intentamos recon-
ciliarnos. No veíamos la necesidad de hacerlo. Lo
único que me pedía era que permaneciese allí. Yo
dormía en el sofá del estudio y, una noche, sus gemi-
dos me despertaron. Estaba en el suelo de su habitación, encogido, temblando de dolor. Lo ayudé a
tumbarse otra vez en la cama y a tomarse la morfina
y, al final, se calmó. Eran aproximadamente las tres
de la madrugada. Yo estaba aterrorizado y empecé a
dar vueltas por la casa.

El relato pareció detenerse, pero no así las manecillas del reloj.

—Y fue entonces cuando encontraste el dinero.

—¿Qué dinero?

—El dinero que sirve para pagar los setecientos
dólares diarios de aquí.

—Ah, ese dinero.

—Sí, ese dinero.

—En efecto, fue entonces cuando lo encontré, en
el mismo lugar que tú. Veintisiete cajas. La primera de
ellas contenía cien mil dólares y realicé unos rápidos

cálculos. No sabía qué hacer. Permanecí sentado allí varias horas, contemplando las cajas inocentemente amontonadas en el armario. Pensé que, a lo mejor, el viejo se levantaría, bajaría por el pasillo y me sorprendería contemplando sus cajitas y casi deseé que lo hiciera, para poder preguntarle algunas cosas. —Forrest volvió a apoyar las manos sobre la mesa y miró a Ray—. Sin embargo, al amanecer ya había ideado un plan. Decidí dejar en tus manos el dinero. Tú eres el primogénito, su hijo predilecto, el hermano mayor, el chico perfecto, el alumno aventajado, el profesor de Derecho, el albacea, aquel en quien él confiaba por encima de todo. Me limitaré a vigilar a Ray, me dije, a ver qué hace con el dinero, porque seguro que cualquier cosa que haga estará bien hecha. En resumen: cerré el armario, volví a colocar el sofá en su sitio y procuré comportarme como si no supiera nada del dinero. Estuve a punto de preguntarle al viejo, pero pensé que, si él hubiera querido que yo lo supiera, me lo habría contado.

—¿Cuándo mecanografiaste mi citación?

—Aquel mismo día, un poco más tarde. Él estaba dormido en su hamaca bajo las pacanas del patio de atrás. Se encontraba mucho mejor porque, para entonces, ya era un adicto a la morfina. Apenas recordaba lo ocurrido la semana anterior.

—¿Y el lunes en que lo llevaste a Tupelo?

—Sí. Él mismo conducía el automóvil, pero, aprovechando que yo estaba allí, me pidió que lo acompañara.

—Y tú te escondiste entre los árboles del exterior de la clínica para que nadie te viera.

—Muy bueno. ¿Y qué más sabes?

—Nada. Sólo tengo preguntas. Me llamaste la noche en que yo recibí la citación por correo y me dijiste que tú también habías recibido una. Me preguntaste si pensaba llamar al viejo. Contesté que no. ¿Qué hubiera ocurrido si le hubiera llamado?

—Los teléfonos no funcionaban.

—¿Por qué no?

—Los cables telefónicos pasan por el sótano. Allí abajo hay una conexión suelta.

Ray asintió como si se acabara de aclarar otro misterio.

—Además, la mayoría de las veces él no se ponía al teléfono —añadió Forrest.

—¿Cuándo modificaste el testamento?

—La víspera de su muerte. Encontré el anterior, no acabó de convencerme y entonces decidí hacer las cosas bien y repartir equitativamente sus posesiones entre nosotros dos. Qué idea tan ridícula: un reparto equitativo. Qué estupidez la mía. No entendía cómo funcionaba la ley en tales situaciones. Pensé que, siendo nosotros los únicos herederos, teníamos que repartirlo todo a partes iguales. No comprendía que a los abogados se les enseña a quedarse con todo lo que encuentran, a robar a sus hermanos, a quedarse con los bienes que están obligados a proteger, a no cumplir los juramentos que han prestado. Eso nadie me lo había dicho. Qué estúpido fui.

—¿Cuándo murió?

—Dos horas antes de tu llegada.

—¿Lo mataste tú?

Un gruñido y una mirada de desprecio. Silencio.

—¿Lo mataste tú? —repitió Ray.

—No, de eso se ocupó el cáncer.

—Vamos a ver si me aclaro —dijo Ray, inclinándose hacia delante como un abogado que, durante la repregunta a un acusado, estuviera a punto de apuntarse un triunfo—. Estuviste ocho días allí y él se pasó todo el tiempo drogado. Y, casualmente, va y se muere dos horas antes de mi llegada.

—Así es.

—Mientes.

—Le eché una mano en lo de la morfina, de acuerdo. ¿Te sientes mejor ahora? Lloraba de dolor. No podía caminar, comer, beber, dormir, orinar, defecar ni sentarse en una silla. Tú no estabas allí, ¿verdad? Pues yo sí. Se vistió para ti. Yo lo afeité. Lo ayudé a sentarse en el sofá. Estaba demasiado débil para apretar el botón de la dosis de morfina. Yo se lo apreté. Se quedó dormido. Entonces salí de la casa. Tú regresaste a casa, lo encontraste, hallaste el dinero y empezaste a mentir.

—¿Sabes de dónde procedía el dinero?

—No, de algún lugar de la costa, supongo. Pero la verdad es que no me importa.

—¿Quién prendió fuego a mi avión?

—Eso es un acto criminal y yo no sé nada.

—¿Es la misma persona que me estuvo siguiendo durante un mes?

—Sí, son dos, unos chicos a quienes conocí en la cárcel, unos viejos amigos. Son muy hábiles y tú eras un blanco fácil. Colocaron un pequeño dispositivo debajo de tu precioso automóvil. Te controlaban con un GPS y sabían todos tus movimientos.

—¿Por qué incendiaste la casa?

—Niego haber cometido ningún delito.

—¿Querías cobrar el seguro? ¿O tal vez pretendías excluirme por completo del testamento?

Forrest meneó la cabeza para negar todas las acusaciones. Se abrió la puerta y Allison asomó su alargado y anguloso rostro.

—¿Todo bien aquí dentro?

Sí, muy bien, estupendo.

—Siete minutos más —dijo Allison, antes de cerrar la puerta de nuevo.

Ambos permanecieron sentados una eternidad, mirando cada uno a distintos lugares del suelo. No se oía ni un solo sonido procedente del exterior.

—Yo sólo quería la mitad —dijo finalmente Forrest.

—Toma ahora la mitad.

—Ahora ya es demasiado tarde. Ahora ya sé lo que tengo que hacer con el dinero. Tú me lo enseñaste.

—Yo temía darte el dinero, Forrest.

—¿Y por qué?

—Temía que te mataras con él.

—Pues bien, aquí me tienes —replicó Forrest, abarcando con un gesto del brazo derecho la estancia, el rancho y todo el estado de Montana—. Eso es lo que estoy haciendo con el dinero. No me estoy matando precisamente. No estoy tan loco como todo el mundo cree.

—Me equivoqué.

—Vaya, eso significa mucho para mí. ¿Te equivocaste porque te pillaron? ¿Te equivocaste porque resulta que no soy tan idiota como parecía? ¿O te equivocaste porque quieres quedarte con todo el dinero?

—Por todo lo que has dicho.

—Temo compartirlo, Ray, lo mismo que tú. Temo que el dinero se te suba a la cabeza. Temo que te lo gastes todo en aviones y casinos. Temo que te conviertas en un cabrón todavía peor de lo que eres. De eso te tengo que proteger, Ray.

Ray conservó la calma. No podría vencer a su hermano liándose a puñetazos con él y, aunque pudiera, ¿qué ganaría con ello? Le hubiera encantado tomar un bate y propinarle un estacazo en la cabeza, pero, ¿para qué molestarse? Si le pegara un tiro, jamás encontraría el dinero.

—De acuerdo. Entonces, ¿qué proyectos tienes? —preguntó, haciendo gala de la mayor indiferencia posible.

—Pues no sé. Nada en concreto. Cuando te sometes a una terapia de rehabilitación, te pasas el rato soñando, pero, cuando sales, todos los sueños te parecen estúpidos. Lo que sí es seguro es que jamás regresaré a Memphis, hay demasiados viejos amigos. Y tampoco pienso volver a Clanton. Encontraré un nuevo hogar en algún sitio. Y tú, ¿qué me dices? ¿Qué vas a hacer, ahora que has perdido tu gran oportunidad?

—Tenía una vida, Forrest, y sigo teniéndola.

—Desde luego. Ganas ciento sesenta mil dólares al año. Lo descubrí en Internet, y dudo mucho que trabajes demasiado. No tienes familia ni gastos especiales, te sobra el dinero para hacer lo que te dé la gana. Lo tienes todo. La codicia es un animal muy extraño, ¿verdad, Ray? Encontraste tres millones de dólares y pensaste que los necesitabas todos para ti. Ni diez centavos para tu jodido hermanito. Ni un solo centavo para mí. Tomaste el dinero e intentaste huir con él.

—No sabía muy bien qué iba a hacer con el dinero. Exactamente igual que tú.

—Pero te lo llevaste todo. Y me mentiste.

—Eso no es verdad. Yo estaba guardando el dinero.

—Y te lo estabas gastando: casinos, aviones.

—¡No, maldita sea! No me interesan los juegos de azar y llevo tres años alquilando aviones. Estaba guardando el dinero, Forrest, quería averiguar su procedencia. Qué demonios, todo empezó hace apenas cinco semanas.

Las voces sonaban cada vez más alteradas y rebotaban contra las paredes. Allison asomó la cabeza para echar un vistazo, dispuesta a interrumpir la reunión en caso de que su paciente se estuviera poniendo nervioso.

—Dame un respiro —dijo Ray—. Tú no sabías qué hacer con el dinero y yo tampoco. En cuanto lo descubrí, alguien, y supongo que este alguien fuiste tú o bien tus amiguetes, empezó a asustarme. No puedes reprocharme que huyera con el dinero.

—Me mentiste.

—Y tú me mentiste a mí. No habías hablado con el viejo. Llevabas nueve años sin poner los pies en la casa. Todo mentira. Todo fue parte de una trampa.

¿Por qué lo hiciste? ¿Por qué no me contaste lo del dinero?

—¿Y por qué no me lo contaste tú a mí?

—Quizás estaba a punto de hacerlo. No sé muy bien cuáles eran mis intenciones. Resulta un poco difícil pensar con claridad cuando te encuentras a tu padre muerto, después descubres tres millones de dólares en efectivo y a continuación comprendes que alguien más conoce la existencia del dinero y gustosamente estaría dispuesto a matarte por él. Son cosas que no ocurren todos los días, así que perdona mi inexperiencia al respecto.

La estancia quedó en silencio. Forrest unió las manos y miró hacia el techo. Ray había dicho todo lo que había previsto. Allison movió el tirador de la puerta, pero no entró.

Forrest se inclinó hacia delante.

—Los dos incendios, el de la casa y el del avión, ¿tienes algún nuevo sospechoso?

Ray meneó la cabeza.

—No se lo diré a nadie.

Otra pausa mientras el tiempo se iba agotando. Forrest se levantó muy despacio y miró a Ray.

—Dame un año. Cuando salga de aquí, hablaremos.

Se abrió la puerta y, al pasar, Forrest rozó con la mano el hombro de Ray. Fue sólo un leve contacto, un gesto en modo alguno afectuoso, pero resultó conmovedor a pesar de todo.

—Nos vemos dentro de un año, hermano —dijo antes de salir.

Biografía

John Grisham nació en Jonesboro (Arkansas) en 1955.
Tras graduarse en Derecho por la Universidad de
Misisipí, ejerció durante años como abogado espe-
cializado en temas de derecho civil y penal. En 1989
se inició en el mundo literario con *Tiempo de matar*,
pero fue con su segunda novela, *La tapadera*, con la
que alcanzó la popularidad. Desde entonces, la aparición de cada una de sus obras —*El informe Pelícano*,
El cliente, *Legítima defensa*, *Cámara de gas*, *El jurado*,
El socio, *Causa justa*, *El testamento*, *La hermandad* y
La granja— ha sido recibida con unánime entusiasmo,
no sólo por parte de lectores y críticos (Grisham fue el
autor más vendido en todo el mundo durante la década de los noventa), sino también por la industria cine-
matográfica. Tras *La granja* —un relato de tono más
intimista—, Grisham vuelve, con *La citación*, al género
del *thriller* de corte legal por el que es más conocido.

Otros títulos de la colección